시체가
켜켜이
쌓인
밤

시체가
켜켜이
쌓인
밤

마에카와 유타카 장편소설 — 이선희 옮김

창해

/ 차례 /

프롤로그 6

1장_ 점거 13

2장_ 말소 63

3장_ 감금 119

4장_ 고발 171

5장_ 종언 241

에필로그 319

그 후의 이야기 339

옮긴이의 말 343

프롤로그

1985년 7월 16일 화요일. 한 남자와 여섯 여자가 가고시마 시에서 집단 자살을 했다.

"가고시마 시 시로야마 동굴 집단자살 사건."

이것이 이 사건에 대한 경찰청의 정식 명칭이다. 남자의 이름은 기우라 겐조. 사망 당시 나이는 48세.

너무도 기묘한 사건이었다. 당시 모든 매스컴은 아침부터 밤까지 이 사건으로 도배를 했지만, 그런 것치고 자세한 내막은 밝혀지지 않았다.

표현은 집단자살이지만 대부분의 매스컴에서는 기우라가 일으킨 동반 자살, 즉 살인이라고 추측했다. 검찰도 그런 방향으로 사건을 처리하려 했지만, 피의자의 사망과 함께 그것을 뒷받침할 객관적 증거는 결국 발견할 수 없었다.

기우라는 집단자살이 있기 전 1년 동안 열 명의 살인에 관여했다는 혐의를 받고 있었다. 매스컴에서는 집단자살과 함께 이 일련의 사건을 '기우라 사건'이라고 명명했다.

그가 매스컴을 떠들썩하게 만든 것은 기우라 사건이 처음은 아니었다. 그만큼 독특한 환경에서 특이하게 살아온 사람은 아마 흔치 않으리라.

그는 시즈오카 현 하마마쓰 시에서 여관 경영자의 장남으로 태어났다. 그러나 여관 경영이라는 것은 어디까지나 허울일 뿐 사실 그의 아버지는 매춘알선업자였다. 여관 역시 매춘을 위한 장소로 그의 아버지도 뒤에서는 그런 사실을 인정했다.

당시 하마마쓰는 혼다 기연공업, 스즈키 자동차, 야마하 발동기, 가와이 악기 등 손꼽히는 대기업이 즐비한 활기 넘치는 산업도시였다. 또 한편으로는 1958년 매춘방지법이 완전히 시행될 때까지 스틱 걸(stick girl, 지팡이 삼아 데리고 다니는 여자, 또는 그것을 업으로 하는 여자)이라는 매춘부를 알선하는 조직이 발달한 곳이기도 했다. 매춘방지법이 완전히 시행된 뒤에도 그런 조직은 없어지지 않았고, 시내 여관에 투숙하면 스틱 걸을 부르는 것이 거의 일반화되어 있었다.

물론 문란한 성행위를 한 도시의 특징으로 보는 것은 불공평하고, 어쩌면 그것은 매춘방지법이 시행되기 전후의 사람들은 거의 목격했을 시대의 한 단면일지도 모른다.

기우라는 어린 시절부터 머리가 좋고 성적이 뛰어나 재수도 하지 않고 곧장 도쿄대 문과에 합격했다. 대학을 졸업한 후에는 도내 국립대학의 조교수로 취임했다.

그는 어릴 때부터 한 살 많은 시노부라는 이름의 누나와 사이가 좋았다. 그러나 그녀는 매춘여관 경영자의 딸이라는 사실을 끔찍하게 싫어해서 집과 멀리 떨어진 나고야 대학 문학부에 진학해 대학 근처의 아파트에서 혼자 살았다. 졸업하고는 9년 동안 나고야에 있는 손해보험회사에서 일했고, 그후 하마마쓰로 돌아와 3년 동안 본가에서 지냈다.

시노부는 서른다섯 살에 대학 동창인 스야마 다쿠마와 결혼해 남편의 본가인 가마고리로 이주했다. 다쿠마는 가마고리에 있는 수산가공회사의 후계자였다. 그녀는 남편과의 사이에 외아들을 두었는데, 결혼한 뒤로 친정과의 관계가 점점 더 소원해졌다고 한다.

저널리스트로서 기우라 사건을 취재하기 시작한 이후 나는 그녀의 이야기를 듣기 위해 다쿠마가 경영하는 가마고리의 수산가공회사에 전화를 걸었다. 그러나 돌아온 것은 다쿠마의 극심한 분노와 욕설뿐이었다. 그는 이번 취재 과정에서 접촉한 이들 중 가장 노골적으로 적의를 드러낸 사람이었다.

어쨌든 그의 입에서 나온 격렬한 말의 단편을 통해 기우라의 집단자살과 연쇄 살인이 세상에 드러나고 1년 뒤, 시노부가 남편과 이혼하고 외아들을 남겨둔 채 가마고리를 떠났다는 사실을 알게 되었다.

한편 기우라는 서른셋에 돌연 류진연합(龍神連合) 조장의 딸과 결혼해 세상을 놀라게 했다. 류진연합은 도쿄에 본거지를 둔 일본 최대의 폭력단 중 하나였다. 이 결혼에도 명확하지 않은 점이 많고, 자세한 경위는 알려지지 않았다.

소문을 종합해보면 두 사람은 어디선가 우연히 만나 사랑에 빠졌다고 한다. 한 주간지에서 기우라를 가리켜 "일본에서 가장 용기 있는 대학교수"(실제로는 조교수였지만)라고 쓰고, 뒤따라 여러 주간지에서 앞다퉈 취재하는 바람에 그들의 결혼은 상당히 화제가 되기도 했다.

기우라는 결혼한 후에도 대학을 그만두지 않았다. 물론 동료 교수들 중에는 노골적으로 불쾌감을 드러내는 사람도 있었다. 그러나 비록 폭력단 조장의 딸일지라도 그의 아내가 폭력단 단원인 것은 아니었다. 대학 측에서도 그를 해고할 만한 정당한 이유를 찾을 수 없었으리라.

그로부터 다섯 달 후에 비극이 일어났다. 기우라가 아내 후미에를 목 졸라 살해한 것이다.

이 사건에 대한 그의 태도를 도저히 이해할 수 없었다. 그는 살인은 인정했지만 살해 동기를 비롯한 여타 사항에는 모든 진술을 거부했다.

병약하고 정서적으로 불안정했던 후미에가 자살을 한 게 아닐까 하는 추측도 나왔지만, 그 역시 기우라가 침묵으로 일관한 탓에 정확한 내막은 밝혀지지 않았다.

류진연합의 심상치 않은 움직임도 입방아에 올랐다. 조장인 야나세 겐고가 딸의 죽음에 분노해 조직원에게 기우라를 살해하도록 명령했다는 소문이 떠돌았다. 경찰은 기우라를 호송할 때 특별히 엄중하게 경계했지만 결국 아무 일도 일어나지 않았다. 야나세는 그해 연말에 뇌일혈로 사망했다.

기우라는 1심 판결을 순순히 받아들여 항소하지 않고 그대로 복역했다. 징역 12년이었다.

출소했을 때 그의 나이는 마흔다섯이었다. 출소한 뒤에는 이미 세상을 떠난 아버지를 대신해 여관을 경영하다 이윽고 몇몇 남녀를 이끌고 다시 도쿄로 나왔다.

도쿄에서는 작은 여관 경영자들을 회유해 매춘을 알선하면서 부를 쌓았다. 매춘알선업은 도쿄에 머물지 않고 나고야, 니가타, 삿포로, 하코다테에까지 거점을 만들면서 이른바 이동매춘집단이라고 할 수 있는 조직으로 변모해갔다.

내가 이제 와서 기우라 사건을 취재하기 시작한 데는 개인적인 사정도 작용했다. 그와 나 사이에 직접적인 관계는 없지만 간접적으로는 관계가 없다고 할 수 없다. 사건 당시 내게는 경시청에 근무하는 숙부가 있었는데, 그 숙부가 기우라 사건에 연루돼 스스로 목숨을 끊었다.

숙부가 자살한 것은 오랫동안 함께 살았던 반려자가 암으로 세상을 떠난 직후였기 때문에 아내를 잃은 절망감으로 죽음을 선택했다고도 생각할 수 있다. 실제로 숙부의 형인 내 아버지도, 그리고 나 자신도 처음에는 그렇게 받아들였다.

그러나 기우라의 집단자살 사건이 세상에 드러난 이후 마이초 신문의 신출내기 기자로서 사건을 취재할 때, 어느 경시청 형사가 기우라에게 돈을 받고 수사정보를 빼돌렸다는 이야기를 얼핏 들었다. 그 형사가 숙부라는 사실을 안 순간 나는 망치로 뒤통수를 얻어맞은 것처럼 크나큰 충격을 받았다.

숙부는 아버지보다 열 살 아래로 스스로 삶을 마감했을 때는 겨우 마흔아홉 살이었다.

나는 처음부터 기우라 사건에 관심을 가졌지만, 30년 가까운 세월이 흐르는 동안 본격적인 조사에 나서지는 않았다. 현역 기자로서 정신없이 바빴던 탓도 있었지만 가족의 치부를 드러내기가 꺼림칙했던 것도 사실이다.

실제로 신문사를 그만두고 프리랜서 저널리스트로 활동하게 됐을 때도 그 즉시 기우라 사건을 조사한 것은 아니었다. 기우라 사건은 숙부에 대한 미묘한 가족 의식과 함께 나의 뇌리에 똬리를 틀고 앉아 꺼림칙한 불완전 연소를 거듭하고 있었다.

1985년 5월, 기우라는 여자 일곱 명을 데리고 가와고에의 거점에서 도주했다. 야마카와 로쿠로라는 교쿠잔카이(極慘會) 조직원을 살해한 혐의로 경시청에서 지명수배를 내렸기 때문이다.

가와고에에서 도주했을 때 기우라를 포함해 전부 여덟 명이었던 것은 분명하다. 그러나 시로야마의 동굴 안에서 발견된 시신은 일곱 구였다. 집단자살을 하기 직전에 가장 어린 소녀를 풀어준 것이다. 소녀의 일본 이름은 가와모리 우타, 호적상 이름은 슈코카(周紅花)였다. 하마마쓰 시절부터 기우라의 여관에서 허드렛일을 했던 소녀로 1985년 당시 겨우 열다섯 살이었다.

소녀를 왜 풀어주었는지는 분명치 않다. 경찰이 밝힌 우타의 증언에 따르면 기우라가 직접 현지에 있는 가고시마 중앙경찰서에 출두하라고 했다고 한다. 우타는 그의 지시대로 행동했고, 그 결과 집단자살 사건이 만천하에 드러나게 되었다.

사건의 진상을 아는 유일한 증인으로 당시 모든 매스컴이 우타를 주목한 것은·말할 필요도 없다. 그러나 아직 미성년자였기 때문에 우타를 직접 취재할 수는 없었다.

매스컴은 결국 경찰의 발표를 통해 우타의 증언을 알 수 있었을 뿐이다. 다만 우타 자신이 말이 없고 얌전한 소녀였기 때문에 그녀가 증언을 한 후에도 사건의 진상에는 모호한 점이 많았다.

그 이후 경찰에서는 우타를 아동보호시설에 맡겼는데, 세월의 흐름과 함께 그녀의 소식은 홀연히 사라졌다. 사건에 대한 매스컴과 세상의 관심이 희미해지는 가운데 어둠의 밑바닥으로 조용히 가라앉은 것이다.

그로부터 30년 가까이 흐른 지금, 사건을 재구성하려는 내게 가장 중요한 사람은 역시 우타였다. 하마마쓰 시절부터 집단자살을 하기 직전까지 기우라와 행동을 같이했던, 진실을 아는 유일한 인물이기 때문이다.

나는 우타의 거처를 알아내는 데 오랜 세월을 투자했다. 그 결과 2014년 8월, 가까스로 마흔네 살이 된 우타를 만날 수 있었다.

—이 책은 사건 관계자가 남긴 증언과 기록, 당시의 신문과 잡지 기사, 경찰 발표, 살아 있는 관계자에 대한 취재를 바탕으로 명확하지 않은 부분은 합리적 추측을 가미해서 쓴 논픽션 소설이다.

1장

점거

1

　1982년 8월 초 낮 12시. 매미가 요란하게 울어대고 한여름의 햇살이 강렬하게 쏟아졌다.

　후추 교도소 정문 앞에서 기우라를 맞이한 사람은 다나베 지카요시였다. 기우라의 아버지 시절부터 여관 지배인으로 일하며 실제로 매춘알선업을 관장한 사람으로, 당시 그의 나이는 이미 일흔둘에 접어들었다.

　기우라는 그리운 눈길로 다나베의 얼굴을 보았다. 다나베는 기우라가 믿는 몇 안 되는 사람 중 하나였다. 입이 무겁고 말수가 적었지만 기우라 집안에 대한 충성심은 각별했다.

　형기 만료 출소였다. 12년의 세월이 흐르는 동안 기우라가 교도소 벽 안에서 무슨 생각을 했는지 짐작할 수 있는 정보는 아무엇도 전해지지 않았다.

후추 교도소는 재범이 많은 곳으로 규칙에 어긋나는 행위를 하는 수감자가 적지 않았다. 그러나 기우라는 그런 짓을 하지 않는 모범수였다. "진심으로 깊이 참회하고, 매일 죽은 아내의 명복을 빌면서 불경을 베껴 쓰고 있습니다."라는 말만 했으면 10년 만에 가석방이 되었을지도 모른다.

하지만 기우라는 그런 식의 반성을 완강하게 거부하고 사건에 대해 끝까지 침묵으로 일관했다.

기우라와 다나베는 국철 기타후추 역까지 걸어가 무사시노 선을 탔다.

"도련님, 무사시노 선이 생긴 것도 몰랐지요?"

이것이 기우라가 출소한 후 다나베의 입에서 처음 나온 말다운 말이었다. 도련님. 다나베는 기우라를 어렸을 때부터 그렇게 불렀다.

무사시노 선이 개통된 것은 1973년 4월 1일로, 기우라는 그한 달 전에 형이 확정되어 구치소에서 옮겨져 교도소 담장 안에 수감되었다. 그러나 교도소 안에서 신문을 꼼꼼히 읽었으므로 무사시노 선이 개통되었다는 사실은 알고 있었다.

"아니, 신문에서 봤어. 하지만 교도소에서 제일 가까운 역이 무사시노 선의 기타후추란 건 몰랐지."

두 사람은 니시코쿠분지까지 가서 주오 선으로 갈아타고 도쿄 역까지 직행했다. 그곳에서 신칸센을 타면 하마마쓰까지 한 시간 반이 걸린다. 신칸센 히카리에 탔을 때는 오후 1시가 지나 있었다. 기우라는 다나베가 사 온 마쿠노우치(주먹밥에 달걀 부침, 어묵, 생선구이, 채소절임 등이 들어 있는 도시락) 도시락을 열차 안에서 먹었다.

다나베가 마쿠노우치의 나무뚜껑을 열면서 물었다.

"장어가 더 좋았을까요?"

"장어라……. 그런 게 있었지."

기우라는 그렇게 말하고 나지막하게 웃었다. 다나베는 무슨 뜻인지 알 수 없어서 고개를 갸웃거렸다.

교도소에 하도 오래 있은 탓에 자신이 자란 하마마쓰의 명물인 장어의 존재도 잊어버린 것일까. 다나베는 나중에 기우라의 말을 떠올리고 그런 식으로 해석했다.

기우라가 교도소 생활을 마치고 하마마쓰에서 새 인생을 시작할 무렵 그의 아버지는 이미 세상을 떠난 터였다. 그가 체포된 뒤 착실하게 여관을 경영하던 어머니도 출소한 지 석 달 만에 눈을 감았다. 향년 75세였다.

이윽고 그는 본격적으로 여관을 재편하기 시작했다. 가장 먼저 잠시 중단했던 매춘알선업을 부활시켰다. 그러자 숙박하기 위해 오는 손님보다 매춘을 하러 오는 손님이 단숨에 증가했다.

손님은 방에 들어가서 "스틱 걸을 불러줘."라고 말하기만 하면 되었다. 처음에는 아버지 때부터 밀접한 관계를 맺어 온 벚꽃 클럽이라는 시내의 업자를 이용했지만, 곧 자신의 여관 안에 여자를 두는 방식으로 바꾸었다. 이른바 자급자족 시스템을 확립한 것이다.

고객층은 대강 세 부류로 나뉘었다. 숫자는 줄었지만 그런 여관인 줄 모르고 순수하게 숙박용으로 이용하는 손님도 물론 있었다. 남녀 커플이 러브호텔로 이용하는 일도 있었다. 그러나 역시 입소문을 듣고 매춘을 하러 오는 손님이 제일 많았다. 그런 손님 덕분에 그의 여관은 번창했고, 경영 상태는 눈 깜짝할 사이에 흑자로 바뀌었다.

"역시 도련님이군요! 대학에서 경영학을 배운 보람이 있습니다."

다나베는 무릎을 치며 감탄사를 연발했다. 하지만 그런 일에 경영학 지식이 필요할 리 만무하다. 수학을 좋아했던 기우라가 학자의 길로 나아간 분야는 다양한 수식을 사용하는 근대 경제학 이론이었다.

1년쯤 지나서 경기가 좋아지기 시작하자 기우라는 매춘을 하는 여자뿐 아니라 손님의 시중을 들 여종업원과 허드렛일을 할 사람을 채용했다. 그중 한 명이 겨우 중학교 1학년인 우타였다.

우타는 오후 4시까지 중학교에서 공부를 하고 저녁때부터 그의 여관에서 일했다. 주로 식사와 침구 준비, 객실 청소 등을 하는 것이 우타의 역할이었다. 원래 그런 허드렛일을 하거나 손님의 시중을 드는 여종업원은 거의 중년 여성이었기 때문에 그녀의 존재는 어쩔 수 없이 사람들의 눈길을 끌었다.

우타는 얌전하고 말이 없는 소녀였지만 머리는 매우 좋은 것 같았다.

　출소한 지 2년쯤 지났을 때 기우라는 별안간 도쿄로 진출하겠다고 선언했다. 하마마쓰 여관은 매각하고 도쿄에서 여관을 매수하겠다는 거였다. 그러면서 그는 다나베에게 물었다.

　"다나베 씨는 어떻게 할래? 그만두고 싶다면 퇴직금을 줄게."

　다나베는 즉시 대답했다.

　"계속 일하게 해주세요. 아직 팔팔합니다."

　사실 이미 결혼해 자식을 둔 딸이 도쿄에 살고 있는 다나베에게 기우라의 도쿄 진출 선언은 두 손 들고 환영할 만한 일이었다.

　그런데 이 단계에서 많은 사람들이 떨어져나갔다. 하마마쓰에 가족이 있고 그곳이 생활의 중심지인 사람들은 기우라를 따라 도쿄로 갈 수 없었다. 기우라는 그런 사람들에게 결코 함께 갈 것을 강요하지 않고 얼마간의 위로금을 주면서 원만하게 떠나도록 했다.

　결국 그와 같이 도쿄에 가기로 결심한 사람은 열 명뿐이었다. 스틱 걸 일곱 명에 나머지는 다나베와 후지키 사부로라는 25세의 요리사, 그리고 우타였다.

　우타가 어떻게 그들 일행에 끼게 되었는지 다나베는 새삼스레 고개를 갸웃거렸다. 아무리 생각해도 기억이 나지 않았다. 어쨌든 우타가 도쿄까지 가게 된 것은 자발적인 의사는 아닌 듯했다.

　1984년 3월 3일 히나마쓰리(여자아이의 명절) 날, 기우라 겐조를 비롯한 열한 명은 하마마쓰를 떠나 도쿄로 향했다. 이때 기우라는 마흔일곱, 우타는 열네 살이었다.

2

　하마마쓰 여관에서 일하던 무렵 우타는 기우라와 말을 나눈 적이 거의 없었다. 사람들은 모두 입을 모아 기우라가 무서운 사람이라고 했지만, 그가 우타에게 화를 내거나 무섭게 행동한 적은 한 번도 없었다.

　다만 우타도 그가 교도소에 있었다는 소문은 들었다. 그가 무서운 사람이라는 평가는 그런 소문 때문이었으리라.

　겨우 중학교 1학년인 데다 기우라의 여관에서 일한 지 얼마 되지 않아 우타는 그곳이 어떤 종류의 여관인지 잘 몰랐다. 이상하리만큼 남자 손님이 많다고 느꼈을 뿐이다.

　기우라의 얼굴을 보는 일도 드물었다. 기껏해야 한 달에 한두 번 정도가 아니었을까. 기우라는 1층 북쪽 끝에 있는 다다미 열 개짜리 방에 틀어박혀 종업원이나 손님 앞에는 거의 나타나지 않았다.

　여관의 실질적인 일은 지배인인 다나베에게 맡긴 것 같았다.

우타는 자신에게 주어진 일을 해내느라 정신이 없어 여관이 어떻게 돼가는지 관심이 없었고, 실제로 어떤 식으로 운영되는지도 몰랐다.

하는 일은 식사 준비와 청소 등 허드렛일이 대부분이라서 객실에서 손님과 마주하는 일은 거의 없었다. 그래도 가끔 일손이 부족할 때는 여종업원의 부탁을 받고 술과 음식을 객실까지 가져다주기도 했다.

한번은 열 명이 넘는 남자 단체손님이 술을 마시며 소란을 피운 적이 있었다. 우타가 중학생인 걸 알고 신기했는지 술에 취한 손님이 "꼬마 아가씨는 너무 일러. 아직 숫처녀잖아."라고 놀리기도 했다. 하지만 그것은 단순한 농담으로 우타를 정말로 곤란하게 만든 사람은 없었다.

개중에는 용돈이라면서 천 엔짜리 지폐를 쥐여주는 손님도 있었다. 우타는 돈을 받아도 될지 잠시 망설였다. 자신을 귀여워해주는 친한 여종업원에게 말하자 "그 정도는 받아도 돼."라고 해서, 그다음부터는 아무렇지도 않게 "고맙습니다." 하고 받게 되었다.

그러던 어느 날 우연히 복도에서 기우라와 마주쳤다. 그녀는 순간적으로 숨을 들이마셨다. 그리고 즉시 고개를 숙이고 지나가려고 했다.

그녀에게 기우라는 역시 무서운 존재였다. 겉으로 보기에 무섭게 생긴 것은 아니었다. 오히려 단정하고 지적인 얼굴이라고 할까? 콧대는 날렵하고 뺨은 야위었으며, 검은 테 안경을 쓰고 콧수염을 길렀다. 마른 체형에 키는 180센티미터 가까이 되었다. 그러나 찌르는 듯한 시선은 보는 사람을 섬뜩하게 만들기에 충분했다. 차가운 마음이 전부 눈으로 모인 듯한 시선이었다. 우타만이 아니라 기우라를 만난 사람은 모두 똑같이 말했다.

"얼마나 섬뜩한지 몰라. 그 눈으로 쳐다보면 아마 야쿠자들도 무서워서 벌벌 떨걸."

어느 여종업원이 이렇게 말한 것을 우타는 기억하고 있었다. 기우라의 여관에 와서 생트집을 잡아 돈을 빼앗으려 했던 야쿠자가 그 시선에 주눅이 들어 맥없이 돌아갔다는 전설 같은 이야기도 떠돌아다녔다. 그러나 우타는 그런 장면을 본 적이 한 번도 없었다.

어쨌든 그때 뜻밖에도 기우라가 먼저 말을 걸었다.

"너, 동아리에 들어갔어? 무슨 동아리지?"

우타는 테니스 동아리에 들었지만 저녁때 여관 일을 해야 해서 동아리 활동에 빠지기 일쑤였다. 그래도 일단 "테니스 동아리예요."라고 대답했다. 그는 주머니에서 지갑을 꺼내더니 안에서 만 엔짜리 다섯 장을 빼냈다.

"이 돈으로 좋은 라켓이라도 사거라."

그는 우타의 손에 돈을 쥐어주었다. 우타는 놀란 나머지 멍하니 서 있을 뿐이었다.

그녀는 테니스 동아리에 들었어도 테니스 라켓이 없었다. 학교에서 빌릴 수 있어 특별히 곤란하지는 않았다. 그러나 다른 부원들은 모두 라켓을 가지고 있어서 동아리 활동 때마다 주눅이 든 건 사실이었다. 아버지가 없는 가난한 집안인 만큼 어머니에게 라켓을 사달라는 말은 도저히 할 수 없었다.

그녀는 5만 엔을 어머니에게 건네면서, 기우라가 테니스 라켓을 사라며 주었다고 솔직하게 말했다. 어머니는 "테니스 라켓 갖고 싶어?"라고 물었다. 그녀는 고개를 옆으로 흔들었다. 그러자 어머니는 그 돈을 말없이 자기 지갑에 넣었다.

그런 일이 있고 나서 한 달쯤 지났을 때 기우라가 여관을 팔고 도쿄로 간다는 소문이 그녀의 귀에 들어왔다. 도쿄에서도 지금처럼 여관을 경영할 예정이며, 도쿄에서 일하고 싶은 사람은 데려간다는 거였다.

하지만 그녀에겐 자신과 관계없는 이야기로밖에 들리지 않았다. 어머니에게는 미안하지만 이제 여관에서 일하지 않아도 된다는 생각에 안도의 한숨을 내쉬었다.

여관에서 일하고 받은 돈은 전부 어머니에게 주었지만, 그것 말고도 어머니에게는 일정한 수입이 있는 것 같았다. 그 돈이 어디서 나는지는 알 수 없었다. 그녀의 눈에는 어머니가 일을 하는 것처럼 보이지 않았기 때문이다.

그러던 어느 날 어머니가 놀라운 말을 했다.

"너도 기우라 씨를 따라 도쿄에 가렴."

순간 그녀는 충격을 받았다기보다 무슨 말인지 이해할 수 없어서 어떤 반응도 보일 수 없었다.

어머니의 말로는 여종업원이나 허드렛일을 하는 사람들이 거의 도쿄에 따라가지 않고 그만두는 바람에 도쿄에서 새로 여관을 하려는 기우라가 대단히 곤란해졌다고 했다. 그래서 그녀를 데려가도 되겠냐고 특별히 부탁했다는 것이다.

말도 안 되는 이야기였다. 중학생인 자신을 데려간다고 과연 여관 경영에 도움이 될까? 그녀는 어머니 말을 순순히 믿을 수 없었다.

그때쯤에는 우타도 그곳이 어떤 종류의 여관인지 알게 되었다. 1층 남쪽에 있는 다다미 스무 개쯤 되는 큰 방에는 항상 열 명이 넘는 젊은 여자들이 있었는데, 그녀들은 여종업원들처럼 손님을 방까지 안내하거나 시중을 드는 것도 아니고 우타처럼 허드렛일을 하는 것도 아니었다.

저녁식사 때 객실에 가서 손님과 함께 술을 마시는 사람도 있었고, 밤이 상당히 이슥해지고 나서야 객실로 들어가는 사람도 있었다.

어머니가 기우라와 같이 도쿄로 가라고 했을 때 우타는 앞으로 자신도 그런 여자들과 똑같은 일을 하게 되리라는 예감이 들었다. 어머니도 그것을 알면서 도쿄로 가라고 한 것이리라.

우타의 마음은 슬픔으로 가득 찼다. 그런 일을 하게 될 거라는 예감 때문이 아니었다. 어머니에게 버림받은 기분이 들었기 때문이다.

어머니가 기우라에게 자신을 보내겠다고 약속했다면, 그 대신 틀림없이 돈을 받았으리라.

슬픔 다음에 찾아온 것은 체념이었다. 가난한 집안의 딸로 태어난 이상 이것은 어쩔 수 없는 숙명이었다. 그녀는 어머니가 다시 말하지 않아도 기우라를 따라가겠다고 마음먹었다. 자신을 버리려는 어머니와는 더 이상 같이 살고 싶지 않았다.

3

류진연합의 8대 조장 야나세 겐고의 무덤은 도쿄 도 미나토 구 미나미아오야마 2번가에 있는 아오야마 공원묘지 안에 있었다. 딸 후미에의 이름도 같은 묘비에 새겨져 있었다.

역대 조장 중에서 야나세는 특별한 존재였다. 경찰청 장관의 지휘로 이루어진 대규모 광역폭력단(전국 각지에 조직이 있는 폭력단) 섬멸작전에도 쓰러지지 않고, 한 번도 체포되는 일 없이 천수를 다한 인물이다.

류진연합처럼 대규모 광역폭력단의 우두머리가 한 번도 체포된 적이 없다는 것은 매우 이례적인 일이다. 야나세는 폭력단 사회에서 수완가로 평판이 높았지만 준법정신이 투철한 것으로도 유명했다. 어떤 일이든 법의 테두리 안에서 처리하려고 했다.

물론 폭력단이 합법적 행위만으로 조직을 운영할 수는 없으므로 당연히 어둠의 세계에서는 비합법적 활동에 관여했으리라. 그러나 야나세 자신이 비합법적 활동의 중심이 되는 일은 한 번도 없었다.

그것은 조장이 되기 전 간부 시절부터 변함이 없었다. 때문에 조장이 된 다음에도 야쿠자답지 않은 자세에 대한 험담이 수완가라는 평판과 항상 세트로 따라다녔다.

오랫동안 폭력단 대책의 최전선에서 일했던 나카하시라는 전 경시청 간부는 이렇게 말했다.

"참 겸손한 사람이었지. 당시 아직 젊었던 내게도 머리가 땅에 닿을 정도로 깊숙이 고개를 숙였으니까. 당시 조직범죄대책부는 지금처럼 독립돼 있지 않고 형사부 안의 수사4과로 있었어. 야나세는 사무실과 별도로 마련한 세이조의 큰 저택에서 살았는데, 동네 사람들 사이에서도 평판이 좋았다고 하더군. 길거리에서 동네 사람을 만나면 나한테 했던 것처럼 역시 정중하게 인사를 했다지 뭔가. 감색 양복에 수수한 넥타이 차림으로, 야쿠자가 즐겨 하는 반지나 목걸이 같은 장식품은 일체 하지 않았다네. 아무리 봐도 야쿠자가 아니라 초등학교나 중학교의 성실한 교장선생님 같은 분위기였지."

야나세의 아내도 기품 있는 미인으로 고향인 오카야마에서 삼치 된장절임 등을 보내오면 이웃 사람들에게 나누어주었다고 한다. 물론 이웃 사람들은 그 집에 유명한 폭력단 조장이 산다는 사실을 알고 있었다. 그러나 값비싼 물건이 아니라 생선 몇 조각을 나눠주는 것뿐이라서 오히려 안심하고 받을 수 있었다. 그런 배려나 마음 씀씀이는 야나세가 아니라 아내의 내조 덕분이리라.

하지만 야나세와 아내의 관계가 반드시 좋은 것만은 아니었다. 불화의 원인은 분명하지 않지만 딸 후미에가 앓았던 정신병과 관계가 없지 않은 듯했다. 야나세의 아킬레스건은 그런 집안 문제 정도였다고 나카하시는 말했다.

"그의 외동딸이 기우라라는 대학교수와 결혼했다는 뉴스를 들었을 때는 놀랍기도 했지만 한편으론 있을 수 있는 일이라고 생각했네. 뭐랄까, 야나세의 아내와 딸은 폭력단과 아무 관계 없는 위치에 있지 않았을까, 또는 어떻게든 그런 세계에서 벗어나려고 하지 않았을까, 그래서 일부러 대학교수라는 전혀 다른 세계에서 결혼상대를 선택한 게 아닐까 하고 말일세. 나중에 생각하면 그게 비극의 시작이었지만 그런 결말을 예상한 사람은 아무도 없었겠지."

그런 나카하시도 기우라가 후미에를 살해한 이유에 대해서는 모른다는 말을 연발했다. 다만 부부 사이는 좋았다고 하면서, 살인 사건치고 징역 12년으로 형량이 비교적 가벼웠던 것은 법정에서 변호인의 주장을 어느 정도 받아들였기 때문이라고 해석했다.

이 해석은 당시 기우라의 변호를 맡았던 변호인단의 견해와도 일치했다. 기우라는 변호인단에게도 사건의 자세한 부분을 말하지 않았다. 따라서 변호인단은 그의 주변에서 일어난 사실들을 끌어모아 그에게 유리한 증거만을 법정에 제출할 수밖에 없었다.

미우라 아쓰시는 기우라의 변호인단 중 한 사람이었다. 6개월 전까지만 해도 도쿄 제2변호사회에 소속되어 변호사로 활동했지만, 여든 번째 생일을 기점으로 지금은 은퇴했다.

"지금 생각하면 기묘한 재판이었지. 우리 변호인단이 그의 주변에서 일어난 일을 조사해서 내놓아도 그는 긍정도 부정도 하지 않았다네. 그렇다고 재판에서 거론하는 걸 특별히 싫어하지는 않았어. 말 그대로 우리 뜻대로 하라는 태도였지. 그런데 판사가 그 사실을 물어보면 전부 묵비권을 행사하는 바람에 증거로 채택되지는 않았네. 변호인단에서 적은 검찰이 아니라 피고라고 말하는 사람이 있을 정도였지. 나는 그런 사람들을 달래면서 부부 사이가 좋았다는 증거를 끈질기게 끌어모았다네."

증거 중에는 본인이 인정할 필요가 없는 것도 있었다. 몇 월 며칠에 아내가 다니던 병원에 같이 가서 의사와 이야기를 나누었다는 사실은 객관적으로 증명할 수 있었기 때문이다.

본인의 동의가 필요하지 않은 그런 증거만을 모아 촉탁살인(본인으로부터 의뢰를 받거나 승낙을 받아 그 사람을 살해하는 행위)의 가능성을 논리적으로 설파하는 것이 변호인단의 기본방침이었다. 실제로 아무리 조사해도 부부 사이는 대단히 좋았고, 아내의 병을 고치기 위해 기우라가 헌신을 다했다는 증거밖에 나오지 않았다.

한편 기우라의 아내는 정신분열증이 점점 심해져서 죽고 싶다는 말을 반복하고, 부모에게 "제발 부탁이니까 죽여주세요."라는 말까지 했다고 한다.

그리하여 사랑하는 아내의 비참한 모습을 보다 못한 기우라가 어쩔 수 없이 죽였을 가능성이 높다. 그렇다면 촉탁살인과 동등하게 처벌되어야 한다는 것이 변호인단의 주장이었다.

"그런데 그 주장은 인정되지 않고 일반적인 살인으로 재판을 받았지. 하지만 살인치고 비교적 형기가 짧았던 것은 판사의 심증으로 변호인단의 주장을 어느 정도 인정했기 때문일 걸세."

기우라가 왜 끝까지 묵비권을 행사했느냐는 질문에 미우라는 고개를 가로저으며 모른다는 말만 되풀이했다. 나카하시와 같은 반응이라고 할 수 있다.

다만 미우라가 보기에 기우라는 매우 철학적이며 내성적인 인물이었다고 한다. 이것은 기우라를 아는 많은 사람들의 평가와 상당히 달랐다. 냉혹함, 정서결여, 즉물성, 합리성. 표현은 제각기 다르지만 증언한 사람의 말을 종합해보면 기우라에 대한 느낌은 이런 말로 정리할 수 있었다.

4

분쿄 구 혼코마고메 4번가 36번지 12호. 예전에 노포 여관인 하기노야가 있던 곳이다. JR 고마고메 역에서 걸어서 15분. 근처에 분쿄 구립 고마고메 도서관이 있고 살기에 나쁘지 않은 곳이다.

하기노야가 있던 자리에는 현재 2층짜리 식료품 전문 슈퍼마켓인 솔드아웃이 들어서 있다. 선명한 초록색 바탕에 하얀색 가로줄 무늬가 있는 단순한 디자인의 직사각형 건물이다. 동네 사람들의 말로는 1층의 선어 코너가 세일즈 포인트로 참치 해체 판매가 인기를 끌고 있다고 한다. 이곳이 예전에 유명한 살인 사건 현장이었다는 사실을 아는 사람은 이제 거의 없다.

당연한 일이다. 가까운 부동산중개소에 따르면 사건이 발생한 이후 그 땅의 소유자는 몇 번이나 바뀌었고, 솔드아웃이 들어선 것은 5년 전이다. 원래 경매 물건이었다고 하는데 소유자가 바뀌면서 그런 사실도 거의 잊히고 사건의 흔적은 완전히 사라졌다.

하기노야의 주인이었던 모토하타 세이지의 고향은 후쿠오카 현 후쿠오카 시였다. 하기노야는 세이지의 증조부가 후쿠오카에서 상경해 혼코마고메에 지은 여관으로 세이지는 4대째 운영자였다.

흔히 하카타라고 부르는 후쿠오카에는 지금도 세이지의 사촌을 비롯한 친척들이 많이 살고 있어서, 그의 젊은 시절은 물론이고 결혼해서 아이를 낳고 키울 때까지를 기억하는 사람이 상당히 많았다. 그러나 당연한 일이지만 사건에 이르면 그들 모두 하나같이 입이 무거워졌다.

더구나 그들이 실제로 알고 있는 것은 신문이나 TV를 비롯한 매스컴에 보도된 것뿐이었고, 그들만이 가지고 있는 고유한 정보는 거의 없었다.

다만 그들 중 몇 명은 이렇게 말했다. 세이지가 사건에 휘말려 살해된 원인 중 하나는 다른 사람과 의논하기를 극도로 싫어하는 후쿠오카 사람의 완고한 고집 때문이었을 거라고…… 좀 더 이른 단계에서 지인이나 경찰과 의논했더라면 사건을 막을 수 있었다는 말투였다.

그런 지역적인 특징이 맞는지 틀린지는 판단하기 어렵다. 다만 세이지에게 그런 일면이 있었다는 것은 부정할 수 없으리라.

그러나 그의 가족과 지인을 조사하면서 알게 된 것이 있다. 그의 가족 모두가 외부 사람과 의논하기를 꺼려했던 것은 아니라는 사실이다. 특히 그의 장녀는 하기노야를 탈취하려는 기우라에 대항하기 위해 외부 사람과 의논도 하고 어떻게든 방법을 찾아내기 위해 발버둥 쳤다.

장녀의 의논 상대는 주로 애인이었다. 그녀는 기우라가 하기노야를 점거하기 전후의 상황을 애인에게 자세히 설명했다. 따라서 애인의 증언을 통해 당시 피해자들이 어떤 상황에 처했는지 알 수 있었다.

또한 경찰을 피해 도피하기 직전에 다나베와 그의 애인 후루타 마리코가 체포되었다. 두 사람의 진술과 재판기록을 통해, 또한 하기노야에서 감금 행위에 가담했던 교쿠잔카이 조직원의 진술을 통해 기우라를 비롯한 가해자들의 상황을 아는 것은 그리 어렵지 않았다.

세이지의 여동생도 친한 지인들에게 자신의 남편이 세이지의 보증을 서게 된 경위를 말했다. 그들의 증언을 통해 세이지 주변의 사람들이 사건에 휘말린 상황을 알 수 있었다.

모든 피해자들이 고립되어 있었던 것은 아니지만, 그들에게 적극적으로 도움의 손길을 내미는 사람은 없었다. 특히 돈 문제가 얽혀 있는 경우 의논을 받는 쪽은 자신도 휘말릴 것을 두려워해 무의식중에 수박 겉핥기 식의 대답밖에 할 수 없다. 기우라는 그런 인간의 심리를 꿰뚫어보고 행동했을지도 모른다.

실제로 그는 하기노야를 탈취할 계획을 세울 당시 세이지나 그의 가족들이 외부인과 의논하는 것을 특별히 경계한 것처럼 보이지 않았다. 적어도 외부인과 자유롭게 연락할 수 있도록 내버려두었다.

5

도쿄로 본거지를 옮긴 뒤 기우라에게 고이치를 데려온 사람은 사부로였다. 사부로는 하마마쓰 시절부터 기우라의 여관에서 요리사로 일했는데, 그에게는 살인 전과가 있었다. 중학교 3학년

때 어머니와 재혼한 양부의 학대를 견디다 못해 헛간에 있던 손도끼로 양부를 때려죽였다고 한다.

기우라는 그의 전과를 알고 있었던 것으로 보인다. 그럼에도 그가 사부로를 여관의 요리사로 채용한 이유는 분명하지 않다.

사부로는 소년원에서 갱생 프로그램을 이수하고, 소년원을 나온 후에는 요리학교에 다니며 조리사 자격증을 취득했다. 짧은 스포츠머리에 깔끔하게 생긴 호남형이었다.

그의 모습에서 어두운 과거는 찾아볼 수 없었고, 야구소년 같은 상큼한 이미지가 보는 사람을 기분 좋게 만들어주었다. 실제로 그는 중학교 3학년 때 일으킨 사건으로 소년원에 들어가기 전까지 중학교 야구부에서 3번 타자로 활약했다.

고이치는 사부로보다 세 살이 적은 스물두 살이었다. 그의 아버지는 혼코마고메에서 노포 여관 하기노야를 경영했다. 그는 고등학교 시절부터 나쁜 길로 빠졌고, 고등학교를 졸업한 뒤에는 폭주족에 들어가 오토바이 불법주행을 반복함으로써 경찰에 몇 번 검거되기도 했다.

사부로를 알게 되었을 무렵 그는 폭주족에서 빠져나왔다. 그러나 일정한 직장도 없이 불량배들과 어울려 매일 술을 마시고 여자와 시시덕거리는 한심한 나날을 보내고 있었다.

사부로와 고이치가 어디서 알게 되었는지 기우라는 별로 관심을 보이지 않았다. 반면에 사부로는 고이치에게 기우라에 대해 상당히 자세히 설명했다고 한다. 어쨌든 사부로에게 기우라는 동경의 대상이었다.

도쿄대 경제학부를 졸업한 전 국립대 조교수. 양부를 죽인 과거로 인해 어쩔 수 없이 중졸이라는 딱지를 붙여야 했던 사부로에게 그것은 너무도 눈부신 경력이었다. 더구나 기우라에게는 자신과 똑같이 살인자라는 어두운 과거가 있었다. 이 빛과 그림자의 대비가 기우라를 신비하고도 매력적인 인물로 보이게 하지 않았을까.

"우리 사장님은 굉장한 인텔리야. 그러면서 배짱이 장난이 아니지. 진짜 야쿠자와 칼부림을 해도 한 발짝도 물러서지 않아."

사부로는 눈을 반짝이며 고이치에게 이렇게 설명했다. 그러나 배짱이란 말은 정확한 표현이 아니다. 어쩌면 그것은 기우라의 주변에 떠다니는 허무의 그림자였을지도 모른다.

아무튼 고이치는 사부로를 형으로 잘 따라서 자기도 모르는 사이 기우라에 대한 존경심을 가지게 된 듯했다.

기우라가 고이치를 만난 것은, 하마마쓰 여관은 이미 매각을 했지만 새로운 여관은 아직 매입하지 못한 채 다이토 구 센조쿠에 있는 아파트를 빌려 잠시 살 때였다.

그는 '하나조노상회(花園商會, 꽃밭상회)'라는 기묘하리만큼 낭만적인 이름의 회사를 설립하고 이미 매춘알선업을 시작한 터였다. 아니, 매춘알선업이 아니라 마사지사 파견업이라고 해야 할지도 모르겠다.

몇몇 일본식 여관과 마사지사로서 여자를 보내주기로 계약했다. 물론 마사지는 표면적인 명칭일 뿐 실체는 본격 성행위를 포함한 성적 서비스였다. 그런데 마사지라는 간판을 믿은 손님이 의외로 많아서 처음에는 손님과 여관 사이에 문제가 발생하기도 했다.

그럼에도 여관 경영자들이 그의 요구를 받아들인 것은 파격적인 조건 때문이었다. 그는 여관과 자신의 몫을 4 대 6으로 정했다. 90분에 2만 엔으로 가격을 정해 여관이 8천 엔을 받고 그가 1만 2천 엔을 갖는 시스템이었다.

이렇게 좋은 조건을 제시할 수 있었던 것은 당시 그의 밑에 있던 여자들이 월급제로 일했기 때문이다. 손님의 숫자에 따라 지급액을 정하는 보합제를 도입한 것은 한참 후의 일이다.

고이치는 사부로와 같이 하나조노상회의 영업을 맡게 되었다. 그 일을 한 사람은 사부로와 고이치, 그리고 다나베와 기우라였다. 여자들은 오직 여관에 파견 나가는 일만 하고 영업 활동에는 일체 관여하지 않았다. 기우라는 일을 매우 엄격하게 구분했기 때문에 남는 시간을 주체하지 못한 여자들이 영업 활동을 도와주겠다고 해도 끝까지 받아들이지 않았다.

대신 여자들의 성병 검사에는 무섭도록 예민했다. 센조쿠는 에도 시대(江戶時代. 1603~1867)부터 있었던 요시와라 유곽 지역과 가깝고, 메이지 시대(明治時代. 1868~1912)에는 검사장(檢査場)이라는 국가 검진시설이 있었던 곳이다. 그런 전통 탓인지 주변에는 성병 검진 간판을 내건 병원들이 많았다.

기우라는 그런 병원을 경영하는 여의사들에게 여자들을 소개해 1주일에 한 번 성병 검사를 받도록 했다. 영업 활동을 도와줄 시간이 있으면 자신의 몸을 제대로 관리하라는 것이 그의 입버릇이었다.

　그러나 자신의 조건에 응하지 않는 여관 경영자에게는 가끔 미인계를 사용하기도 했다. 여관 경영자에게 여자를 보내 무료로 성적 서비스를 함으로써 자신의 제안을 받아들이게 한 것이다. 그래도 동의하지 않는 경우에는 성적 서비스를 근거로 상대를 협박했다.

　협박 문구는 거의 정해져 있었다.

　"섹스할 때는 좋았죠? 하지만 공짜는 안 됩니다. 그건 먹튀나 마찬가지니까요."

　상대가 돈을 내겠다고 하면 이렇게 말했다.

　"돈을 받아도 될지 경찰과 의논해보겠습니다. 이걸 매춘으로 보지 않으면 좋겠는데요……."

　그러나 그런 방법이 필요한 경영자는 얼마 되지 않았다. 그는 덫에 걸린 여관의 경영 상태를 철저하게 조사했다.

　지방에서 올라오는 단골손님을 확보하고 있는 유명 여관이나 노포 여관 이외에 도내의 모든 일본식 여관은 경영난으로 신음하고 있었다. 일반적인 여행객을 상대할 뿐만 아니라 러브호텔 같은 기능을 가져야 겨우 유지되는 여관이 대부분이었다. 그런 여관 경영자들은 소문에 신경 쓸 여유가 없는 만큼 맥이 빠질 만큼 순순히 그의 제안을 받아들였다.

기우라는 도쿄에 진출한 지 석 달도 안 되어 도내에 있는 열두 군데 일본식 여관과 매춘알선 계약을 체결했다. 물론 계약서는 마사지사 파견 계약의 형식을 취했다.

그는 일본식 여관뿐 아니라 러브호텔에도 손을 내밀려고 했다. 러브호텔이 남녀가 섹스를 하기 위해 잠시 들르는 곳이라고 믿는 것은 너무도 소박한 발상이다. 대부분의 경우 러브호텔에서도 매춘이 이루어지고 있었다.

남성이 혼자 체크인을 한 뒤 여성을 파견하는 회사에 전화를 건다. 요즘 같으면 '딜리버리 헬스(출장 성접대)'라는, 적어도 표면적으로는 합법적인 조직이 운영하는 회사를 이용하리라. 그러나 1980년대에는 수많은 형태의 매춘알선업자가 법망을 피해 경영 효율이 높은 섹스 산업에 동참하고 있었다.

러브호텔 중에는 광역폭력단의 프런트 기업(폭력단을 배경으로 기업 활동을 하고, 그 이익을 폭력단에 제공하는 기업)인 경우도 적지 않았다. 따라서 그런 어둠의 업계에도 기우라의 이름이 조금씩 알려지기 시작했다. 아니, 오히려 호기심을 가지고 기우라가 광역폭력단 류진연합 조장의 사위였다는 사실을 말하는 사람이 많았다. 기우라가 먼저 적극적으로 그런 말을 하는 경우는 없었지만 상대가 물을 때는 특별히 감추려고 하지 않았다.

거리가 가까웠던 까닭에 나고야에는 하마마쓰 시절부터 거점이 있었다. 일본식 여관 세 군데, 러브호텔 다섯 군데와 계약을 맺고 여자를 파견해온 것이다.

다만 나고야의 경우 기우라 밑에 있는 여자들을 파견하는 것은 부정기적으로 이루어졌고, 대부분 현지에서 고용한 여자들을 파견했다. 그는 나고야 시내에 방 두 개짜리 아파트를 사무실용으로 구입해 하마마쓰와 나고야를 자주 왕복했다. 당일로 돌아오는 일도 있었고, 사정이 있으면 아파트에서 묵고 오기도 했다.

그러던 어느 날 한 여자가 현지 최대 폭력단인 이와이조(岩井組) 조장의 애인이라는 사실이 밝혀지면서 문제가 되었다. 여자가 조장 몰래 용돈을 벌기 위해 기우라의 매춘조직에서 일한 거였다. 이와이조 조직원 몇 명이 기우라를 조직 사무실로 끌고가 조장인 이와이 앞에 내던졌다.

그런데 이와이의 눈에 기우라의 태연한 모습이 너무도 기이하게 보였던 모양이다. 더구나 기우라는 이와이를 향해 오히려 큰소리를 쳤다고 한다.

"조장이나 되는 사람이 애인에게 그런 일을 시키다니 부끄럽지도 않습니까? 더구나 그 책임을 내게 떠넘기려는 건 적반하장 아닌가요!"

기우라의 말이 끝나기도 전에 조직원 모두가 미간에 핏대를 세우고 몸을 도사렸다. 눈앞의 남자를 해치우라는 이와이의 명령이 떨어지기를 기다린 것이다.

그때까지 이와이는 아무 말도 하지 않고 상황을 지켜보았다.

그는 불그레한 얼굴에 실팍한 체격을 가진, 언뜻 보기에는 온후해 보이는 남자였다. 그러나 생김새와 달리 한번 화를 내면 누구도 말릴 수 없는 것으로 유명했다. 조직원들은 이와이가 불같이 화를 내리라고 예상했다.

그런데 예상과 달리 이와이는 부드럽게 물었다.

"당신, 기우라 씨라고 했지? 류진연합과 무슨 관계가 있나?"

팽팽했던 긴장이 단숨에 풀어졌다.

이때 이와이의 머릿속에서 기우라라는 성이 류진연합과 연결된 것은 풍속업계의 소문을 기억하고 있었기 때문이다. 기우라라는 류진연합 전 조장의 사위였던 자가 하마마쓰에서 매춘알선업에 종사하는데, 나고야까지 영역을 넓히려 한다는 이야기를 언뜻 들은 터였다.

이와이조와 류진연합은 돈독한 관계를 유지하고 있었다. 이와이조에게 류진연합은 이른바 친목단체 중 하나였다. 물론 야나세가 사망한 뒤 류진연합의 조장은 이미 두 번이나 바뀌었지만, 야나세는 역대 조장 중에서도 뛰어난 거물이었기에 지금도 류진연합 내부에 적잖은 영향력을 미치고 있었다.

기우라는 옅은 미소만 지었을 뿐 긍정도 부정도 하지 않았다. 그러나 그것을 보고 이와이는 확신했다. 기우라의 당당한 태도도 자신의 추측을 뒷받침하는 것처럼 여겨졌다.

과거에 기우라가 어떤 사건을 일으켰는지는 알지만, 기우라와 류진연합이 현재 어떤 관계에 있는지는 알 수 없었다. 그는 기우라에게 향했던 적의를 거두었다.

"내 여자이긴 하지만 제대로 돌봐주지 못한 건 사실이오. 그러니 당신에게 책임을 지라곤 하지 않겠소. 대신 당신이 하는 일에 우리도 끼워주겠소?"

기우라는 단호하게 말했다.

"거절하겠습니다. 이런 일은 혼자 해야 하는 법이지요."

기우라는 말을 마치자마자 재빨리 등을 돌려 밖으로 나왔다. 이와이는 벌레라도 씹은 듯한 표정을 지었지만 부하들에게 기우라를 쫓아가라고 명령하지는 않았다.

전설 같은 이야기다. 그러나 기우라의 주변에서는 이런 이야기를 심심치 않게 들을 수 있었다. 이런 이야기에는 항상 살이 붙기 마련이지만, 야쿠자 집단과 말썽이 생겨도 기우라가 한 번도 곤경에 처하지 않은 것만은 분명했다. 문제는 그 이유였다.

어둠의 세계에서 일하는 사람이라면 하나조노상회 뒤에 류진연합이 있는 경우 작은 말썽이라도 일으키면 안 된다는 것을 모두 알고 있었다. 기우라가 자기 사업에 유리하도록 일부러 그런 억측을 부정하지 않은 것도, 그와 동시에 그런 억측에 기묘한 신빙성을 안겨주는 독특한 분위기를 지니고 있었던 것도 사실이다.

6

한편 모토하타 세이지는 정상적인 여관 경영자였다. 부친으로부터 물려받은 노포 여관 하기노야를 20년 가까이 지켜왔다. 자식은 고이치 이외에 장녀인 유키가 있었다. 유키는 고이치보다 여섯 살 많은 스물여덟 살이었다.

세이지는 쉰다섯 살로 50대에 접어들면서부터 여관 경영이 어려워지고 있다는 것을 피부로 느끼고 있었다. 노포 여관이라고 해도 도쿄의 몇몇 지역에 이름이 알려졌을 뿐 전국적으로 유명한 것은 아니었다. 목조 가옥의 기품 있는 모습과 오래 근무한 실력 있는 요리사의 음식 맛에 매료되어 계속 찾아오는 단골손님도 있었지만, 손님의 발길은 눈에 띄게 줄어들었다.

한때 세이지는 아내 히데노의 조언을 받아들여 지방에서 오는 수학여행 학생들을 받기도 했다. 그러나 학생들의 방약무인한 행동을 견디다 못해 결국 2년 만에 중지했다.

그로 인해 그는 혹독한 대가를 치러야 했다. 오랫동안 일해 온 요리사가 맛의 'ㅁ' 자도 모르는 수학여행 학생들을 위해 더 이상 요리를 만들 수 없다며 그만두었다. 그 결과 요리 맛이 좋은 노포 여관이라는 평판까지 사라지면서 경영 상태는 밑바닥으로 곤두박질쳤다.

하기노야의 경영 상태 말고도 그에게는 한 가지 고민이 더 있었다. 아들 고이치였다.

고이치가 비뚤어지기 시작한 것은 고등학생 때부터였다. 특별한 이유는 짐작되지 않았지만, 그 무렵에는 여관에 그럭저럭 손님이 있어서 아들이 원하는 대로 용돈을 주었다. 세이지는 그런 식으로 어리광 부리게 만든 것이 고이치가 비뚤어진 원인일지 모른다고 친한 친구나 친척들에게 말하곤 했다.

그러나 같은 환경에서 자란 유키는 중학교, 고등학교 모두 모범생이었고, 결국 도내에 있는 일류 국립여대 영문과를 졸업했다. 그러니 고이치가 비뚤어진 것은 역시 자신의 타고난 나약함 때문이었을지도 모른다.

유키는 머리가 좋고 고집이 셌으며 미모도 뛰어났다. 그러다 보니 동생을 볼 때마다 아버지보다 더 화를 내며 야단을 쳤다. 그녀의 눈에 고이치는 불량배이자 한심한 게으름뱅이에 불과했다.

1984년 7월 4일 오후 2시경, 고이치가 기우라와 사부로를 데리고 하기노야에 불쑥 나타났을 때 세이지와 유키가 동시에 이마를 찡그린 것은 당연한 일이었다.

그들에게 기우라는 초대하지 않은 손님이었다. 애초에 고이치만 해도 평소 어디서 지내는지도 몰랐고, 한 달에 한 번 집에 오는 목적은 항상 돈을 타내기 위해서였다.

그럴 때마다 세이지는 입에 침을 튀기며 고이치를 비난하고, 절대로 돈을 주지 않겠다고 선언했다. 하지만 히데노가 남편 몰래 돈을 찔러주는 바람에 아버지의 권위는 사라졌다. 고이치도 그런 상황을 잘 알고 있어서 아버지 앞에서는 적당히 반성하는 척하고, 어머니에게 돈을 타내면 다시 한 달쯤 어딘가로 모습을 감추곤 했다.

세이지에게 기우라는 예상치 못한 방문자였다. 지금까지 고이치가 집에 데려온 부류와는 전혀 다른 사람임이 분명했다. 세이지는 고이치의 불량한 친구들을 지긋지긋할 만큼 봐왔다. 기우라는 나이로도, 외모로도 세이지가 펄펄 뛰며 "갈색 머리의 쓰레기들"이라고 말한 고이치의 친구들과는 털끝만큼도 비슷하지 않았다. 더구나 고이치가 기우라를 데려온 이유는 세이지의 의표를 찔렀다.

"나도 스물두 살이나 돼서 이렇게 살아선 안 된다고 생각해요. 그래서 어떻게든 아빠 일을 도우면서 아빠와 엄마, 누나와 같이 일하고 싶어요. 그래서 오늘은 도쿄대 출신의 굉장한 경영 컨설턴트를 모셔 왔어요. 만나기만 해도 좋으니까 한번 만나보세요."

고이치는 평소와 달리 기특하게 말했다. 그러나 세이지는 반신반의했고 유키는 전혀 믿지 않았다. 아들을 끔찍하게 사랑하는 히데노만이 그 말을 그대로 받아들이며 흐뭇한 표정을 지었다.

고이치는 여관 2층에 있는 사무실에서 부모님과 누나와 이야기를 나눴고, 기우라와 사부로는 1층 응접실에서 기다렸다.

고이치는 떨떠름해하는 세이지를 어떻게든 설득하려고 했다. 그러나 세이지는 고이치가 도쿄대 출신의 경영 컨설턴트를 안다는 것 자체가 믿어지지 않았다. 유키는 의심을 뛰어넘어 불길한 예감에 휩싸였다.

기우라와 사부로를 응접실로 안내해 시원한 음료수를 내준 사람은 유키였다. 유키는 대학을 졸업한 뒤 다른 곳에 취직하지 않고 양친의 여관 경영을 도우며 위기를 극복하기 위해 머리를 짜내던 터였다.

응접실에서 얼굴을 본 순간 기우라의 날카로운 눈길이 유키의 뇌리에 깊숙이 박혔다. 기우라가 고이치의 친구들과 다른 종류의 사람이라는 것은 금방 알 수 있었다. 대화는 거의 나누지 않았다. 유키가 "드세요."라며 오렌지주스를 내려놓았고, 기우라가 "신경 쓰지 마십시오."라고 정중하게 대꾸했을 뿐이다.

분명히 인텔리다운 말투였다. 가족 중에서 유일하게 대학물을 먹은 유키는 제대로 교육을 받은 사람과 그렇지 않은 사람을 구별할 수 있었다. 기우라에게서는 자신을 실제보다 커 보이게 하려는 과장스러운 분위기라곤 느껴지지 않았고 모든 것이 자연스러웠다.

새하얀 와이셔츠 위에 얇은 여름용 감색 재킷을 걸치고 수수한 베이지색 바지를 입고 있었다. 검은 테 안경에 옅은 콧수염. 얼굴은 단정하고 지적이었다.

그러나 유키는 그에게서 정체를 알 수 없는 음침함을 느꼈다. 불투명한 시선 안쪽에서 인간적인 관심을 전부 잃어버린 냉혹한 허무의 그림자를 감지한 것이다.

기우라 옆에 사부로가 앉아 있었지만, 기우라의 인상이 너무도 강렬했던 탓에 그들이 돌아가고 나서 사부로의 얼굴은 기억나지 않을 정도였다.

결국 히데노가 고이치를 위해 울먹이며 세이지를 설득한 끝에 세이지가 응접실에서 기우라와 사부로를 맞았다. 히데노는 응접실에 들어가지 않았다. 고이치의 말에 무조건 맞장구칠 것이 뻔하다며 세이지와 유키가 일부러 빠지라고 한 것이다.

갈색 탁자를 사이에 두고 세이지와 유키는 기우라와 사부로와 마주 앉았다. 고이치는 사부로 옆에 앉는 것으로 자신의 입장을 보여주었다.

그러나 이 시점에서 고이치가 기우라의 의도를 알아차리고 협조했다고는 생각할 수 없다. 고이치는 원래 아무 생각이 없는 도련님 출신이다. 기본적으로 인간의 악의를 정확히 간파하는 능력이 있을 리 없었다.

세이지와 유키도 기우라의 과거를 알아차리지 못했다. 14년 전에 기우라가 아내를 살해한 사건은 매스컴에서 상당히 크게 다루었다. 남편이 아내를 살해한 사건이 드물지는 않다. 그러나 그는 유명한 국립대 조교수였고, 그의 아내는 광역폭력단 조장의 딸이었다.

이렇게 특이한 상황은 흔치 않아서 매스컴은 경쟁적으로 호들갑을 피웠다. 신문과 잡지는 물론이고 TV의 와이드 쇼도 하루 종일 이 사건을 보도했다.

당시 중학생이었던 유키는 이 사건을 기억할 리 만무하지만, 세이지는 당연히 기억하고 있었다. 다만 사건의 당사자인 대학 조교수와 눈앞에 있는 기우라를 연결시키지 못했을 뿐이다. 14년이란 시간은 매스컴에서 야단법석을 피운 남자의 이름을 기억에서 없애기에 충분한 세월이었다. 세이지와 유키가 그의 과거를 알게 되는 것은 그에 의해 궁지에 몰려 그의 정체를 알아보기 시작한 다음이었다.

그날 기우라를 만남으로써 세이지의 불신감이 커지는 일은 없었다. 강압적이지 않은 기우라의 조용한 말투는 오히려 편안함과 안도감을 안겨주었다. 더구나 고이치의 말과 달리 기우라는 특별히 하기노야의 경영 컨설턴트가 되기를 바라는 느낌이 아니었다. 오히려 고이치가 멋대로 떠들고 있을 뿐 기우라는 별로 관심이 없는 것처럼 보였다.

세이지는 여관의 경영 상태가 나쁘다는 말은 입에 담지 않았다. 다만 기우라를 시험할 목적으로 앞으로 하기노야가 발전하려면 어떻게 해야 하는지 물었다. 물론 경영 상태를 알 수 있는 장부 종류도 보여주지 않았다.

기우라는 당연히 하기노야의 경영 상태를 알고 있었다. "우리 여관이 잘 되지 않는 것 같아요. 손님이 거의 없어요."라는 고이치의 대략적인 말만으로 판단한 것은 아니었다. 이미 하기노야에 대해 철저하게 조사해 지난 1년 사이에 두 번 정도 어음 부도가 날 뻔했다가 주거래은행의 도움으로 가까스로 위기를 넘긴 사실도 파악했다.

그러나 기우라는 그런 말을 하지 않고 여관 경영에 관한 경영학적 원칙만 말했다. 그의 전공은 현실적인 경영과는 거리가 먼 근대경영학으로, 그가 가진 경영학적 지식은 거의 일을 하면서 얻은 것이었다. 다만 가끔 들먹이는 경제학 전문용어가 그의 이야기에 신빙성을 더했다.

그는 세이지와 한 시간쯤 이야기한 뒤 사부로와 고이치를 데리고 돌아갔다. 일찍 돌아간 것도 그에게 속셈이 없음을 증명하는 듯했다.

게다가 돌아가기 직전에 그가 한 말은 세이지에게 신뢰감을 심어주었다.

"하기노야 같은 노포 여관은 특별한 것을 할 필요가 없습니다. 그냥 지금처럼 영업을 하면 됩니다. 물론 경기의 부침은 있겠지요. 그러나 눈앞의 이익보다 장기적인 관점에서 보는 것이 중요합니다. 좋은 여관은 일시적으로 힘들지라도 결국 다시 일어서는 것을 수도 없이 보았으니까요."

기우라의 의도가 일단 세이지의 신뢰를 얻는 것이었음은 틀림없다. 동시에 이미 하기노야의 경제적 파탄을 예견했기 때문에 일부러 특별한 것의 필요성을 부정했을지도 모른다.

기우라가 돌아간 뒤 히데노가 응접실로 들어왔다. 세이지와 히데노, 유키 세 사람은 다시 소파에 앉아 짧은 대화를 나누었다.

"고이치 녀석, 철이 없는 줄만 알았더니 나름대로 여관의 장래를 걱정하고 있었어. 오늘 녀석이 데려온 기우라란 남자도 생각보다 괜찮은 사람 같더군."

"그래요. 이제 고이치도 정신을 차리고 우리를 도와줄 거예요."

히데노가 만면에 미소를 지으며 세이지 말에 동의했다.

그러나 유키는 어두운 표정으로 정반대 의견을 말했다.

"과연 그럴까요? 전 왠지 예감이 좋지 않아요. 애초에 지금까지 속만 썩이던 고이치가 뜬금없이 여관의 장래를 걱정하는 게 이상하지 않아요? 그리고 그 기우라라는 사람, 왠지 소름 끼쳐요. 아빠, 엄마. 정체도 모르는 그런 사람을 믿으면 언젠가 무서운 일을 당할지도 몰라요. 여관을 빼앗길지도 모르고요."

유키의 불길한 예언을 듣고 세이지와 히데노는 찬물을 뒤집어쓴 것처럼 입을 다물었다. 유키도 더 이상 말을 하지 않았다. 단지 자신의 말을 다른 사람의 예언처럼 듣고 있었다.

불길한 예감이 유키의 온몸으로 퍼져나갔다. 그러나 이때만 해도 그 예감이 멀지 않은 장래에 현실로 바뀔 줄은 꿈에도 몰랐다.

7

"이런 부탁을 하자니 차마 입이 떨어지지 않지만 어떻게 좀 안 되겠나?"

세이지는 깊숙이 고개를 숙였다. 시노다 쓰요시와 그의 아내 요시코는 당혹스러운 표정을 감출 수 없었다.

7월 29일 오전 11시가 조금 지난 시각. 마치다 시에 사는 시노다 부부의 3LDK 아파트였다. 세 사람은 거실의 녹갈색 소파에 마주 앉아 있었다.

요시코는 세이지의 다섯 살 아래 누이였다. 시노다는 세이지의 매제로 중견 식품회사에 다니는 평범한 샐러리맨이었다.

"형님, 이러지 마십시오. 보증을 서드릴 수는 있습니다. 가족끼리 그 정도를 못 해드리겠습니까? 그런데 기우라라는 사람을 믿어도 될지 그게 걱정입니다."

시노다는 세이지보다 세 살이 적었다. 검은 테 안경을 썼으며, 정수리 부분이 이미 희끗희끗했다. 그는 세이지가 친척 중에서 가장 믿는 성실한 사람이었다.

"그래요, 오빠. 매춘알선까지 한다면서요? 하기노야에서도 그런 말도 안 되는 일을 해서 손님을 늘리라고 권하고 있잖아요. 그런 사람에겐 돈을 빌리지 않는 게 좋을 것 같아요. 은행에서 빌릴 수 없어요?"

"안 된대. 은행을 몇 군데 돌아다녔지만 어디서도 더는 빌려줄 수 없다는 거야. 이번 달에 돌아오는 천오백만 엔짜리 어음을 막지 못하면 하기노야는 끝장이야."

세이지는 그렇게 말하며 한숨을 쉬었다. 뺨은 야위고 얼굴은 창백했다. 최근 세이지의 마음고생은 눈뜨고 볼 수 없을 만큼 처절했다. 여름휴가 시즌이라서 내심 기대를 했지만 8월에 예약이 들어온 것은 겨우 세 팀뿐이었다. 종업원의 월급도 밀리기 시작했다.

"천오백만 엔요? 우리 저축으로 어떻게 되면 좋겠는데요."

"그건 안 돼. 아직 집 대출금도 남았고, 겐타로 학비도 들어가야 하잖아."

마음 좋은 남편이 당치도 않은 약속을 할까 두려워 요시코가 미리 가로막았다. 겐타로는 그들 부부의 외아들로 학비가 비싼 사립대학에 다니고 있었다.

요시코도 오빠를 좋아하는 착한 동생이었지만, 남편의 월급이 특별히 많은 게 아니라서 생활이 그리 넉넉하지 않았다. 마침 그녀 명의로 된 천오백만 엔의 정기예금이 있었으나 자신들의 노후를 생각하면 그걸 빌려주는 건 자살행위나 다름없었다.

세이지도 그것을 알고 있기에 돈을 빌려달라고 하지 않고, 기우라에게 돈을 빌릴 때 보증을 서달라고 부탁하는 거였다.

세이지 입장에서는 아무래도 매제보다 동생에게 부탁하는 쪽이 편했다. 다만 보증을 서려면 일정한 경제력이 있어야 하기 때문에 결국 전업주부인 동생보다 샐러리맨인 매제에게 부탁할 수밖에 없었다.

"그건 알고 있어. 그래서 너희 부부에게 폐를 끼치는 일은 어떻게든 피하고 싶고 피해야 한다고 생각해. 솔직히 말하면 지금 돈을 빌린다고 해도 갚을 자신이 없어. 그래서 빚이란 생각을 확실하게 할 수 있도록 기우라 씨에게 빌리려는 거야. 그러면 여관을 살리기 위해 이를 악물고 최선을 다할 테니까. 그러니 보증만이라도 서주면 좋겠어. 만약 빚을 갚지 못하면 여관을 내놓으면 되니까 너희 부부에게 부담이 가진 않을 거야."

"알겠습니다. 그렇게 해드리죠."

시노다가 마침내 결심을 했다. 요시코도 고개를 끄덕였지만 미련이 담긴 말투로 덧붙였다.

"그런데 오빠, 은행에 한 번 더 알아보세요. 은행에서 빌릴 수 있으면 그 남자 돈은 빨리 갚고요."

"그래, 그렇게 할게."

대답은 그렇게 했지만 은행에서 빌려줄 가능성은 제로라는 것을 세이지 자신이 가장 잘 알고 있었다.

그날 오후 세이지는 센조쿠에 있는 기우라의 아파트를 찾았다. 기우라가 빌린 2층의 다섯 집 중에서 가장 남쪽에 있는 모퉁이 집이 그의 사무실 겸 주거공간이었다.

방 두 개짜리 집으로 다다미 여덟 개짜리 주방을 사무실로 사용하고 있었다. 그는 세이지를 정중하게 맞이했고, 두 사람은 하얀 소파에 마주 앉았다.

"물론 천오백만 엔은 즉시 빌려드리겠습니다. 그런데 그 돈으론 어음을 결제하면 끝 아닌가요? 여관을 일으키려면 돈이 더 필요하겠지요. 거기에 천오백만 엔을 더해 3천만 엔을 빌려드리겠습니다. 그 정도는 금고에 있으니까 지금 당장이라도 내드릴 수 있습니다."

"그런데 이자는……?"

"8퍼센트가 어떨까요?"

나쁘지 않았다. 당시 사금융을 기준으로 볼 때 연이자 8퍼센트는 결코 나쁜 조건이 아니었다.

"정말 그렇게 빌려주시겠습니까?"

세이지는 자기도 모르게 본심을 말했다. 이자가 훨씬 비싸리라고 예상했던 것이다. 그와 동시에 새로운 불안이 증폭되었다. 저렴한 이자로 3천만 엔이나 되는 거금을 빌려주는 이상 부대조건이 있을 것이기 때문이었다.

부대조건의 내용도 상상이 되었다. 하나조노상회와 계약하라는 것이리라. 그런 경우에는 거절할 생각이었다. 증조부 때부터 내려오는 노포 여관을 매춘여관으로 바꾸면서까지 하기노야를 유지하고 싶지는 않았다.

그런데 기우라는 뜻밖의 말을 꺼냈다.

"대신 조건이 있습니다. 하기노야의 3층을 빌려주십시오. 이 아파트가 좁아 불편해서 그럽니다. 물론 임대료는 내겠습니다."

하기노야는 3층 건물이지만 불경기가 시작되고 나서 3층은 거의 폐쇄한 상태였다. 하기노야에는 엘리베이터가 없다. 지금처럼 경기가 나쁘지 않아 3층을 사용하던 시절에는 음식을 3층까지 가져다주기 힘들다고 종업원들이 투덜대기 일쑤였다.

임대료를 받고 기우라에게 3층을 빌려줄 수 있다면 원래 쓸모가 없던 방을 살릴 수 있다. 그런 의미에서도 나쁜 이야기는 아니었다.

다만 상대가 기우라라는 것이 문제였다. 그렇게 되면 그가 데리고 있는 여자들도 따라올 테니 상황이 매춘여관과 똑같아지지 않을까? 한순간 세이지의 머리에 그런 우려가 떠올랐다.

"그럴 경우에 하나조노상회 여자들이 우리 여관에서 일하는 걸 인정해야 하나요?"

"아니요, 반드시 그렇지는 않습니다."

기우라는 단호하게 말했다. 그리고 매우 사무적인 말투로 덧붙였다.

"전 지금도 하기노야의 경영 상태를 회복시킬 특효약은 하나조노상회와 계약하는 것밖에 없다고 생각하지만, 강요할 생각은 없습니다. 마음이 내키지 않으시면 그 마음을 존중해드리지요. 3층을 빌리는 건 단순한 임대 계약으로 충분합니다. 전 그곳을 여기처럼 사무실 겸 숙소로만 이용하고, 하기노야에서 다른 영업은 하지 않겠다고 약속드리지요."

그럼에도 세이지의 불안은 사라지지 않았다. 그러나 큰일을 위해 작은 일에는 손대지 않겠다는 기우라의 말에 묘한 설득력이 있었다. 실제로 그때까지 기우라는 세이지의 의사를 무시하고 억지로 강요하는 행위는 일체 하지 않았다.

결국 세이지는 기우라가 준비해놓은 차용증에 서명과 날인을 하고 그 자리에서 현금 3천만 엔을 받았다. 그 순간 하기노야의 부도 위기는 피했지만, 그와 동시에 경영권을 빼앗길 가능성이 생긴 것이다. 그러나 이 시점에서 세이지가 얼마나 명확하게 그런 생각을 했는지는 분명치 않다.

8

기우라 일행 전원이 센조쿠의 아파트에서 하기노야로 옮긴 것은 8월 중순의 오본야스미(음력 7월 중순의 우란분재로 8월 13일에서 15일 사이의 연휴) 무렵이었다. 사부로가 아는 운송업자에게 대형 트럭을 빌렸고, 짐을 전부 실은 뒤 하기노야까지 직접 운전했다.

대형 트럭이지만 사람이 탈 수 있는 공간은 거의 없어서 우타만 운전석 옆의 조수석에 앉고, 나머지는 다나베가 운전하는 왜건으로 이동했다.

우타가 조수석에 탄 것은 단순한 우연이었다. 운전을 한 사부로는 겉보기에 꽃미남 타입이라서 그의 옆에 앉겠다는 여자들이 많았다. 그러나 대형 트럭의 조수석은 의외로 좁아서 아직 중학생이고 체구가 작은 우타가 타게 된 것이다.

우타도 속으로 기분이 좋았다. 다른 여자들과 마찬가지로 마음속으로 사부로를 좋아했기 때문이다. 사부로의 외모에 끌렸다기보다 그의 시원하고 호탕한 성격을 좋아했다. 그가 예전에 사람을 죽였다는 소문을 들은 적이 있지만 우타는 믿지 않았다. 사부로 또래의 남자들은 허세를 부리며 큰소리치고 싶어 하는 법이니까. 사람들이 그의 허세를 진심으로 받아들였다고 생각했다. 그가 정말로 양부를 죽였다는 사실을 안 것은 훨씬 뒤의 일이다.

하기노야는 고풍스러운 느낌의 여관이었다. 베이지색 외벽의 일본풍 건물은 기품이 있었지만, 군데군데 페인트가 벗겨져 마치 역사를 간직한 피라미드처럼 위태로워 보였다. 우타는 하마마쓰에 있던 기우라의 여관을 떠올렸다.

고풍스러운 3층 건물이라는 점에서는 양쪽이 비슷했다. 그래도 기우라의 여관에는 엘리베이터가 있었는데 하기노야에는 엘리베이터가 없었다.

우타는 사부로나 다른 여자들과 같이 1층에서 3층으로 짐을 운반했다. 모두 구호를 맞춰 열심히 일했다. 오후 6시 무렵이 되었는데도 손님은 아무도 없었다. 그러나 이상하게 여기지는 않았다. 모두 연휴를 맞아 고향에 간 거라고 생각했다.

우타가 유키를 처음 만난 것도 그날이었다. 우타가 3층으로 짐을 운반하고 있을 때 1층 현관에서 불안한 얼굴로 지켜보던 여성이 유키였다. 그 옆에는 하기노야의 주인인 세이지가 서 있었다.

유키를 처음 본 순간 우타의 입에서 감탄사가 흘러나왔다. 그렇게 아름다운 여성은 본 적이 없었다. 머리가 짧아서 소년처럼 보이기도 했지만, 우타는 원래 보이시한 여성을 좋아해서 그날 본 유키의 인상이 뇌리에서 사라지지 않았다.

중학교 1학년 때 같은 반 친구에게 보이시한 여성을 좋아한다고 말한 적이 있었다. 그 말이 남학생들 귀에 들어가서 레즈비언이라고 놀림을 받은 이후 그런 말은 다시 입에 담지 않았다. 그때도 유키의 미모를 칭찬하는 말은 아무에게도 하지 않았다.

그러나 유키의 불안한 표정이 마음에 걸렸다. 우타가 왜 센조쿠의 아파트에서 하기노야로 이사했는지 정확한 경위는 몰랐다. 때문에 유키의 불안한 표정과 자신들의 이사를 연결해서 생각하지 않았다. 다만 아파트에서 여관으로 이사하면서 왠지 사치스러운 기분이 들고 마음이 들뜬 것은 사실이었다.

하기노야로 이사하고 나서 한 달이 지나도록 손님의 발길은 거의 없었다. 그러다 어느 순간부터 갑자기 손님이 늘기 시작했다. 우타와 비교적 친한 기리코라는 하나조노상회 여자에게 들은 바로는 기우라가 여관의 실권을 잡았기 때문이라고 했다.

그 무렵에는 주인인 세이지 부부의 모습도 가끔 눈에 띌 뿐 평소에는 거의 보이지 않았다. 유키는 자주 보았지만 표정이 점점 더 어두워져갔다. 고이치만이 전과 같이 사부로와 가벼운 농담을 주고받곤 했다.

9

기우라가 이사 온다는 사실을 알았을 때 유키는 고모인 요시코를 오라고 해서 하기노야의 응접실에서 긴급 가족회의를 열었다. 일요일이라서 고모부 시노다도 가족회의에 참석했다.

유키는 고모 부부의 협조가 반드시 필요하다고 생각했다. 아버지 세이지는 거의 노이로제 상태였고, 고이치를 맹목적으로 사랑하는 어머니는 믿을 수 없었다. 오히려 믿을 수 있는 사람은 요시코와 시노다였다.

"고모, 지금은 우리 집안의 최대 위기예요. 아빠를 보고 있으면 이제 아빠 혼자서는 도저히 해결할 수 없을 것 같아요. 전 기우라라는 사람만 보면 온몸에 소름이 끼쳐요. 예전에 사람을 죽인 적도 있는 것 같아요."

유키의 말을 들을 것도 없이 요시코는 이번 일에 두 팔 벗고 나설 생각이었다. 어쨌든 남편이 3천만 엔이나 되는 빚의 보증을 섰다. 유키가 말하는 이 집안의 위기는 곧 자기 집안의 위기이기도 했다.

더구나 오빠인 세이지에게도 할 말이 있었다. 남편이 보증을 서겠다고 한 것은 천오백만 엔이었다. 그런데 자기도 모르는 사이에 차입금은 3천만 엔이 되어 있었다. 그렇게 된 경위는 남편으로부터 대강 들었지만 오빠에게 직접 따지지 않고는 직성이 풀리지 않았다.

예상대로 두 집안의 합동 가족회의는 무거운 분위기에 휩싸였다. 먼저 요시코가 세이지를 비난하기 시작했다. 왜 마음대로 금액을 증액했냐는 것이다.

"오빠, 왜 3천만 엔을 빌린 거예요? 얘기가 다르잖아요!"

"내가 먼저 3천만 엔을 빌리겠다고 한 게 아니야. 기우라 씨가 어음만 막아서는 아무 의미가 없고, 여관을 살릴 돈이 필요할 거라면서 그렇게 하라고 했어."

"그게 그자의 수법이잖아요. 오빠도 알고 있어요? 기우라란 사람 말이에요, 살인 전과가 있다면서요? 유키, 그렇지?"

유키가 그동안 조사한 기우라의 과거에 대해 말했다. 그러자 시노다가 눈에 띄게 반응했다.

"아아, 그 사건 말인가요? 기억나요. 아내를 살해한 사람이 대학 조교수고, 살해당한 아내가 광역폭력단 조장의 딸이라서 매스컴에서도 시끄러웠잖습니까?"

"그래? 그 사건이야?"

세이지도 기억이 난 것처럼 말했다. 얼굴은 계속 망연자실한 상태였다.

요시코가 입에 거품을 물고 세이지를 비난했다.

"기우라의 배후에는 분명히 폭력단이 있어요. 그렇다면 돈을 빌려준 의도가 뻔하잖아요. 오빠, 그런 것도 모르고 그자에게 돈을 빌렸어요? 대체 왜 그런 거예요?"

세이지는 반박도 하지 않고 한층 어두운 표정으로 시선을 떨구었다.

"진정해. 지금 그런 걸 따져서 뭐해? 어쨌든 그 사람 돈으로 부도는 막았잖아. 문제는 앞으로 어떻게 하면 하기노야를 지켜 낼 수 있느냐야. 배후에 야쿠자가 있는지는 모르지만 아무튼 기우라는 도쿄대 출신에 한때는 대학교수였으니까 그렇게 황당한 짓은 저지르지 않을 거야."

이렇게 말하며 세이지를 감싼 사람은 시노다였다. 시노다는 이 집안 핏줄이 아닌 만큼 어떤 의미에서는 여관의 장래에 대해 가장 냉정하게 생각할 수 있는 사람이었다.

그때 유키가 결심한 듯 말했다.

"그런데 고모부, 이제 우리끼리 이야기해봤자 소용없지 않을 까요? 지금 상태에선 제삼자가 있어야 할 것 같아요."

그 말에 즉각 반응을 보인 사람은 시노다가 아니라 요시코 였다.

"제삼자라니, 누구 말이야? 그럴 만한 사람이 있어?"

유키 다음으로 위기의식이 강했던 요시코는 유키의 말에 마음이 내키는 것 같았다.

"네, 유스케 씨 친구가 지금 사법연수생으로 있는데, 그 친구를 통하면 변호사를 소개받을 수 있을 거예요. 아직 말은 안 해봤지만요."

유키의 애인인 유스케는 주오 대학 법학부를 나온 은행원으로 대학 동기생 중에 사법고시에 합격한 사람이 많았다.

세이지가 힘없이 물었다.

"그런데 지금 상태에서 변호사가 뭘 할 수 있지?"

그의 마음을 이해한 듯이 시노다가 보충 설명을 했다.

"나도 그렇게 생각해. 형님과 기우라의 계약관계는 어디까지나 합법적이니까. 변호사가 개입한다고 해도 어쩔 도리가 없을 거야. 이자만 해도 사금융에 비해 훨씬 싸잖아. 기우라가 여기에 살면서 임대료를 안 내면 변호사를 앞장세워 조치를 취하겠지만, 지금까지의 수법을 보면 노골적으로 법을 위반할 것 같진 않아."

시노다의 말은 조목조목 틀림이 없었다. 분명히 모든 것이 합법적으로 진행되고 있었다. 마사지사 파견 계약이라는 요소가 더해지면 비합법적 요소가 들어가지만, 지금 단계에서는 그것을 강요하지도 않았다. 더구나 합법적 마사지로 위장한 만큼 매춘 행위를 폭로하기는 쉽지 않으리라.

시노다의 보충 설명은 결정적으로 마이너스 효과를 초래했다. 그것을 계기로 변호사에게 의논하자는 이야기는 단숨에 뒤로 밀려나고 말았다.

두 집안의 합동 가족회의는 결국 아무런 결론도 내지 못한 채 끝이 났다. 다람쥐 쳇바퀴 돌 듯 반복되는 이야기에 최후의 일격을 가한 사람은 히데노였다.

"고이치에게 물어보면 어떨까요? 그 애가 기우라 씨와 친하니 어떻게 되지 않을까요?"

그 말에 대꾸하는 사람은 아무도 없었다.

그 이후 기우라가 하기노야를 점거하는 데는 그리 오랜 시간이 걸리지 않았다.

10

유키의 애인인 이시노 유스케는 기우라 일행이 하기노야로 들어오게 된 경위, 나아가 세이지가 시노다에게 보증을 서달라고 부탁한 상황을 유키로부터 자세히 들은 것 같았다. 그러나 그의 이야기에 따르면 변호사가 그 사건을 맡아줄 가능성은 그렇게 높지 않았던 것으로 보인다.

"그 무렵 분명히 유키 씨가 기우라에 대해 의논을 해왔습니다. 당시 그녀로부터 상황이 심상치 않다는 얘기를 듣고 사법연수생으로 있는 친구에게 이런 문제를 맡아줄 변호사가 없겠느냐고 물어보았지요. 하지만 반응이 좋지 않더군요. 변호사도 사건을 맡기 전에 주판알을 튕겨보잖습니까? 별로 돈이 될 것 같지도 않고, 아무리 변호사라도 폭력단은 무서울 수밖에 없지요. 폭력 사건을 전문으로 취급하는 변호사라면 또 몰라도 일반 변호사는 류진연합이 배후에 있을지도 모른다는 말만 듣고도 뒷걸음질 치더군요. 결국 친구가 알아본 변호사 중에 적극적으로 대응해준 사람은 한 명도 없었습니다. 그렇다고 그들을 비난할 수는 없지요. 은행원만 해도 폭력단이 얼마나 무서운지 보통 사람들보다 잘 아니까요. 당시 골프장 개발을 둘러싸고 은행에서 폭력단 프런트 기업에 빌려준 돈이 불량채권이 되는 바람에 사회적으로 큰 문제가 된 적이 있었어요. 거품 경제가 막 시작되던 1980년 중반의 일이었지요. 더구나 1990년대에는 대형 도시은행 지점장이 총에 맞아 죽은 사건도 있잖습니까? 거기에도 폭력단이 관여했다는 소문이 있었으니까 내게도 남의 일이 아니었지요. 은행 지점장이 어느 폭력단에게 원한을 산 게 아닌가 하더군요."

이시노는 이때 이미 환갑이 지나 은행에서 정년퇴직을 했다. 은행 지점장을 지냈던 그는 유키의 일보다 폭력단에 대한 공포를 더 자세히 들려주었다. 그의 말투가 어딘지 모르게 차갑고 객관적인 것은 어쩔 수 없으리라. 그만큼 세월이 많이 흐른 것도 사실이고, 과거의 인연과 멀어진 것도 사실이다.

그가 말한 대형 도시은행 지점장 사살 사건은 1994년에 발생했다. 스미토모 은행 나고야 지점장 사살 사건이다. 폭력단이나 불법 사채업자가 개입했다는 소문이 자자했지만, 결국 범인은 밝혀지지 않고 2009년에 공소시효를 맞았다.

그나저나 참 기묘한 일이다. 12년간 복역한 기우라에 대해 아무리 조사를 해도 류진연합의 그림자는 떠오르지 않았다. 그렇다고 그의 배후에 폭력단의 그림자가 전혀 없었던 것은 아니다. 그는 교쿠잔카이 조직원인 야마카와와 밀접하게 연결되어 있었다.

류진연합에 비하면 교쿠잔카이는 매우 작은 조직이다. 류진연합이 전국 규모의 폭력단이라면 교쿠잔카이는 간토 지역에 한정된 지방 폭력단이다. 두 조직은 서로 대립한 게 아니라 힘이 약한 교쿠잔카이가 류진연합의 안색을 살피면서 조직의 독립성을 유지하고 있었다는 게 정확한 표현이다.

시부야에 있는 스위트피는 교쿠잔카이에서 경영하는 러브호텔이었다. 야마카와의 중개로 스위트피와 기우라의 하나조노상회는 마사지사 파견 계약을 맺었다.

기우라에게는 매우 불리한 계약이었다. 분배는 하나조노상회가 40퍼센트, 스위트피가 60퍼센트를 가져가기로 했다. 하지만 이 계약에는 명확하지 않은 점이 많았고, 60퍼센트 중 야마카와의 몫이 20퍼센트 포함되어 있었다고 한다.

즉, 야마카와는 교쿠잔카이 본부에 분배 비율을 4 대 6으로 보고하면서 20퍼센트를 자기 주머니에 넣었다. 이 세계에서는 그런 일이 흔했지만, 이것이 나중에 기우라와 야마카와가 대치한 원인이라고 볼 수 있다.

지금도 기우라와 야마카와가 대립한 원인이 무엇인지 완전히 밝혀지지는 않았다. 분명한 사실은 기우라와 교쿠잔카이의 대립이었다기보다 기우라와 야마카와의 개인적 싸움이라는 성격이 강했다는 점이다.

따라서 기우라가 폭력단과 연결되어 있었다면 교쿠잔카이의 야마카와와 연결되어 있었다고 보아야 한다. 그것도 개인적인 관계였을 뿐 기우라의 배후에 교쿠잔카이가 있었다는 이야기는 완전한 헛소문이었다고 할 수 있다.

2장

말소

1

하기노야의 맞은편에서 중국요리집 고주반을 경영하는 시로가네 아쓰시가 하기노야 주인 부부의 모습을 본 지 벌써 보름 가까이 지났다. 8월 말에 접어들었지만 무더위는 가시지 않았다. 하기노야 정원의 소나무에서 우는 매미 소리가 불길한 징조처럼 여겨졌다.

"세이지 씨는 라면을 참 좋아했지요. 낮에도 혼자 우리 집에 라면을 먹으러 오곤 했습니다. 그런데 8월 중순부터 모습이 보이지 않더군요. 부인은 우리 가게에 온 적이 거의 없지만, 아침 일찍 빗자루를 들고 대문 앞을 쓸곤 했어요. 그런데 부인의 모습도 보이지 않더군요. 처음에는 둘이 어디 여행이라도 갔나 했는데, 여관을 내버려두고 그럴 리가 없잖습니까? 둘 다 아주 부지런해서 여관을 두고 놀러 갈 사람들이 아니거든요. 더구나 두 사람의 모습이 보이지 않을 때부터 옷차림이 화려한 여자들과 젊은 남자 한 명이 우리 가게에 드나들더군요. 그중 한 여자에게 물었더니 하기노야의 3층에 산다고 하지 뭡니까? 그래서 깜짝 놀랐지요. 그런 말은 금시초문이었거든요."

젊은 남자는 사부로였으리라. 고이치가 고주반에 얼굴을 내민 적은 한 번도 없었다고 한다. 유키의 모습도 보이지 않았지만 원래 남매를 자주 본 게 아니라서 특별히 마음에 두지 않았다.

그 무렵 하기노야 안에서 무슨 일이 벌어졌을까?

8월 15일 하기노야로 이사 오자마자 기우라의 태도가 변한 것은 아니었다. 그는 조용히 여관의 경영정상화 계획을 서류로 제출하라고 세이지에게 요구했다. 3천만 엔이라는 거금을 빌려 준 이상 하기노야 경영에 대한 관여는 당연하다는 게 그의 주장이었다.

차용증 안에도 임대계약서 안에도 그런 말은 쓰여 있지 않았다. 그러나 세이지는 그 요구를 순순히 받아들였다. 기우라의 조용한 말투에 위압감을 느끼기도 했고, 세이지 본인도 경영정상화에 자신이 없어서 다른 사람의 조언을 구하지 않을 수 없었다.

기우라는 경영정상화 계획서를 계속 다시 쓰라고 요구했다. 그러더니 얼마 후에는 계획서에 일일이 빨간 줄을 긋고 빨간 글씨로 수정을 하면서 세밀한 내용까지 무섭도록 캐물은 다음 세이지를 비난했다.

"당신 머리는 유치원생보다도 못하군. 이런 식으로 해서 이익이 날 것 같아? 지출에 대한 인식이 너무 안이하잖아. 애초 이 정도 규모에 무슨 종업원이 이렇게 많아? 일단 종업원을 3분의 1로 줄여. 월급이 많은 사람부터 적당히 위로금을 주고 해고해."

"하지만 그들 중에는 우리 여관에 꼭 필요한 사람이 있습니다."

"누가 어떤 이유로 필요하지?"

기우라가 송곳처럼 날카로운 눈길로 쳐다보며 물으면 세이지는 찍소리도 할 수 없었다.

여관이 제대로 돌아가지 않는 상태에서 스물한 명이나 되는 종업원은 분명히 낭비라고 할 수 있었다. 세이지는 일단 약간의 위로금을 주고 열네 명을 해고했다.

기우라는 종업원에게 퇴직금이라는 말을 사용하지 말라고 했다. 퇴직금이라고 하면 고액을 떠올리게 돼서 해고되는 종업원이 꼬투리를 잡아 고소할 수도 있다는 거였다.

실제로 해고된 종업원 중에는 고소하겠다고 넌지시 암시하는 사람도 적지 않았다. 그럴 때는 기우라가 사부로나 다나베를 데리고 그들의 집으로 쳐들어갔다고 한다.

"그자가 우리 집까지 부하들을 데려와 고함을 지르고 소란을 피웠지. 하지만 고함을 친 건 부하인 젊은 녀석과 늙은 영감탱이고, 그자는 차가운 눈으로 뚫어지게 쳐다보기만 했어. 그래도 아내와 어린 아들은 겁을 먹고 바들바들 떨었지."

그때 해고된 요리사 중 한 사람은 이렇게 말했다.

"두 사람이 고래고래 소리를 지르고 나자 기우라가 갑자기 손을 들고 조용히 말하더군. '여러모로 불만이 있는 건 이해하지만 여관 사정이 그러니 어쩔 수 없잖습니까? 부디 이해해주시기 바랍니다.' 그리고 내 아들을 물끄러미 쳐다보더니 '꼬마야, 몇 살이지?' 하고 물었어. 내가 '다섯 살이오.'라고 대꾸하자 빙긋이 웃고는 '앞날이 기대되는군요.' 하더군. 얼굴은 웃고 있었지만 눈은 뱀처럼 차가웠지. 나는 화가 나서 고소라도 하고 싶은 심정이었지만, 녀석들이 철수한 뒤에 아내가 울며불며 말리더군. 그러면 아들이 무슨 짓을 당할지 모른다고. 실제로 기우라의 뒤에는 거대한 조직폭력단이 있다는 소문이 있었지."

여기에서도 폭력단에 관한 소문이 기우라에게 유리하게 작용했다. 결국 그를 포함해 소송을 감행한 사람은 한 명도 없었다.

남은 여종업원 일곱 명 중 네 명은 스스로 그만두었고, 세 명만이 계속 일하게 되었다.

기우라는 거의 매일 밤 세이지 부부를 여관 2층의 사무실로 불러 몇 시간씩 세워둔 채 여관 경영정상화 계획에 대해 캐물었다. 주객이 전도된 것이었다.

사무실은 동쪽 끝에 있고, 세이지 부부의 방은 복도를 사이에 두고 맞은편 안쪽에 있었다. 기우라와 사부로, 다나베는 사무실에 상주했으며 세이지 부부가 자기 방에서 사무실까지 왔다 갔다 했다.

사무실 한가운데에 놓인 커다란 나무 테이블 앞 의자에 기우라와 사부로, 다나베, 고이치가 앉았다. 기우라는 세이지 부부에게 여관 경영정상화 계획에 대해 똑같은 질문을 반복하며 세이지가 계획서를 내놓을 때마다 퇴짜를 놓았다.

"아무래도 당신은 여관 경영자로 맞지 않는 것 같군. 감가상각이 무엇인지도 모르는 것 같고 말이야."

기우라가 그렇게 야단치듯 말한 것은 세이지 부부가 사무실에 들어오고 나서 이미 세 시간이 지났을 때였다. 기우라의 손에는 세이지가 헤아릴 수 없을 정도로 다시 쓴 경영정상화 계획서가 들려 있었다.

세이지는 고개만 숙일 뿐 대꾸를 할 수 없었다. 한마디라도 하면 그 즉시 기우라에게서 날카로운 말이 쏟아지고, 다른 세 사람에게서 비난의 폭풍우가 휘몰아칠 것을 알고 있었기 때문이다.

"아버지, 이제 그만 좀 해. 기우라 씨가 이렇게 하기노야를 위해 일하고 있는데 태도가 그게 뭐야? 이렇게 계획서를 대충 써서 여관을 다시 일으켜 세울 수 있을 것 같아?"

고이치가 기우라에게 아부하듯 비아냥거리자 사부로가 고이치를 치켜세웠다.

"누가 아니래? 고이치, 너희 아버지는 이제 쓸모가 없는 것 같으니까 네가 물려받는 게 어때? 내가 보기엔 네가 훨씬 경영에 재능이 있는 것 같은데."

사부로에게 세이지는 예전에 죽인 양부를 떠올리게 하는 존재였다. 고집이 세고 고지식해서 남의 의견은 듣지 않고, 사회 밑바닥에 있는 사람에게 편견을 가진 중년 남자. 이 점에서 세이지와 자신의 양부를 비슷하게 여겼다.

"아버지, 그러는 게 좋겠어. 이제 그만 은퇴하고 푹 쉬어. 여긴 내가 알아서 할 테니까."

사부로의 뒤를 이어 고이치가 다시 비아냥거렸다. 기우라 앞이라고 일부러 연기하는 것은 아니었다. 이런 기회를 빌려 자신을 쓰레기라고 불렀던 아버지에게 복수하고 싶었던 것이다.

세이지가 마지막 힘을 짜내 토해내듯 말했다.

"어림도 없어. 너 따위한테 여관을 줄 것 같아?"

"뭐야? 그 꼴이 돼서도 아직 큰소리치는 거야?"

고이치가 벌떡 일어나서 세이지 앞으로 다가갔다.

"아가리 닥치게 해. 너희 영감탱이는 주먹맛을 봐야 말을 알아들을 것 같아."

사부로의 말이 끝나기 전에 고이치의 주먹이 날아갔다. 주먹이 콧등에 명중하면서 세이지가 뒤로 쓰러졌다.

"고이치, 안 돼!"

히데노가 비명을 지르며 세이지를 껴안았다.

"당신도 고이치 말 좀 들어요. 얘도 하기노야의 장래를 생각해서 당신이 다시 일으켜 세우기를 바라니까 이러는 거잖아요."

세이지의 코에서 흘러나온 피가 그의 머리를 껴안고 있는 히데노의 하얀 원피스를 붉게 물들였다. 세이지의 눈에 굴욕의 눈물이 희미하게 감돌았다.

"말도 안 되는 소리 하지 마! 누가 당신더러 여관을 일으켜 세우래?"

고이치가 히데노에게 안긴 세이지의 가슴을 발로 걷어찼다. 세이지가 둔탁한 소리를 내면서 히데노의 가슴에서 바닥으로 나뒹굴었다.

"됐어. 오늘은 그만해! 둘 다 방으로 돌아가."

기우라의 날카로운 목소리가 실내 공기를 가로질렀다. 다나베가 일어서서 히데노 대신 세이지의 몸을 일으켰다.

히데노는 여전히 의자에 앉아 있는 기우라에게 애원하듯 말했다.

"제가 이렇게 부탁할게요. 더 이상 남편을 괴롭히지 마세요."

기우라가 조용하고 정중하게 대꾸했다.

"일부러 괴롭히려는 게 아닙니다."

"남편은 노이로제에 걸렸어요. 경영정상화 때문에 모두에게 비난당하는 사이에 머리가 이상해진 것 같아요."

"그러니까 부인께서 남편에게 제 의견을 듣도록 조언해줬으면 합니다. 어쨌든 오늘은 두 분 다 피곤하실 테니 그만 가서 쉬십시오. 저도 좀 피곤하군요. 내일 다시 이야기하지요."

기우라의 재촉을 받고 히데노는 깊숙이 고개를 숙인 뒤 다나베에게서 세이지를 넘겨받아 문으로 향했다. 두 사람의 등을 향해 기우라가 다시 한마디를 보냈다.

"참, 부인. 내일부터 하나조노상회가 여기에서도 영업을 할 겁니다."

세이지를 완전히 무시한 말이었다. 히데노는 어찌할 바를 모른 채 당황한 얼굴로 뒤를 돌아보았다. 그러나 기우라의 날카로운 눈길을 받고 즉시 시선을 돌렸다. 세이지는 뒤를 돌아보려 하지 않았다.

2

"어쨌든 이제 여관 경영은 어느 정도 회복됐겠지?"

이시노 유스케는 맞은편에 앉은 유키로부터 시선을 피하면서 달래듯 말했다.

"그런다고 금방 경영이 회복되겠어? 앞으로 경영권이 어떻게 될지도 모르고……."

9월 9일 일요일 오후 3시. 유키와 유스케는 신주쿠에 있는 란부르라는 클래식 찻집에서 이야기를 나누었다. 찻집 안에서는 쇼팽의 〈혁명 에튀드〉가 흘러나오고 있었다. 그 격렬한 선율이 유키의 불안을 상징하는 것처럼 들렸다.

분명히 하기노야의 손님 수는 늘었다. 전성기에는 미치지 못하지만 적어도 손님이 한 명도 없는 날은 없어졌다. 그러나 유키가 보기에 일반 손님은 30퍼센트 정도고, 나머지 70퍼센트는 매춘을 하기 위해 오는 손님이었다.

"여관 권리증은 여전히 너희 아버지가 가지고 계시잖아. 그렇다면 지금으로선 문제가 없지 않아?"

"그렇게 만만한 상대가 아니야. 그자는 매일 밤 엄마와 아버지를 사무실로 불러서는 몇 시간씩 세워둔 채 여관의 경영정상화 계획을 꼬치꼬치 따지고 있어. 그러는 사이에 경영권을 빼앗고, 하기노야를 고이치에게 물려준다는 구실로 권리증도 빼앗을 가능성이 있어. 고모도 그걸 걱정하고 있고."

"넌 경영정상화 회의에 참석하지 않아?"

"응, 기우라가 나에게는 들어오라고 하지 않아. 가족 중에는 부모님과 고이치만 참석하고 있지. 그는 내가 회의에 들어가는 걸 두려워하고 있어."

유스케는 유키가 오기를 부리며 다소 각색을 하고 있다고 생각했다. 기우라가 유키를 두려워하는 일은 있을 수 없었다. 오히려 유키의 말과 행동에서 기우라를 두려워한다는 사실을 알 수 있었다. 자존심 강한 유키는 자신의 애인에게조차 나약한 말을 하고 싶지 않았던 것이다.

"하지만 회의에 들어가는 편이 좋을 텐데."

"그래, 나도 몇 번 말해봤지만 거절하더군. 장남이 후계자니까 고이치만 있으면 된다고."

이 말은 사실일 것이다. 유키가 먼저 회의에 참석하게 해달라고 했지만 기우라는 이런 말만 되풀이했다고 한다.

"아가씨까지 나설 필요는 없습니다. 이런 일은 장차 여관을 물려받을 고이치 씨에게 맡기는 게 좋겠지요."

유키도 회의에 참가하는 게 좋을지 어떨지 망설이고 있다고 유스케에게 털어놓았다. 자신까지 소용돌이에 휘말리면 기우라의 마수에서 도망칠 가능성이 점점 낮아질 것 같았기 때문이다. 어느 정도 자유롭게 움직이기 위해서는 그런 회의에 참석하지 않는 편이 좋을지도 몰랐다.

유키의 말에 따르면 부모님이 기우라를 비롯한 사람들에게 사무실에서 몇 시간씩 비난을 받고 자신들의 방으로 돌아가는 것은 밤 11시가 가까워서였다. 그녀의 방은 부모님 방 옆이어서 그들이 방으로 돌아온 기척이 느껴지면 즉시 옆방으로 찾아갔다.

두 사람 모두 마음이 아플 만큼 초췌했다. 특히 어머니보다 아버지가 심해서 때로는 얼굴에 얻어맞은 흔적이 있기도 했다. "기우라가 그랬어?"라고 물으면 히데노가 "아니야. 고이치가 아버지를 생각해서 미리 때렸어."라고 대답했다. "기우라가 때리게 했겠지."라고 다시 캐물어도 "아니야, 기우라 씨는 오히려 말려주었어."라고 할 뿐이었다.

세이지는 분한 얼굴로 말없이 입술을 깨물었다. 이래서는 경찰에 고소해도 가족 간 폭력 사건으로 처리될 뿐이었다.

"고이치와 직접 얘기해보면 어때?"

유스케의 말에 유키는 불만스러운 표정을 지었다. 아무리 애인이라도 가족에 관해선 잘 모른다고 말하고 싶은 표정이었다. 유키도 기우라한테서 떨어지라고 설득하기 위해 고이치에게 얘기 좀 하자고 몇 번 말을 꺼내보았다.

그러나 정상적인 반응은 한 번도 없었다. 고이치는 어린 시절부터 우등생이었던 유키에게 열등감을 가지고 있었다. 그런데 입장이 뒤바뀌면서 열등감이 최악의 형태로 나타나고 있었다.

"틀렸어. 그 애하고는 말이 안 통해. 완전히 기우라에게 넘어갔어."

유키는 힘없이 말했다. 그러자 유스케도 더 이상 고이치에 대해 말할 생각이 없어졌다.

3

2012년 7월, 나는 경시청 수사1과에서 근무했던 이부키 다쓰마를 찾아갔다. 그는 스기나미 구에 살고 있었다.

지하철 마루노치 선 미나미아사가야 역과 스기나미 구청에서 오메 가도를 사이에 두고 동서로 펼쳐지는 일대가 나리타히가시라는 지역이다. 이 지역은 도서관을 비롯한 공공기관 건물이 드문드문 있지만 기본적으로는 주택가였다.

이부키의 집은 비교적 작은 집들이 옹기종기 모여 있는 나리타히가시의 주택가에 있었다. 7월의 평일 오후 1시경, 조용하고 한적한 동네에는 여름 햇살이 가득 차 있었다.

이부키는 경시청에서 퇴직한 뒤 대형 경비회사의 경비부장으로 5년쯤 근무하다 65세에 그만두고, 그 후로는 연금으로 생활하고 있었다. 올해 76세로 두 딸은 결혼해서 나가고 지금은 아내와 둘이 살고 있다고 했다.

몸은 탄탄하지만 체구는 작았다. 짧은 머리에는 흰머리가 많이 섞였고, 중후한 인상을 주는 검은 테 안경을 쓰고 있었다.

그는 정원과 마주한 다다미 네 개 반의 일본식 방으로 나를 안내했다. 도코노마(일본식 방의 위쪽에 바닥을 조금 높여 만든 곳)에는 상당히 좋은 장기판과 장기알이 놓여 있었다.

"일을 그만둔 뒤로는 매일 여기서 장기만 둔답니다."

차를 가져온 이부키의 아내가 웃으면서 말했다. 밝은 웃음이 매력적인 통통한 여성이었다.

"실력이 굉장하시겠네요."

그러자 이부키가 작게 웃었다.

"난 그렇게 생각하지만 주변 사람들은 인정해주지 않는다네."

나는 미소를 지었고, 그의 아내는 남자처럼 호쾌하게 웃었다. 그 웃음소리로 인해 주변을 감싸고 있던 긴장감이 조금 풀린 듯했다.

아내가 자리에서 일어서자 이부키가 짙은 갈색 탁자 너머에서 입을 열었다.

"자네가 그 사람의 조카인가?"

그의 첫 마디는 역시 그 말이었다. 어쩔 수 없으리라. 나는 재빨리 취재 의도를 설명한 뒤 내 취재 대상은 어디까지나 기우라 사건이고 숙부 일은 부수적이고 우연한 문제에 불과하다고 강조했다. 내 말을 이해했는지 그는 일단 숙부 일은 차치하고 감회에 잠긴 낮은 목소리로 기우라 사건에 대해 말하기 시작했다.

"그 사건은 역시 후회가 남는군."

그는 눈을 가늘게 뜨고 먼 과거를 떠올리는 표정을 지었다.

"특히 어떤 점이 그렇습니까?"

"사람들이 너무 많이 죽었네. 우리는 나름대로 하기노야를 내사하고 있었지. 하지만 기우라라는 사람을 어떻게 평가해야 할지 모르겠더군. 그는 인텔리였어. 그런 선입견이 판단을 흐리게 만든 게 사실이네. 그런 사람이 설마 그렇게 많은 사람을 죽였겠냐고 생각한 거지. 나 자신은 그 의견에 반대했지만 내 생각을 강력하게 주장할 만한 확신은 없었네. 사건이 일어난 뒤 하기노야에 대한 강제수사가 너무 늦지 않았냐고 매스컴에 두들겨 맞았지만, 그 비판을 기꺼이 감수한다고 해도 역시 쉽게 판단할 수 없는 사건이었지. 그건 기우라의 특이한 성격과 관계가 있을지도 모르네."

"특이한 성격이라니요? 그의 성격은 어땠나요?"

"아마 나보다 자네가 더 잘 표현할 수 있을 테지만, 나 나름대로 말하자면 합리성과 광기가 섞여 있다고 할까……."

내 입에서 탄성이 흘러나왔다. 기우라에 대한 그의 평가가 내 평가와 정확히 일치했기 때문이다. 나는 그의 말을 끊지 않고 계속 들었다.

"사건이 어느 정도 해결된 다음에도 이해할 수 없는 점이 몇 가지 있었지.

그나마 하기노야 사건은 어느 정도 진실을 알게 됐지만, 가고시마의 집단자살 사건은 지금도 베일에 싸여 있네."

나를 만나서 조금 흥분했는지 그는 자세한 부분은 무시하고 즉시 본론으로 들어갔다. 그러나 나는 순서를 따라서 자세한 부분까지 듣고 싶었다.

"하기노야에 대한 강제수사가 늦어진 이유 중에는 당시 수사1과와 수사4과의 알력 관계 또는 두 과가 연계된 실수가 있었다고 하더군요."

나는 이렇게 질문함으로써 사건의 시간 축을 원래대로 되돌리려고 했다. 집단자살 사건이 기우라 사건의 끝이라면 시작은 야마카와 살인 사건이었다.

야마카와 살인 사건은 1과가 취급할지 4과가 취급할지 경계가 불분명한 미묘한 사건이기도 했다. 지금 4과는 형사부에서 독립해 조직범죄대책부가 되었다. 따라서 그런 미묘한 사건이 일어나면 부총감이 조정해주지만, 당시만 해도 그 일은 형사부장의 관할이었다. 그 권한의 경계선에서 경시청의 수사가 어떤 과정을 거쳐 하기노야로 향했는지 알고 싶었다.

"음, 그것도 부정할 수 없지. 1과와 4과는 옛날부터 미묘한 관계였으니까."

스스로 흥분했다는 것을 알아차렸는지 이부키는 침착함을 되찾고 목소리를 가다듬었다.

"일단 사건의 발단이 된 야마카와 사건부터 듣고 싶습니다만……."

나는 급한 마음을 억누르듯 마음의 브레이크 페달을 밟으면서 천천히 말했다. 이부키는 문득 도코노마에 있는 장기판을 쳐다보며 작게 고개를 끄덕였다.

4

"주임님, 하루미 부두에서 발견된 시신의 신원이 밝혀졌습니다."

사쿠라다몬에 있는 경시청 본청사 6층 수사1과의 대회의실. 제2강력범수사 제4계 주임 이부키가 부하인 시마무라 경부보의 보고를 받은 것은 1984년 9월 2일이었다.

도쿄 만(灣) 하루미 부두로부터 2킬로미터 떨어진 바다에서 어선의 릴에 걸린 남자의 시신이 발견된 것은 5월 28일. 즉, 신원이 밝혀지는 데 석 달이 넘게 걸린 것이다. 남자가 심한 폭행을 당한 데다 사체의 손상이 심하고 전라 상태여서 신원을 알아낼 만한 것이 아무것도 없었기 때문이다.

다행히 남자에게 전과가 있어서 가까스로 채취한 지문을 통해 겨우 신원이 밝혀졌다. 당시에도 DNA 감정이 있긴 했지만 정밀도가 부족해 범죄 여부를 밝히는 데 응용한 사례는 극히 제한적이었다.

야마카와 로쿠로. 42세. 교쿠잔카이 조직원. 전과 5범으로 총도법(銃刀法, 총포 도검류 소지 단속법) 위반, 마약 소지, 공갈 등으로 체포된 전력이 있었다.

"교쿠잔카이 조직원이야?"

"4과에서 맡고 싶어 할까요?"

"그렇진 않을 거야. 그리고 이미 수사본부가 섰으니까."

이미 도쿄 스이조 경찰서(현 도쿄 완간 서)에 수사본부가 설치되어 이부키가 속한 수사1과의 강력범수사 제4계가 주력부대로 투입된 터였다.

그때까지 신원이 밝혀지지 않은 탓에 수사는 한 발짝도 나아가지 못했고, 본래 수사본부가 있는 관할서에 있어야 하는 경시청 형사들도 매일 경시청과 관할서를 왔다 갔다 하고 있었다. 그러나 이제 신원이 밝혀짐에 따라 수사는 크게 진전되고, 형사들의 생활도 수사본부를 중심으로 바뀔 것이 틀림없었다.

이부키는 48세의 베테랑 경부였다. 본청 수사1과에 배속된 지 15년이 넘었다. 그 전에는 신주쿠 서 경찰과에 7년 있었다. 살인 같은 강력범을 단속하는 형사로서는 더할 나위 없는 경력이었다.

다만 눈에 띄게 행동하지 않는 착실한 형사로 지금까지 화려한 전력이 있는 것은 아니었다. 그러나 신중하고 꼼꼼한 수사로 정평이 나 있고, 수사1과장과 계장의 신임도 두터웠다.

그날 오후 1시에 수사본부가 있는 관할서 강당에서 수사회의가 열리기로 예정되어 있었다. 이부키는 도쿄 스이조 서로 가기 전에 1층에 있는 수사4과에 얼굴을 내밀었다.

같은 경시청에 있어도 1과 형사가 4과를 찾는 일은 거의 없었다. 그러나 이부키에게는 좋은 구실이 있었다. 폭력단을 담당하는 경부보 이가라시가 장기 친구였다. 둘 다 경시청의 장기동호회 회원이었다.

이부키는 4과에서 모르는 사람이 없을 정도로 유명했다. 가끔 이가라시를 만나기 위해 4과에 얼굴을 내밀고, 이가라시가 한가할 때는 30분 정도 장기를 두고 돌아가곤 했기 때문이다.

이가라시는 장기처럼 머리를 쓰는 게임과는 거리가 멀어 보이는 빡빡머리의 거구였다. 폭력단 사무실을 급습할 때는 누가 폭력단 단원인지 모르겠다고 뒤에서 쑤군거릴 정도였다. 반면에 이부키는 작은 체구에 검은 테 안경을 쓴 성실해 보이는 인상으로, 둘이 같이 있으면 지나가는 사람들도 힐끔 쳐다보곤 했다.

"30분간 한판 승부, 어때?"

이부키는 휴대용 장기판을 이가라시의 책상 위에 놓으며 말했다. 이가라시가 자신의 자리에 앉고 이부키는 선 채 두는 것이 어느새 습관이 되었다.

"1과는 참 한가한가 보군. 스이조에 수사본부가 설치되지 않았던가?"

"그래서 말인데, 신원이 밝혀진 야마카와라는 자는 어떤 녀석이야?"

이부키는 되도록 아무 일도 아닌 것처럼 물었다.

"피라미야. 최근에 매춘 일을 꽤 화려하게 한 것 같던데, 그쪽과 관련이 있지 않을까?"

"4과에서 맡고 싶어 하나?"

"그렇지는 않을 거야. 이미 1과에서 수사본부를 차렸으니까. 그런 피라미를 처리한 녀석을 잡아봐야 위쪽까지 이어지지도 않고. 더구나 교쿠잔카이처럼 코딱지만 한 곳은 매력이 없거든. 적어도 류진연합 정도는 돼야 4과의 체면이 서지."

"매춘 말인데, 어디부터 들어가야 할까?"

이부키가 한 수 가르쳐달라는 식으로 물었다.

"시부야에 있는 러브호텔 스위트피부터 들어가는 게 어때? 교쿠잔카이의 프런트거든."

이 단계에서 두 사람의 대화에 기우라라는 이름이 나오는 일은 없었다. 수사1과에도, 수사4과에도 기우라는 이미 과거의 인물이었는지 모른다.

"뭐야? 또 혈웅(穴熊, 일본 장기의 방어진형 중 하나. 가장 견고한 방어의 하나로 꼽힌다)이야? 이거 시간이 걸리겠군."

이가라시가 체구에 어울리지 않게 날카로운 목소리로 말했다.

5

마침내 세이지는 행동까지 이상해지기 시작했다. 무리도 아니었다. 매일 낮, 매일 밤 사무실로 불려가 몇 시간씩 기우라 패거리의 힐난을 받았기 때문이다.

이야기는 이미 여관의 경영정상화 계획에서 아들 고이치에게 경영권을 물려주는 문제로 바뀌었다. 기우라는 고이치가 장남이라는 것을 이용해 노골적으로 하기노야를 빼앗으려고 했다.

고이치를 실체가 없는 경영자로 추대하고 실권을 장악하려는 속셈이었다. 속이 뻔히 들여다보이는 스토리라고 할 수 있었다.

그러나 유키는 이런 단순한 스토리에 대항할 방법조차 생각나지 않았다. 어느새 가족은 두 패로 나뉘었다.

히데노는 여관 경영을 고이치에게 맡기는 것에 찬성하기 시작했다.

"곰곰이 생각해보니 기우라 씨 말에도 일리가 있어요. 당신은 일을 너무 많이 해서 지금 몸도 마음도 지쳐 있잖아요. 고이치도 열심히 하려고 하니까 앞으로는 고이치에게 맡기는 게 좋지 않을까요?"

히데노는 아부하듯 기우라 앞에서 그런 말을 되풀이했다. 물론 기우라와 같이 그 자리에 있던 다나베와 사부로, 고이치도 그 말을 들었다. 다만 히데노가 사무실에서 지옥처럼 끔찍한 시간을 보낸 뒤 자기 방으로 돌아와 유키에게 그 말을 되풀이했는지는 분명하지 않다.

유키 쪽에서 보면 울고 싶은 심정이었으리라. 그녀에게 머리가 나쁜 어머니는 이미 증오의 대상이었다. 히데노는 머리가 나쁘다기보다 마음이 약했다고 하는 편이 맞을지도 모른다.

친척들에 따르면 히데노에게는 옛날부터 가혹한 현실에서 눈을 돌리고 자신에게 좋게 해석함으로써 정신의 안정을 유지하려는 면이 있었다고 한다.

그 무렵 유키는 종업원 신세로 전락해 있었다. 실질적으로 여관을 경영하는 다나베의 지시에 따라 여종업원과 똑같이 일해야 했다.

유키의 미모는 사람들의 시선을 끌었다. 그러다 보니 손님들 중에는 경영자의 딸이 여관 일을 도와준다고 여기는 사람도 있었다. 하지만 그렇게 생각하는 사람은 평범한 손님이고, 매춘을 목적으로 오는 손님 중에는 유키를 자신의 방에 넣어달라고 요구하는 사람도 있었다. 그럴 때마다 다나베는 "그건 안 돼. 여기 사장의 딸이니까."라고 쓴웃음을 지으며 대꾸하곤 했다.

다만 유키가 남자들에게 안기는 심리적 효과는 다나베도 알고 있었다. 그래서 그는 유키를 향해 이렇게 말했다.

"아가씨, 좀 더 야한 옷을 입지 그래? 치마 길이도 더 짧았으면 좋겠어."

미니스커트가 유행한 시대였던 만큼 유키의 치마 길이도 결코 길지는 않았다. 따라서 그보다 더 짧으면 팬티가 보일지도 몰랐다.

그러나 다나베의 끈질긴 요구에 지쳐서 유키의 치마 길이는 조금씩 짧아졌다. 특별히 여자를 밝히는 것처럼 보이지 않는 다나베까지 그렇게 노골적으로 말하는 것이 유키에게는 너무나 소름 끼쳤으리라.

이 무렵에는 유키도 기우라가 쳐놓은 악의(惡意)의 함정에 걸려들려는 찰나였다. 그녀 자신도 그런 사실을 알고 있었기에 독거미의 거미줄에서 도망치려는 곤충처럼 탈출을 위한 마지막

발버둥을 계속하고 있었다.

9월 중순의 어느 날 밤, 유키는 과감하게 행동으로 나섰다. 여느 때와 달리 경영정상화 회의에 참석하게 해달라고 강력하게 요구했다.

유키의 계획은 한마디로 이판사판 작전이었다. 경영정상화 회의에 참석하면 그녀 자신이 위험해질 수도 있었다. 그러나 만약 자신에게 신체적 위험이 가해지면 반대로 경찰이 개입하게 되고, 그것을 이용할 수 있을지도 몰랐다. 실제로 유키는 유스케에게 몇 번 그런 말을 한 적이 있었다.

기우라는 지금까지와 달리 유키의 제안을 순순히 받아들였다. 이제 유키까지 지배하겠다는 의도가 숨어 있었던 것이리라.

유키가 사무실 안으로 들어갔을 때는 이미 여느 때와 같은 구도가 만들어져 있었다. 먼저 들어가 있던 부모님은 입구 근처의 화이트보드 앞에 서 있고, 기우라와 다나베, 사부로, 고이치, 그리고 지금까지 본 적이 없는 남자가 테이블 앞 의자에 앉아 있었다.

운동선수처럼 머리를 짧게 자른 남자는 기이하리만큼 눈꼬리가 위쪽으로 째져 있었다. 검은 와이셔츠에 검은 바지. 아무리 봐도 성실한 사람으로는 보이지 않았다. 교쿠잔카이 조직원인 마쓰나카였다.

"고이치, 자리 좀 비켜. 넌 남자니까 서 있어도 되잖아."

유키는 고이치를 향해 의연하게 말했다. 그러나 생각지도 못한 곳에서 반격이 날아왔다.

"무슨 소리야? 왜 고이치더러 서 있으래? 네가 서 있으면 되잖아."

마쓰나카의 입에서 믿을 수 없을 만큼 우렁찬 비난의 소리가 튀어나왔다. 부조리한 목소리의 폭력이었다.

"당신은 누구죠?"

공포와 분노로 유키의 목소리가 파르르 떨렸다.

"내가 누군지 알아서 뭐하게? 그리고 말이야, 네가 앉기 전에 부모를 먼저 앉혀야 하잖아!"

유키는 흠칫 놀라며 화이트보드 앞에서 고개를 숙인 채 서 있는 부모님을 바라보았다. 그 말이 맞았다. 부모님은 매일 낮, 매일 밤 이렇게 서서 악의에 가득 찬 그들의 비난을 받은 것이다. 그러나 진심으로 앉고 싶은 것은 아니었기에 그녀의 머릿속에 부모님에 대한 생각은 없었다.

그때 기우라가 조용히 입을 열었다.

"이분은 당신 아버지가 빌린 3천만 엔의 일부를 내신 분이지요. 당연히 이 회의에 참석할 권리가 있습니다."

반론할 말이 생각나지 않아 유키는 입을 다무는 수밖에 없었다.

결국 유키도 부모님 옆에 선 상태에서 회의가 진행되었다. 회의라는 이름은 명목일 뿐 실제로는 세 사람이 매도를 당하는 시간이었다. 더구나 그들의 요구는 예전에 비해 더 구체적이었다.

"아버지, 이제 그만 은퇴해. 오늘부터 이 여관의 권리증은 내가 맡을 테니까."

말 공격의 중심은 여전히 고이치였다. 기우라의 의도는 명백했다. 어디까지나 가족이 가족을 비난하는 구도를 유지하려는 것이었다.

고이치의 입에서 권리증이라는 말이 나오는 것을 듣고 유키의 위기감이 한층 더 깊어진 것은 분명하다.

"고이치, 제발 눈을 떠! 이 사람들의 입발림에 넘어가서 부모형제를 구렁텅이에 빠뜨릴 작정이야? 애초에 네가 이 여관을 위해 한 게 뭐지? 아무것도 없잖아!"

유키도 필사적이었다. 여기서 약한 모습을 보이면 모든 것이 끝장이었다.

그러자 다시 마쓰나카가 고함을 쳤다.

"넌 빠져! 이건 장남과 아버지가 결정할 문제야."

서슬 퍼런 목소리에 움찔거리며 유키는 입을 다물었다. 이후에도 그런 과정이 반복되었다. 처음에는 고이치가 말할 때마다 유키가 되받아쳤다. 그러나 그럴 때마다 마쓰나카의 목소리가 더욱 커지면서 밀려오는 피로와 공포로 인해 유키의 냉정한 판단력도 흐려지기 시작했다. 감금상태에 있는 사람이 빠지는 히스테리 상태로 들어간 것이다. 그리고 그것은 히데노의 말에서 뚜렷이 나타났다.

"여보, 이제 전부 고이치와 기우라 씨에게 맡겨요. 권리증도 고이치에게 넘겨주고요."

"엄마, 그게 무슨 말이에요? 지금 제정신이에요? 이 사람들은 범죄자예요. 이건 범죄고요! 지금 당장 경찰에 신고하겠어요."

말이 끝나기도 전에 유키는 밖으로 나가려고 했다. 다음 순간 마쓰나카가 그녀를 잡고 세차게 뺨을 후려쳤다. 손놀림이 매우 절묘해서 유키가 쓰러질 만큼 세게 때리지는 않았다. 그러나 통증은 굉장히 심해 보였다. 더구나 뺨을 때릴 때마다 마쓰나카는 "이를 악물어."라고 말했고, 유키는 조건반사처럼 이를 악물었다. 그러면 뼈까지 스며드는 충격이 가해지곤 했다.

눈 깜짝할 새에 유키는 뺨이 부풀어 오르고 의식이 몽롱해졌다.

"유키, 어서 사과해. 이분들은 우리를 생각해서 그렇게 말하는 거야."

히데노의 목소리가 멀리서 들려왔다. 이윽고 마쓰나카의 폭력이 그치고 기우라의 조용한 목소리가 들렸다.

"그럼 당신은 고이치 씨가 여관을 물려받는 걸 받아들일 수 없단 거군요."

그 말에 유키는 다시 제정신을 차렸다.

"당연하죠. 어서 여기서 나가세요. 여긴 우리 집이에요."

목소리 끝에 눈물이 배었다. 그러자 기우라가 무섭도록 차가운 목소리로 말했다.

"그래, 나가주지. 지금 당장 3천만 엔과 이자를 갚는다면 말

이야.'

"그건……."

유키는 자기도 모르게 중얼거렸다. 그것은 자신의 힘으로 해결할 수 없는 문제였다. 천오백만 엔을 마련하지 못해 기우라에게 두 배인 3천만 엔을 빌렸다. 그 돈을 한 달 만에 이자까지 포함해 갚을 수는 없었다. 손님이 늘었다고 해도 수익의 대부분은 기우라의 주머니로 들어가고, 세이지에게는 거의 들어오는 게 없었다.

"어때? 지금 당장 갚을 거야? 확실히 대답해!"

마쓰나카가 윽박지르며 다시 유키의 뺨을 때렸다. 입술이 찢어졌다. 동시에 눈물이 터져 나왔다.

"두 분은 우리 제안에 찬성하는 것 같으니까 이제 방으로 가셔도 됩니다. 따님은 여기에 남으시고요."

기우라가 그렇게 말하자 다나베가 일어서서 세이지와 히데노 앞으로 다가갔다. 밖으로 나가기 전에 히데노가 기우라를 향해 애원했다.

"딸에게 난폭한 행동은 하지 마세요. 제가 잘 타이를게요."

"부인, 걱정 마세요. 따님도 이제 이해했을 겁니다. 우리도 난폭한 짓은 하고 싶지 않고요."

기우라가 부드럽게 말했다. 그러나 유키에게 진정한 지옥이 시작된 것은 세이지와 히데노가 나가고 나서였다. 화이트보드 앞에 있는 유키를 마쓰나카와 다나베, 사부로, 고이치가 사방에서 에워쌌다.

그들과 유키와의 거리는 몇 센티미터에 불과해 그들의 몸이 유키의 옷에 닿기 직전이었다. 의자에 느긋하게 앉아 있는 사람은 기우라뿐이었다.

그런 상태에서 유키의 온몸으로 네 남자의 비난과 욕설이 쏟아졌다.

"빌어먹을 계집애!"

"이제 그만 인정해!"

"덜떨어진 년 같으니!"

유키의 몸이 조금씩 흔들리자 마쓰나카가 "정신 차려!"라고 소리치며 또 뺨을 때렸다.

찢어진 입술과 코에서 피가 흘러내려 유키가 입은 하얀 티셔츠를 새빨갛게 물들였다. 음침하고 섬뜩한 광경이었다. 유키는 소리 내어 울기 시작했다.

세이지와 히데노가 방으로 돌아간 밤 11시부터 새벽 5시까지 유키는 계속 비난과 욕설을 듣고 따귀를 맞아야 했다. 아무런 변화도 없는 똑같은 상황의 반복. 비난과 욕설과 따귀…… 그 단조로운 반복이 오히려 고문과도 같은 고통을 증폭시켰다. 새벽 3시가 지났을 즈음에는 선 채 의식을 잃어버렸다. 울음소리도 멈추었다.

유키가 다시 정신을 차린 것은 마쓰나카의 비웃음 때문이었다.

"이년, 오줌 지렸어!"

유키의 바지 지퍼 부근에서 허벅지 부근까지가 축축이 젖어 있었다.

추격을 가하듯 고이치의 목소리가 들렸다.

"세상에! 사람들 앞에서 오줌을 싸다니! 누나, 창피하지도 않아?"

뒤를 이어 사부로의 웃음소리가 높이 울려 퍼졌다.

유키는 다시 어린아이처럼 큰 소리로 울기 시작했다.

6

하기노야의 구조는 매우 복잡했다. 손님들이 늘고부터 3층에 있는 방 다섯 개 중에 서쪽 끝에 있는 가장 큰 방을 하나조노 상회 여자들과 우타가 사용했다. 그 옆방을 기우라가 사용했고, 나머지 세 개는 손님용이었다.

처음에는 다나베와 사부로, 고이치도 여자들 방에서 같이 지냈다. 남자들과 여자들의 공간은 보스턴백 등의 짐을 놓아서 구분했다. 그러나 공간이 넉넉하지 않아 거의 웅크리고 자야 했다. 여자들은 남자들 앞에서도 태연하게 옷을 갈아입었다. 우타는 그것이 견딜 수 없을 만큼 싫어서 남자들이 없을 때 몰래 옷을 갈아입어야 했다.

고이치에게는 하기노야가 자기 집인데도 방이 없었다. 아마 거의 집에 오지 않아서 없애버린 것이리라. 고이치와 같은 방에서 지내는 것에 노골적으로 불만을 토로하는 사람도 있었다. 가장 크게 불만을 제기한 사람은 기리코였다.

"그 녀석이 왜 우리와 같이 있는 거지? 우리 알몸을 보고 싶은 거 아냐? 눈이 꼭 그렇게 생겼어."

기리코는 스물세 살로 매춘 여성 중에 제일 젊어서 손님들의 인기를 독차지했다. 고이치도 기리코에게 마음이 있는지 어떻게든 옆에 붙어 있으려고 했다. 그러나 기리코는 고이치를 싫어해 그가 가까이 다가오면 일부러 다른 여자들에게 말을 걸곤 했다.

이 무렵 우타의 마음에 가장 걸린 것은 역시 세이지 부부와 유키였다. 세이지 부부는 그동안 있던 2층 방에서 쫓겨나 정원의 서쪽 구석에 있는 세 평짜리 헛간으로 옮겨졌다. 그들의 방은 이윽고 다나베와 사부로, 고이치가 차지하게 되었다. 가끔 찾아오는 마쓰나카도 하기노야에서 잘 때는 그 방을 이용하는 것 같았다.

유키의 방은 그 안쪽으로 항상 감시를 당하는 상태였다. 2층에는 남자들이 사용하는 일본식 방과 유키가 사용하는 서양식 방, 사무실 외에 객실이 열 개 있었고, 1층에는 라운지와 응접실, 대욕탕, 그리고 객실 여덟 개가 있었다.

그 즈음 우타는 다나베의 지시로 유키의 방에 저녁식사를 가져다준 적이 있었다. 그때 일본식 방에는 마쓰나카가 있었다. 우타의 눈에는 마쓰나카가 하기노야에 와 있을 때면 유키가 몹시 겁을 먹는 것처럼 보였다. 마쓰나카가 있다는 것을 알면 유키는 자기 방에서 나오려고 하지 않았다.

마쓰나카는 가끔 아침부터 밤까지 일본식 방에서, 자기 멋대로 주방에서 가져온 한 되짜리 술을 마신 뒤 자고 가는 일이 있었다. 그러면 유키는 24시간 자기 방에 틀어박혀 있곤 했다.

그날 우타가 식사를 가져갔을 때는 이미 밤 9시가 가까웠다. 마쓰나카가 아침부터 와 있었으니까 유키는 열두 시간이나 밖으로 나오지 않았을 터였다.

우타는 작게 노크를 했다. 쟁반에는 구운 생선과 쌀밥, 된장국, 그리고 장아찌 정도가 있었다고 우타는 기억했다.

문이 열리고 유키가 얼굴을 내밀었다. 유키의 눈에는 눈물이 고여 있었다. 흐트러진 머리카락 몇 가닥이 이마 주변으로 흘러내렸다.

"식사 가져왔어요."

우타에게는 경계심이 없었는지 유키는 말없이 문을 열어주었다.

우타는 그때까지 유키의 방에 들어간 적이 없었다. 방 안을 보는 것도 처음이었다. 원목 바닥에 하얀 천장. 오른쪽 안쪽에 베이지색 침대가 있고, 그 위에 옅은 핑크색 이불이 깔려 있었다.

왠지 가슴이 두근거렸다. 유키의 아름다움에 마음을 빼앗긴 만큼 좋아하는 이성을 보았을 때와 똑같은 심정이었을지도 모

른다. 우타는 그때까지 멀리서 유키를 보았을 뿐 인사할 때 말고
는 거의 말을 나눈 적이 없었다. 따라서 이렇게 가까이에서 보는
것은 처음이었고, 자기도 모르게 몸이 굳을 정도로 긴장했다.

9월이었지만 유키는 작은 제비꽃이 수놓인 하얀 치마에 모란
꽃 무늬 블라우스를 입고 있었다. 슬프고 초췌해진 표정과 단
순하고 청초한 옷이 잘 어울렸다.

그 무렵 유키는 여관 일을 돕지 않았다. 다나베는 유키를 손님
들에게 인사시키려고 했지만 그녀가 거부하는 것 같았다.

물론 우타가 자세한 내막을 알 리는 없었다. 다만 다나베가
다른 여종업원 앞에서 "우리 아가씨 때문에 골치 아파 죽겠어.
완전히 게으름뱅이가 돼버렸다니까."라고 말하는 것을 들은 적
이 있었다. 마치 유키가 가족이라도 되는 듯한 말투였다.

"저기, 식사를 어디다 놓을까요?"

우타가 조금 쉰 듯한 목소리로 묻자 유키는 정중하게 대답
했다.

"그냥 책상 위에 놔두세요."

창가에 하얀 책상과 책장이 있고, 어려워 보이는 책들이 잔
뜩 꽂혀 있었다.

우타가 쟁반에 가져온 음식을 책상 위에 내려놓고 나가려고
할 때 유키가 갑자기 상기된 목소리로 말했다.

"있잖아, 화장실에 같이 가주지 않을래?"

우타는 무슨 말인지 이해하지 못했다. 잘못 들었다고 생각했

을 정도였다.

"화장실에 가고 싶은데 옆에 있어줘."

유키는 다시 그렇게 말하고 애원하는 눈길로 우타의 얼굴을 쳐다보았다.

그제야 겨우 무슨 뜻인지 이해할 수 있었다. 마쓰나카 때문이었다. 2층에서 가장 가까운 화장실은 마쓰나카의 방 옆에 있었다. 즉, 화장실에 가기 위해서는 마쓰나카가 있는 일본식 방 앞을 지나가야 하고, 그것이 싫어서 유키는 지금까지 계속 화장실에 가지 않았던 것이다.

그러나 복도를 지나가다 마쓰나카와 부딪칠 경우, 자신이 같이 있다고 해서 특별한 효과가 있을 것 같지도 않아서 유키의 부탁이 완전히 이해된 것은 아니었다. 더구나 그녀도 마쓰나카는 되도록 마주치고 싶지 않은 상대라서 이상한 일에 휘말리기 싫다는 생각도 들었다.

우타는 마쓰나카를 끔찍하게 싫어했다. 기우라도 무섭긴 했지만 이상하게 싫다는 감정은 솟구치지 않았다. 말투와 행동에서 어딘지 모르게 품위와 지성이 느껴졌기 때문일지도 몰랐다.

반면에 마쓰나카는 천박하기 이를 데 없었다. 말투도 천박하지만 행동은 더 천박해서 하나조노상회 여자들뿐 아니라 여종업원들이 지나갈 때마다 태연하게 그녀들의 몸을 만지곤 했다. 다행히 우타의 몸에 손을 대는 일은 없었지만 가끔 우타를 빤히 쳐다보며 "네 몸도 슬슬 여자다워지는군." 하고 호색한의 눈길로 말하는 일이 있었다. 그 말을 듣고 온몸에 소름이 돋은 것을 우타는 기억했다.

우타는 유키의 부탁을 들어주기로 했다. 마쓰나카로 인해 화장실에도 못 갔다고 생각하자 가여워서 견딜 수 없었다. 화장실에 같이 가야 하는 이유는 여전히 알 수 없었지만, 어쨌든 우타는 유키와 둘이 방 밖으로 나가 마쓰나카가 있는 방 앞을 몰래 지나가려고 했다.

그때 장지문이 열리고 불그스레한 얼굴의 마쓰나카가 나타났다. 그는 유키의 얼굴을 보자마자 천박하게 웃으면서 이죽거렸다.

"화장실 가나? 이제 옷에 오줌 싸면 안 돼."

혀가 꼬인 소리여서 우타는 마쓰나카가 무슨 말을 하는지 알아들을 수 없었다. 그러나 유키의 반응은 심상치 않았다. 그 말을 들은 순간 얼굴을 붉히며 우타가 옆에 있는 것도 잊어버린 듯 종종걸음으로 마쓰나카의 앞을 지나쳤다.

우타도 혼자 있기 싫어서 유키의 뒤를 쫓아갔다. 마쓰나카의 말을 듣고 유키가 왜 그렇게 동요하는지 이해할 수 없었다.

화장실 앞에서 유키를 겨우 따라잡자 그녀는 작은 목소리로 "내가 나올 때까지 여기 있어줘."라고 말한 다음 안으로 들어갔다. 물론 화장실에는 잠금장치가 있었지만, 나무로 된 형식적인 것이라 밖에서 쉽게 부술 수 있었다.

유키는 마쓰나카가 정말 밖에서 잠금장치를 부수고 들어가리라 생각한 걸까? 실제로 그런 일은 일어나지 않았지만, 그 정도로 겁을 먹을 만큼 유키에게 마쓰나카가 트라우마로 작용했으리라고 우타는 생각했다.

유키가 화장실에서 나오자 우타는 다시 그녀와 함께 방 앞으로 돌아갔다. 이번에는 마쓰나카의 방문이 닫혀 있었고 사람의 숨소리도 들리지 않았다. 어쩌면 술에 취해 잠들었을지도 몰랐다.

우타는 유키의 방문 앞에서 그녀와 헤어지려고 했다. 그러나 그녀는 우타의 손을 꼭 잡고 억지로 안으로 데려갔다. 그리고 책상 서랍에서 하얀 봉투를 꺼내더니 이렇게 말했다.

"이걸 아무도 모르게 우편함에 넣어줄래?"

봉투에는 이미 우표가 붙어 있고 빨간 글자로 '속달'이라고 쓰여 있었다. 수신인은 시노다 요시코였다. 유키의 절박한 눈길을 보며 우타는 자기도 모르게 고개를 끄덕였다.

우타에게 심각한 일을 떠맡았다는 생각은 없었다. 이 시점에서는 하기노야 안에서 무슨 일이 일어나고 있는지 몰랐던 것이다. 넌지시 유키를 감시하고는 있지만 유키에게 행동의 자유가 전혀 없다고는 생각하지 않았다.

마쓰나카는 누구나 싫어했기 때문에 화장실 앞에서 유키를 도운 건 다른 차원의 일이라고 생각했다. 그런데 그 편지에는 왠지 불온한 느낌이 떠다니고 있어서 망설이지 않을 수 없었다.

아마 그런 느낌 때문에 기리코에게 의논한 것이리라. 그 사실은 기리코를 통해 다나베에게 전해졌다. 우타가 밤 10시쯤에 가까운 우체통을 찾아 여관의 현관문을 나서려 할 때 등 뒤에서 다나베가 그녀를 불렀다.

다나베는 우타의 손에서 편지를 빼앗고 "이런 건 일단 기우라 씨에게 보여줘야지."라고 말했다. 우타는 아무런 대꾸도 못하고 고개를 떨군 채 입을 다물었다. 그러자 다나베는 우타에게 유키의 방에 가서 저녁식사 그릇을 가지고 나오라고 지시했다.

우타는 다나베의 의도를 이해할 수 없었다. 유키가 외부와의 연락에 그녀를 이용하려고 했다는 사실을 알면서도 다시 유키에게 보내다니. 그건 위험한 일이 아닐까. 그렇지 않으면 그녀가 상황을 이해하지 못한 채 다만 기계적으로 유키의 부탁을 들어줬다고 생각한 걸까? 그러고 보니 기우라도 분명히 그 건을 보고받았을 텐데, 그로 인해 그녀를 야단치는 일은 없었다.

다만 유키에게는 미안한 마음이 가득했다. 우타가 저녁식사를 물리러 방에 들어가자 유키는 당연하게도 간절한 눈길로 "편지를 보냈어?"라고 물었다. 우타는 사실대로 말할 수 없어서 무의식중에 고개를 끄덕였다.

유키는 안도한 얼굴로 고맙다는 인사를 거듭했다. 우타는 더이상 견딜 수 없어서 아무런 대꾸도 하지 못하고 도망치듯 밖으로 나왔다.

7

이부키는 스위트피 사무실에 들어가서 각 방의 대실 상황을 나타내는 전광판을 바라보았다. 빨간 불이 켜진 방은 이용 중이고 꺼진 방은 공실이었다. 공실이 3분의 2 정도였다.

평일 오후 2시가 넘은 시간대를 감안하면 대실 상황은 나쁘다고 할 수 없었다. 이용료는 두 시간에 5천 엔이니 그렇게 비싸지 않았다. 그다음부터는 30분에 2천 엔씩 올라가는 시스템이었다.

손님은 일단 프런트에서 기본요금인 5천 엔을 지불한다. 시간을 연장하는 경우에는 프런트에 전화를 걸고, 추가 요금과 냉장고 음료수 비용은 나갈 때 내면 된다.

"혼자 오는 손님도 있겠지?"

이부키는 옆에 있는 누마타라는 젊은 프런트 직원에게 말을 걸었다. 사무실에는 간이 테이블과 의자 두 개가 놓여 있었지만 두 사람 모두 서 있었다.

스위트피의 프런트에는 원래 사람이 나와 있지 않았다. 손님이 들어와 벨을 누르면 사무실에서 그 소리를 듣고 누마타가 응대하는 식이었다. 스위트피의 프런트 담당 직원은 누마타 한 사람인 듯했다.

"아니, 대부분이 커플입니다."

누마타는 아주 자연스럽게 대꾸했다. 감색 바지에 하얀색 반

소매 와이셔츠. 넥타이는 수수한 연지색이었다. 머리는 7 대 3 가르마로 너무도 호텔 프런트 직원 같은 분위기를 풍겼다. 이 남자가 폭력단 조직원이라고는 아무도 생각하지 않으리라.

아니, 실제로 조직원이 아닐지도 몰랐다. 폭력단 프런트 기업의 구조는 매우 복잡해서, 최전선에 있는 직원은 자기가 일하는 기업의 실질적 경영자가 폭력단이라는 사실을 모르는 경우도 있었다.

어쨌든 이부키는 누마타가 거짓말을 한다고 확신했다. 손님의 대부분이 커플일 리가 없었다. 이런 종류의 호텔에서는 남자가 혼자 들어오고, 그런 다음에 여자를 부르는 것이 매우 자연스러운 일이었다.

호텔 측에서 여성 알선에 관계하지 않는 일도 있지만, 스위트피의 경우에는 알선에 관계할 가능성이 짙었다. 본청의 요청으로 시부야 서의 방범부에서 내사를 시작해, 이미 형사들이 방에 들어가 "마사지를 하실 분은 프런트에 말씀해주십시오. 요금을 비롯한 자세한 사항은 언제든지 프런트에 물어보시기 바랍니다."라는 종이가 붙어 있는 것을 확인했다.

물론 어떤 종류의 마사지인지는 쓰여 있지 않았지만, 이런 러브호텔에서 진짜 마사지사를 부르는 사람이 있으리라곤 생각할 수 없었다. 도내 시티 호텔에 있는 마사지 안내서에는 일반적으로 시간과 요금이 명시되어 있으므로, 그런 내용이 없다는 것 자체가 마사지의 성격을 말해주는 것으로 보였다.

"그럴 리가 있어? 남자 혼자 오는 손님이 많이 있잖아."

이부키가 강한 말투로 같은 말을 반복했다.

"뭐 가끔은요……."

이부키의 기세에 눌려 누마타는 말끝을 흐렸다. 의외로 솔직한 남자였다. 생각이 즉시 얼굴에 나타나는 타입이었다. 사실을 털어놓게 만드는 것이 그리 어려운 상대는 아니라고 이부키는 생각했다. 그렇다면 이자가 가지고 있는 정보는 대단한 것이 못 되었다.

"여기 사장은 누구지?"

"마쓰나카라는 사람이에요."

"그 전에는 야마카와 씨였지?"

"그래요."

"야마카와 씨가 살해당한 건 알고 있겠지?"

미묘한 침묵이 흘렀다.

"네, 알고 있어요."

"언제쯤 알았지?"

"1주일쯤 전에 신문에서 봤어요."

"그래? 그런데 야마카와 씨가 사라지고 나서 시간이 꽤 지났잖아?"

"네, 네다섯 달 전부터 안 와서 어떻게 해야 좋을지 모르겠더군요. 그런데 야마카와 씨가 사라지고 2주쯤 지나 마쓰나카 씨가 나타나더니, 야마카와 씨가 실종돼서 자기가 여기를 맡게 됐다고 하더라고요."

"야마카와 씨가 실종된 이유에 대해 지금 사장은 뭐라고 했지?"

"야마카와 씨에게 거액의 빚이 있다는 식으로 말했어요. 악질 사채업자 때문에 모습을 감추었다고요……."

교쿠잔카이 조직원이 고작 사채업자가 두려워 모습을 감추었을 리는 없었다. 더구나 야마카와의 뒤를 이어 사장이 된 마쓰나카도 어엿한 교쿠잔카이 조직원이었다. 물론 둘 다 고용된 사장으로 배후에는 교쿠잔카이 간부, 나아가 조장이 있는 것이 틀림없었다.

야마카와는 교쿠잔카이의 위쪽과 문제를 일으켜 누군가에게 살해되었을 가능성이 있었다. 그러나 이부키는 신중한 사람이었다. 모든 선입관을 최대한 배제하고 착실하게 탐문수사를 해야 한다는 것이 그의 신조였다.

누마타가 그런 사실을 얼마나 알고 있는지와는 별개로, 야마카와나 마쓰나카가 교쿠잔카이 조직원이라는 사실은 일단 말하지 않기로 했다.

이부키는 사무적인 말투로 딱딱하게 물었다.

"야마카와 씨를 마지막으로 본 게 언제지? 되도록 정확하게 대답해줬으면 좋겠는데."

누마타는 책상 서랍에 있는 검은 수첩을 꺼내 페이지를 들추었다.

"아마 4월 20일일 겁니다. 그때 손님이 야마카와 씨를 찾아와서 이 사무실에서 두 시간쯤 얘기했거든요. 밤 9시까지 있다가 같이 나갔어요."

"손님? 어느 쪽 사람이지?"

"글쎄요, 그것까지는 잘……."

누마타의 말투에서 얼버무리는 느낌이 묻어났다. 누마타는 손님의 정체를 알고 있다. 이부키의 직감이 그렇게 말해주었다.

"이봐, 난 경시청 수사1과 형사지 방범부 형사가 아니야. 그러니까 풍속법이나 매춘방지법으로 당신을 괴롭힐 생각은 없어. 무슨 뜻인지 알지? 그자에 대해 곤란하지 않은 범위 안에서 말해주겠어?"

이부키는 마음을 담아 말했다. 분명히 시부야 서의 방범부가 움직이고 있었지만, 그것은 스위트피의 형사처분을 노리기 위한 게 아니라 경시청 수사1과에 협조하기 위한 보조적 수사였다. 더구나 마사지로 위장해서 성적 서비스를 제공하는 것은 대부분의 러브호텔에서 하는 일로 관할서 방범부가 좋아할 만한 사안이라고 할 수 없었다.

"자세한 건 저도 잘 모르지만 하나조노상회라는 마사지사 파견 회사 사장님이에요. 이름은 기우라라고 한 것 같은데요."

이것이 이부키가 기우라라는 이름을 처음 들은 순간이었다. 14년 전에 경시청 수사1과 형사였던 그는 기우라 사건을 직접 담당하지는 않았지만 이름 정도는 몇 번 들었을 터였다. 그러나 유명 대학의 조교수가 광역폭력단 조장의 딸인 아내를 교살했다는 사실은 기억했지만 그 사람의 성까지는 기억하지 못했다.

"손님이 여기 와서 마사지를 하고 싶다고 할 때 호텔에서 하나조노상회로 연락하는 건가?"

"네에. 하지만 저희는 그냥 연결만 시켜줄 뿐이고 어떤 마사지를 하는지는 몰라요."

마지막 말을 할 때 누마타는 약간 더듬었다. 이부키는 쓴웃음을 지었다. 누마타가 무엇을 두려워하는지 이해가 되었다. 매춘방지법의 기본 사고 방향이 관리매춘(管理賣春. 사람을 자기 밑에 두고 관리하면서 매춘을 시키는 행위)이므로 매춘이 드러났을 때 맨 먼저 체포되는 사람이 바로 관리자다. 누마타는 관리자로 간주될까 두려워하는 것이 역력했다.

다음에 검거될 가능성이 있는 사람은 매춘을 권하는 여성이다. 손님은 처벌받는 일이 없다.

"마사지의 내용에 대해서는 관심 없어. 어디를 주무르든지 마사지는 마사지잖아?"

이부키의 가벼운 농담에 누마타는 소리를 내지 않고 히쭉 웃었다. 지금은 누마타의 불안감을 없애면서 한 단계 깊숙이 들어가 증언을 하게 하는 것이 중요했다.

"기우라라는 남자는 몇 번쯤 만났지?"

"세 번인가 네 번쯤이었을 거예요. 처음에는 야마카와 씨가 여기로 데려와, 마사지를 원하는 손님이 있으면 기우라 씨가 경영하는 하나조노상회로 연락하라고 하더군요. 거기서 여자를 보내주기로 했다고요. 그 후에도 가끔 야마카와 씨와 같이 왔는데, 저는 인사 정도밖에 하지 않았어요."

"어떻게 생겼어? 인상이 고약하던가?"

"아니요, 오히려 반대였어요. 말투도 아주 정중하고 품위 있는 사람 같더군요. 야마카와 씨도 기우라 씨에게는 한 수 접어두면서 상대를 치켜세우는 식으로 말했어요."

"4월 20일에도 두 사람의 대화는 여느 때와 똑같았나?"

"그날은 금요일이었거든요. 호텔에 손님이 많아 거의 프런트에 있어서 두 사람이 무슨 얘기를 나눴는지 못 들었어요."

이부키가 수첩을 보고 확인하자 그날은 분명히 금요일이었다. 다음 날부터 시작되는 휴일을 앞두고 러브호텔은 매우 혼잡했으리라. 그 점에 대해 누마타가 거짓말을 하는 것 같지는 않았다.

"두 사람이 나갈 때는 어땠지?"

"그냥 다른 때와 똑같았어요. 둘 다 웃으면서 얘기했지요."

"그날 이후 야마카와 씨를 한 번도 못 봤단 거군. 기우라라는 사람은 어때? 그 후에도 여기에 왔나?"

"네, 마쓰나카 사장님과 한 번 같이 왔어요. 그때 말고는 한 번도 안 왔고요. 그런데 사장님과는 자주 연락하는 것 같더군요. 이 사무실에서 사장님이 가끔 전화하는 걸 봤으니까요."

"기우라 씨 연락처를 아나?"

"명함을 받긴 했지만……."

"잠시 보여주게."

누마타는 한순간 망설이는 듯 보였다.

"자네에게 들었다는 말은 절대로 하지 않을게."

이부키는 다짐하듯 강한 어조로 말했다. 누마타는 별다른 저항 없이 수첩 사이에 끼워 놓았던 명함 다발에서 명함 한 장을 빼내 이부키에게 건네주었다.

이부키는 명함을 손에 들고 바라보았다.

하나조노상회 그룹 대표이사 기우라 겐조

성과 이름을 같이 본 순간 기억의 한구석에서 기시감의 그림자가 희미하게 떠올랐다. 그러나 그 그림자에 빛이 비치는 일 없이 기억의 찌꺼기는 미묘한 이물감을 껴안은 채 이부키의 뇌리에서 빙빙 맴을 돌았다.

8

헛간의 판자문을 세차게 때리는 빗소리가 들렸다. 10월 12일 금요일이었다. 오전부터 내리던 비는 밤이 되자 더욱 거세졌다. 순간 안채인 여관에서 떠드는 술 취한 사람들의 목소리와 여자들의 교태 섞인 웃음소리가 갑자기 끊어졌다.

약 10제곱미터 정도의 헛간 안에 분뇨 냄새가 떠다녔다. 창문 반대편의 하얀 벽에는 3단 선반이 있고, 정원을 손질하는 데 쓰이는 정원가위와 손도끼, 밧줄과 양동이, 사다리 종류가 너저분하게 놓여 있었다. 예전에는 정원을 손질하는 정원사가 자주 드나들었지만 최근 2년 정도는 정원에 손도 대지 못하는 상태가 이어졌다.

세이지는 선반 옆의 벽에 등을 붙인 채 책상다리를 하고 앉아 있었다. 냄새의 근원은 그의 하반신이었다. 그는 3주 가까이 감금된 상태에서 권리증을 내놓으라고 계속 추궁당하고 있었다.

기우라는 아직 여관의 권리증을 손에 넣지 못했다. 세이지는 하기노야의 권리증과 등기필증을 가족들도 모르는 곳에 감춰 놓은 듯했다. 그것이 그의 최후의 저항이었을지도 모른다.

고이치와 사부로가 아무리 추궁해도 그는 끝까지 입을 열지 않았다. 권리증이 어디 있는지 아내에게 가르쳐주면 즉시 입을 열 것이 뻔하고, 그렇다고 유키에게 가르쳐주면 유키가 끔찍한 고문을 당하리라. 따라서 독자적인 판단으로 사람들이 생각지도 못하는 곳에 숨겨둔 것이 틀림없었다.

고이치와 사부로, 다나베, 기우라가 그를 에워싸고 있었다. 기우라와 다나베는 고이치와 사부로보다 한 걸음 뒤로 물러난 곳에 서 있었다.

세이지의 얼굴에서는 거의 인간의 표정을 찾아볼 수 없었다.

양쪽 눈꺼풀이 보라색으로 부어오르고 두 뺨은 해골처럼 야위었다. 빼빼 마른 손가락 끝의 손톱에는 시커멓게 때가 끼었고, 상반신은 알몸에다 하반신은 똥과 오줌으로 뒤범벅된 팬티한 장이 전부였다. 숨을 쉬는지 쉬지 않는지조차 알 수 없었다.

그러나 이상하게도 벽에 기댄 몸은 쓰러지지 않고 거의 직각을 유지하고 있었다.

"아버지, 이게 마지막 기회야. 권리증을 어디다 숨겼어? 어서 말해!"

고이치가 절규하면서 오른쪽 주먹으로 다시 세이지의 왼뺨을 후려쳤다. 세이지의 입에서 희미한 신음소리가 새어 나왔다. 아직 살아 있다는 증거였다. 몸도 쓰러지지 않았다.

고이치는 자신이 아버지를 얼마나 때렸는지 기억하지 못할 정도였다. 세이지의 몸에 있는 상처는 대부분 고이치의 구타에 의한 것이었다.

사부로도 고이치를 도와주듯 가끔 주먹을 날렸지만 대단찮은 횟수였다. 기우라와 다나베는 세이지의 몸에 손을 대지 않았다.

다시 정적이 찾아왔다. 빗소리가 한층 커졌다.

정적을 뚫고 기우라의 목소리가 울려 퍼졌다.

"이제 됐어."

한순간 고이치와 사부로의 얼굴에 안도의 빛이 떠올랐다. 사태는 음침함의 극을 달리는 가운데 두 사람은 인간의 모든 흔적을 지운 세이지가 자신에게 가해지는 폭력을 괴물처럼 흡수

하기 시작했다는 것을 느꼈다.

실제로 세이지는 이미 죽은 것이나 마찬가지여서 권리증이 어디 있는지 가르쳐주고 싶어도 말을 할 힘조차 남아 있지 않은 것처럼 보였다. 기우라의 말은 그런 점을 배려한 공격 중지 명령으로 들렸다.

하지만 다음 순간 고이치와 사부로는 그 자리에서 얼어붙고 말았다. 기우라의 입에서 이런 말이 튀어나온 것이다.

"죽여. 고이치 네 손으로 아버지를 묻어."

고이치의 얼굴에서 핏기가 사라졌다.

"하지만 지금 죽이면 권리증이 어디 있는지……."

"이제 그런 건 상관없다. 난 여관을 팔 생각이 없으니까. 실제로 이용만 하면 그걸로 충분해. 그리고 이렇게까지 한 이상 죽이지 않을 수 없다. 뒤로 돌아갈 수는 없으니까."

기우라가 흥분한 것으로 보이지는 않았다. 목소리는 더할 수 없이 침착했다. 고이치는 대꾸하지 않고 망연히 서 있을 따름이었다.

"다나베 씨, 고이치에게 밧줄을 줘."

다나베는 말없이 선반 앞으로 걸어가 둥글게 말려 있는 밧줄을 덥석 잡더니 고이치에게 건네주었다. 고이치의 무릎이 바들바들 떨렸다.

"밧줄을 목에 감아 단숨에 조여. 그러는 편이 고통스럽지 않으니까. 이런 식으로 계속 살려두는 것보다 그 편이 효도야."

효도. 이 자리에 가장 어울리지 않는 말이었지만 반박하는 사람은 아무도 없었다. 고이치는 몽유병자 같은 발걸음으로 벽에 기대어 앉아 있는 세이지를 향해 걸어갔다.

"사부로, 밧줄을 목에 걸어줘."

"알겠습니다."

사부로의 목소리도 갈라졌다. 그러나 겁먹은 자신을 경멸하듯 재빨리 고이치의 손에서 밧줄을 빼앗더니 세이지 앞에 몸을 숙이고 목에 밧줄을 감았다. 그리고 밧줄의 양쪽 끝을 다시 고이치의 손에 쥐여준 다음, 기우라의 입에서 도와주라는 말이 나올까 두려운 듯 황급히 몇 발짝 뒤로 물러났다.

고이치는 밧줄의 양쪽 끝을 잡은 채 눈을 감았다. 손은 계속 바들바들 떨렸다. 그 상태에서 1분쯤 지났을까?

별안간 고이치의 입에서 외침인지 비명인지 모를 기괴한 소리가 터져 나왔다. 그는 단숨에 두 손을 교차시켜 밧줄을 조였다. 세이지의 몸이 연약하게 파르르 떨렸다.

눈알이 튀어나오고 입에서 누르께한 구토물이 흘러나왔다. 순간 새로운 종류의 악취가 코를 찔렀다.

고이치는 오랫동안 밧줄에서 손을 떼지 않았다. 몸을 앞으로 숙인 채 눈을 감고 밧줄을 잡은 자세는 왠지 기도하는 것처럼 보이기도 했다.

세이지의 목숨이 끊어졌는지 확인하려는 사람은 아무도 없었다.

"다나베 씨, 부인을 여기로 데려오겠나? 마쓰나카에게는 말하지 말고."

기우라가 조용히 말했다. 지금 히데노는 유키의 방에 있고, 마쓰나카가 옆방에서 두 사람을 감시하고 있었다.

"부인도 죽일 건가요?"

사부로가 물었다. 목소리는 여전히 갈라졌다.

다나베가 되물었다.

"자네는 어떻게 생각하지?"

"뭘요? 죽일 건지 말 건지 말인가요?"

사부로는 허세를 부리듯 제법 큰 목소리로 말했다. 그러나 자신의 질문에 대답하려 하지는 않았다. 그 질문에 대답한 사람은 기우라였다.

"나는 이자를 죽일지 말지 많이 생각하고 많이 망설였지. 하지만 아내를 죽이는 건 망설이지 않아. 왠지 알겠나? 망설일 이유가 없기 때문이야. 논리적으로 생각할 때 남편을 죽인 이상 아내도 죽일 수밖에 없어. 남편의 죽음을 계속 숨길 수는 없으니까. 더구나 아내에겐 다른 용도도 없잖나?"

무섭도록 냉혹한 말이 무거운 공기를 가로질렀다. 역시 아무도 반응하지 않았다. 고이치는 고개를 떨군 채 얼굴을 들지 않았고, 사부로는 다나베 쪽으로 시선을 피했다. 노인 특유의 둔한 반응 때문인지 다나베만이 기묘할 정도로 평정심을 유지하는 것 같았다.

10분 뒤 다나베의 우산 속에서 히데노가 모습을 드러냈다. 빨간 꽃무늬 원피스를 입고 있었다. 기우라와 사부로가 히데노를 맞이하기 위해 헛간 밖으로 나갔다. 헛간 안에서는 고이치 혼자 고개를 숙이고 있었다.

"어머나, 여러분 왜 비를 맞고 계세요?"

히데노가 헛간 밖에서 비를 맞고 있는 기우라와 사부로를 발견하고 의식적으로 밝은 목소리로 말했다. 무슨 일이 일어날지 몰라서 불안하기는 하지만, 그렇다고 불길한 징조에 겁을 먹은 것도 아닌 목소리로 들렸다.

"남편은 괜찮아요? 벌써 오랫동안 얼굴을 못 봐서요."

히데노가 기우라의 눈을 들여다보며 애교를 떨듯 물었다. 그녀가 세이지를 못 본 지 벌써 3주가 지났다.

"직접 확인하십시오."

기우라는 메마른 목소리로 대꾸하며 히데노를 들여보내려고 헛간 문을 열었다. 히데노의 얼굴에 불안의 그림자가 내달렸다. 그러나 그녀는 별달리 망설이지 않고 안으로 들어갔다. 기우라가 문을 닫았다.

잠시 후 안에서 분명치 않은 비명이 들렸다. 그런 다음 동물의 신음 소리 같은 정체를 알 수 없는 비명과 날카로운 남자의 외침이 교차하면서 헛간 전체를 뒤흔들었다.

빗발이 한층 강해지면서 기우라와 다나베의 얼굴에 커다란 빗방울이 떨어졌다. 다나베가 바지 주머니에서 손수건을 꺼내 얼굴을 닦기 시작했다. 기우라는 얼굴의 빗방울을 닦지도 않고 그 자리에 우두커니 서 있을 뿐이었다.

9

나와 이부키는 밤 10시까지 이야기에 몰두했다. 오후 6시경 이부키의 아내가 덮밥을 배달시켜주어 한 시간쯤 사건과 관계없는 잡담을 나누며 식사를 했다. 이부키는 이미 야마카와 사건에 대한 이야기를 마쳤고, 그 결과 숙부에 대해서도 자세한 부분까지 알 수 있었다. 덕분에 우리를 가로막고 있던 장벽이 무너지면서 가벼운 웃음까지 나누게 되었다.

저녁식사를 마친 후에는 오직 하기노야 사건에 관해 이야기했다. 이쪽은 살해된 사람의 숫자가 많은 만큼 간단히 말할 수 있는 사건이 아니었다.

"시신을 여러 조각으로 토막 내는 바람에 일부만 나온 경우도 있지. 시신을 절단한 사람은 주로 다나베였던 것 같네. 그자는 손재주가 참 좋았지. 시신을 절단하는 것 말고 피해자들을 묶을 때도 대단한 능력을 발휘했다네. 아주 절묘하게 묶었다더군. 그런데 그자를 취조하는 건 난항을 거듭했지. 손끝이 야무진 데 비해 말재주는 젬병이었지 뭔가. 말수가 없었지만 묵비권을 행사하지도 거짓말을 늘어놓지도 않았어. 다만 언어능력이 한참 떨어져서 무슨 말을 하는지 알아듣기 힘들었다네."

다나베 이야기에 이르자 이부키의 말수가 많아졌다. 그러다 다나베에서 우타로 넘어가면서 별안간 이야기가 모호해졌다.

"다나베는 죽었지만 우타는 지금도 어딘가에 살아 있을 가능성이 있네. 나이가 많지 않았으니까 아직 인생이 많이 남아 있을 테고. 사건 당시에 미성년이라서 위쪽에서도 우타의 인권을 지켜주라고 잔소리를 많이 했지. 그래서 공개할 수 있는 정보와 공개할 수 없는 정보가 있었네. 지금도 내 입으로 말할 수 없는 미묘한 문제도 있고 말이야."

내가 우타를 만난 것은 그로부터 2년 후로, 이 시점에서는 우타의 소식을 완전히 파악하지 못했다. 때문에 어딘가에 살아 있을 그녀의 인권을 지켜주고 싶다는 그의 말은 당연하게 여겨지는 동시에 추상적으로 들리기도 했다.

"우타는 어떤 소녀였습니까?"

이부키로부터 우타에 관한 직접적인 정보를 끌어내기는 힘들 것 같아 나는 주변적인 질문으로 들어갔다.

"당시 가고시마까지 출장을 가서 중앙경찰서 서장실에서 서장의 입회하에 이야기를 들었지. 말수가 없기는 다나베와 마찬가지였지만 머리가 상당히 좋은 아이였네. 다만 워낙 얌전하고 내성적이라서 이쪽이 능숙하게 이끌어내지 않으면 먼저 입을 열지 않았지."

내성적이지만 머리가 좋다는 이부키의 느낌은 내 조사와도 일치했다. 다만 수사의 중심에 있던 이부키에게 중요한 것은 우타의 성격이나 능력보다 정확한 사실 파악이었음은 말할 필요가 없으리라.

"조금 전에 미묘한 문제가 있다고 하셨는데, 사실 관계에 관한 건가요?"

"그렇네. 지금도 내 머릿속에 있는 우타는 미성년자일세. 미안하지만 그건 말해줄 수 없네. 그녀를 만나서 자네가 직접 듣는다면 모르지만 말이야."

결국 우타에 대해서는 그 이상 말하지 않았다. 그는 경시청 수사1과 형사로 오래 근무하다 기우라 사건이 발생하고 5년 후에 수사1과장이 되었다. 퇴직했다고 해도 미묘한 문제를 쉽게 발설할 수 없는 것은 당연했다.

10

사부로가 운전하는 연지색 크라운 스테이션왜건은 니가타 방면을 향해 간에쓰 자동차도로를 질주하고 있었다. 밤 2시가 지나자 빗발이 약해지더니 가느다란 빗줄기가 안개처럼 흩뿌리며 앞 유리창에 기묘한 물방울을 만들었다. 고장 난 메트로놈처럼 와이퍼가 완만한 움직임을 반복했다. 사부로는 문득 생각난 듯 왼손으로 성에 제거 스위치를 눌렀다.

8인승 왜건에 타고 있는 사람은 운전하는 사부로와 다나베, 고이치뿐이었다.

다나베와 고이치는 운전석 뒷자리에 나란히 앉아 있었다. 다나베는 눈을 감고 잠을 잤지만 고이치는 눈을 뜨고 있었다. 표정은 한없이 어두웠다.

사부로는 이 길에 익숙했다. 니가타에 하나조노상회와 계약을 맺은 호텔과 여관이 있어서 이 왜건을 끌고 한 달에 몇 번씩 왕복하곤 했다. 실제로 그날도 기우라가 지시한 일을 처리한 뒤 즉시 도쿄로 돌아가 다음 날 오전에 다시 여자들을 태우고 니가타로 가야 했다.

그는 마에바시에서 고속도로를 빠져나왔다. 몇 개의 좁은 길을 지나 이윽고 수도 없이 굽이진 산길을 달리기 시작했다. 밖은 칠흑 같은 어둠이었고, 은백색의 가랑비가 희미한 빛을 뿌렸다.

"이 근처가 어때?"

그는 차의 속도를 줄이면서 뒤쪽에 있는 고이치에게 말했다. 고이치는 대답하지 않았다.

이윽고 차가 천천히 멈추었다. 사부로와 고이치가 밖으로 나왔다. 뒤를 이어 다나베가 졸린 눈을 비비며 차에서 내렸다.

세 사람의 얼굴에 가랑비가 내렸다. 날씨는 쌀쌀했다. 포장되지 않은 좁은 산길이 왼쪽으로 비스듬히 뻗어 있었다. 사부로와 고이치가 맨 뒷좌석에 놓아둔 커다란 스티로폼 상자 두 개를 끌어내렸다. 하기노야의 주방에 있던 것으로 참치나 가다랑어 같은 큼지막한 생선을 운반할 때 사용하는 상자였다. 다나베는 팔짱을 끼고 두 사람의 움직임을 지켜보았다.

상자 두 개를 땅에 나란히 내려놓은 뒤 사부로가 생각에 잠긴 듯이 말했다.

"하나씩 옮길까?"

"그 전에 작별 인사를 하고 싶어."

고이치가 갈라진 목소리로 말하자 사부로가 시선을 피하면서 만류했다.

"그만둬."

고이치는 사부로의 말을 무시하고 앞쪽에 있는 상자의 뚜껑을 열었다. 어둠 속에서도 희미하게나마 얼음물에 잠긴 남자의 머리를 확인할 수 있었다.

고무공처럼 비대해진 푸르죽죽한 얼굴은 눈, 코, 입의 경계가 무너져 누구의 것인지 알아보기 힘들 정도였다. 얼굴 주위를 감싸듯 팔과 몸통의 일부가 얼음물 안에 잠겨 있었다.

산바람이 빗줄기에 섞여 휘몰아쳤다. 고이치는 즉시 뚜껑을 덮고 다른 상자의 뚜껑을 열었다. 여자의 얼굴이 고이치를 바라보았다. 히데노의 얼굴이었다.

히데노의 얼굴은 비교적 생전의 모습이 남아 있었다. 핏기가 완전히 사라진 새하얀 피부와 목 절단면에서 1센티미터쯤 위에 있는 적자색 흔적이 고이치의 눈으로 파고들었다.

고이치가 눈물을 머금으며 말했다.

"엄마가 이렇게 되다니……."

"생각하지 마."

사부로가 고이치의 손에서 상자 뚜껑을 빼앗아 원래대로 덮었다.

"잘 들어, 이 산길을 끝까지 올라가서 길이 없는 곳으로 들어가. 그런 다음 머리와 팔, 몸통을 각각 따로 버리는 거야. 계곡 같은 곳이 있으면 머리는 그곳에 던져도 좋아."

사부로는 세이지의 머리가 들어 있는 상자를 들었다.

"고이치, 엄마는 네가 들어."

고이치는 말없이 사부로가 시키는 대로 했다. 어머니의 시신을 버리게 한 것은 사부로의 배려였다. 히데노가 고이치를 끔찍하게 사랑한 것은 사부로도 알고 있었다.

사부로와 고이치가 운반하는 것은 세이지와 히데노의 상반신뿐이었다. 전기톱을 이용해 시신을 절단한 사람은 다나베였다. 일단 상반신과 하반신으로 자르고, 상반신을 머리와 팔, 몸통으로 나누었다. 몸통은 다시 몇 개로 잘랐다. 기우라와 같이 그 작업을 지켜본 사부로는 노인의 잔학함에 입을 다물 수 없었다. 다나베는 얼굴색 하나 바뀌지 않고 그 작업을 해낸 것이다.

다나베는 조금 전부터 한마디도 하지 않고 우두커니 서 있었다. 자신이 자른 시신의 잔해를 보고도 눈길을 돌리거나 동요하는 빛 없이 희미한 미소를 지을 따름이었다.

그때 다나베가 무슨 생각을 했는지 아는 사람은 없으리라. 어쩌면 그에게는 근본적으로 생각이라는 것 자체가 결여되어 있었을지도 모른다.

불행 중 다행이라고 할까, 기우라는 시신 절단 작업에 고이치를 입회시키지 않았다. 하반신은 도쿄에 있는 기우라가 도쿄 만의 어딘가에 버렸을 것이다.

사부로와 고이치는 제각기 상자를 하나씩 들고 산길을 걸어갔다. 그렇게 무겁지는 않았다. 약간 큼지막한 생선을 운반하는 느낌이라고 할까.

두 사람은 길이 없는 숲속으로 들어가기 시작했다. 그들의 눈에 보이는 것은 다만 깊은 어둠뿐이었다.

3장

감금

1

"후미에와는 계속 사이가 좋았어요. 그녀의 아버지가 누군지 안 다음에
도 변함이 없었지요."

도쿄 세타가야 구에 사는 사다나가 교코는 손자가 둘 있는 74세의 할머
니다. 후미에와는 여대 시절의 친구로, 4년간 친하게 지냈을 뿐 아니라 졸
업한 후에도 자주 통화를 하고 때로는 식사를 하며 수다를 떠는 사이였다.

"후미에는 매우 기품이 있어서 어느 좋은 집안의 딸일 거라고 생각했어
요. 우리가 졸업한 여대에는 대기업 사장이나 고급 관료의 딸이 많아서 서
민 출신이었던 나는 열등감을 느끼면서도 그런 사람들을 동경했지요. 후미
에의 아버지가 누군지 알았을 때 물론 처음에는 깜짝 놀랐어요. 워낙 특수
한 세계니까요. 하지만 그쪽 세계 우두머리의 딸이라는 점에서는 내 감이
맞았다는 생각이 들었지요."

교코와 후미에가 나온 여자대학은 도쿄에서 모르는 사람이 없을 정도로 유명한 명문 사립대학이다. 교코의 말처럼 일부 사람들 사이에서는 양가의 규수들이 모이는 대학으로 알려졌는데, 그중에서도 후미에의 기품 있는 분위기는 유난히 눈에 띄었다고 한다. 그렇다면 양친의 가정교육도 결코 나쁘지 않았을 것이다.

후미에가 류진연합 조장의 딸이라는 사실을 언제 알았냐는 질문에 교코는 이렇게 대답했다.

"후미에에게 직접 듣기 전부터 그런 소문이 자자했어요. 우리 대학에서는 고등학교처럼 반 단위로 영어 필수수업을 받아야 했는데, 같은 반 학생 하나가 후미에의 집안에 대해 알고 있어서 우리 반 아이들에게 퍼트렸지요. 후미에는 그때까지 누구에게도, 가장 친했던 나에게조차 아버지가 유명한 폭력단의 조장이라는 말을 하지 않았어요. 그런데 그 학생 때문에 적어도 우리 반에서는 누구나 그 사실을 알게 되었죠."

그 결과 그때까지 후미에와 친했던 친구들이 썰물처럼 떠나갔다고 한다. 품위를 중시하는 여자대학인 만큼 그런 반응은 어쩔 수 없었을지도 모른다.

"그런데 나는 그런 것에 신경 쓰지 않고 계속 후미에를 만났어요. 그녀를 좋아했으니까요. 지금도 기억이 나요. 그런 소문이 돌면서 모두 자신에게서 멀어졌을 때 그녀가 슬픈 얼굴로 내게 말하더군요. '교코, 내가 불쌍해서 억지로 만나주는 거 아니야? 내가 류진연합 조장의 딸이라는 건 너도 알고 있잖아. 나를 안 만나줘도 원망하지 않을 테니까 무리하지 마.' 나는 오히려 이렇게 말했지요. '후미에, 그렇게 말하면 진짜로 화낼 거야. 우리 우정이 겨우 그 정도밖에 안 돼?' 그랬더니 후미에는 눈물을 흘리면서 내 가슴에 매달려

'고마워, 고마워.'라고 몇 번이나 말하더군요."

대학을 졸업한 후에는 전화 통화는 비교적 자주 했지만 만남은 1년에 한두 번에 그쳤다. 후미에는 교코를 만날 때마다 고급 레스토랑으로 데려가서 맛있는 음식을 사주었다. 그리고 헤어질 때는 꼭 이렇게 말했다.

"실은 더 자주 만나고 싶지만 너에게 폐를 끼치면 안 되잖아."

이 무렵 두 사람은 이미 성숙한 어른이었고, 서로 확인할 것도 없이 우정은 확고했다.

"1년에 한 번만 만나도 좋았어요. 우리는 서로의 마음을 알고 있었으니까요. 그리고 후미에가 결혼한다고 했을 때 상대가 좋은 대학의 교수란 말을 듣고 환호성을 지를 만큼 기뻤답니다. 그런데 그런 일이 일어나다니……."

결혼한 지 5개월 후 기우라가 후미에를 목 졸라 죽이는 사건이 발생했다. 그 무렵 후미에의 모습에 대해 교코는 단어를 신중하게 선택하면서 말했다.

"후미에는 작은 일에도 쉽게 상처를 받는 섬세한 사람이라서 평소에 정서적으로 불안정한 면이 있었던 게 사실이에요. 하지만 결혼이 정해졌을 때 그녀는 매우 좋아했어요. 출신이 알려지는 걸 피하기 위해서인지 결혼식과 피로연은 가족끼리만 했는데, 나는 개인적으로 결혼 축하선물을 보냈지요. 그랬더니 그녀는 답례라며 멋진 금목걸이를 보내줬어요. 다만 결혼한 후에……."

교코가 돌연 말을 멈추고 머뭇거렸다. 그러더니 마음을 추스르듯 다시 말을 이었다.

"딱 한 번 전화가 왔는데 몹시 우울한 것 같았어요. 남편 얘기를 하면서 그 사람한테는 자기보다 더 좋아하는 사람이 있다고 하더군요."

결혼하고 두 달쯤 지났을 때니까 죽임을 당하기 직전은 아니었다. 그러나 죽음에서 멀지 않은 미묘한 시기였던 것은 분명하다.

어쨌든 그 말은 남편의 외도로 해석할 수 있지만 그런 뉘앙스였는지는 판단하기가 쉽지 않았다.

"나도 무슨 뜻이냐고 물었지만 그녀는 이내 '아무것도 아니야'라고 얼버무리더군요. 그 후에는 그런 말을 한 적이 없어요. 다만 사건이 일어나 후미에가 세상을 떠나고 그로부터 10여 년 후에 기우라 사건이 일어났을 때, 새삼스레 후미에가 정말로 무서운 사람과 결혼했구나 하는 생각이 들더군요. 너무나 순진해서 남편 될 사람이 이상하다는 사실도 알아차리지 못했다고……."

교코의 목소리는 무겁게 가라앉았다.

과연 교코의 판단이 맞을까. 후미에가 순진해서 기우라가 이상하다는 사실을 알아차리지 못한 게 아니라, 후미에를 살해하는 것과 동시에 기우라가 이상해지기 시작했다고 생각할 수도 있지 않을까.

2

초인종이 울렸다. 10월 14일 일요일 아침. 요시코는 현관의 도어스코프를 통해 밖을 내다보았다. 안경을 끼고 콧수염을 기른 쉰 살 정도의 남자가 서 있었다.

영업사원 같은 분위기는 아니었다. 얼굴도 옷차림도 단정하고, 너무도 정상적인 사회인으로 보였다.

"누구시죠?"

거실의 전자시계가 오전 7시가 지났음을 가리켰다. 비상식적인 시간이었다. 아파트 현관의 안내데스크에 관리인이 출근하는 게 8시니까 이 시간대라면 누구나 자유롭게 드나들 수 있을 터였다.

"기우라라고 합니다. 모토하타 세이지 씨 일로 급히 드릴 말씀이 있어서 왔습니다."

문 밖에서 남자의 침착한 목소리가 들렸다.

"이렇게 일찍 말이에요?"

기우라란 말을 듣고 요시코의 심장이 세차게 방망이질 쳤다. 남편과 아들은 아직 잠들어 있었다. 매일 아침 일찍 출근하는 남편에게 일요일은 평소의 부족한 수면을 보충할 수 있는 귀한 시간이었다. 그런데 이런 시간에 깨우면 남편이 얼마나 화를 낼까. 아마 그녀 같아도 분노가 치밀 것이다. 그러나 기우라라는 이름은 가족에 대한 배려까지 무시할 만큼 충격을 안겨주었다.

"아침 일찍부터 죄송합니다. 하지만 너무 급한 일이라 실례를 무릅쓰고 찾아왔습니다. 현관에서 말씀드려도 좋으니까 문 좀 열어주시겠습니까?"

요시코는 어쩔 수 없이 우선 도어체인을 벗기고 두 개의 안쪽 자물쇠를 왼쪽으로 돌렸다. 순간 평소에는 반대 순서로 한다는 것을 깨달았다. 어쨌든 문이 열리자마자 숨을 돌릴 틈도 없이 남자 두 명이 밀고 들어왔다.

처음에 들어온 사람은 마쓰나카였다. 그런 다음에 조금 사이를 두고 기우라가 유유히 모습을 드러냈다.

"실례하겠습니다."

기우라의 그 말을 신호로 두 사람은 요시코의 승낙을 기다리지도 않고 신발을 신은 채 거실로 들어왔다. 그리 넓지 않은 3LDK 아파트였으므로 안쪽 방에서 잠든 남편과 아들이 잠을 깨도 이상하지 않을 만큼 시끄러운 소리가 발생했다.

요시코는 간이 떨어질 만큼 깜짝 놀랐다. 그래도 가까스로 입을 벌려서 항의의 목소리를 짜냈다.

"멋대로 들어오다니! 너무 무례하잖아요!"

"무례한 건 당신 오빠야!"

마쓰나카가 거실에 있는 의자에 앉으면서 소리쳤다. 요시코는 새파랗게 질린 얼굴로 머리를 짧게 자르고 눈초리가 날카로운 그 남자를 바라보았다. 상하 검은색의 두꺼운 진베이(길이가 짧고 소매가 없으며 앞에서 여미어 끈으로 매는 여름옷)를 입은 남자는 언뜻 보기에도 야쿠자 같았다.

"누구시죠? 당신은 기우라 씨가 아니죠?"

요시코는 마쓰나카를 똑바로 쳐다보며 물었다. 목소리에 경련이 일었다.

"내가 기우라입니다."

마쓰나카가 대답을 하기 전에 기우라가 선 채 대꾸했다. 도어

스코프 너머로 본 남자였다. 기우라는 회색 바탕에 검은색 테두리가 있는 스웨터와 감색 바지 차림이었다.

그는 의자를 끌어당기며 조용히 말했다.

"남편분과 할 말이 있는데요……."

요시코는 대답하지 않고 안쪽 방으로 들어가려고 했다. 그때 그녀의 뒤쪽에서 문이 열리고, 잠옷 차림의 남편이 졸린 눈을 비비며 얼굴을 내밀었다. 그는 순간적으로 무슨 상황인지 이해하지 못한 채 불안한 표정을 짓더니 흥분한 목소리로 물었다.

"여보, 무슨 일이야?"

"아침 일찍 찾아와서 죄송합니다. 당신이 보증을 서준 모토하타 세이지 씨에 대한 대출금 때문에 급히 드릴 말씀이 있어서 찾아왔습니다."

기우라는 일어서지도 않고 여전히 침착하게 말했다.

"무슨 말씀이시죠?"

시노다가 포기한 얼굴로 기우라 앞에 마주 앉았다. 요시코에게도 앉으라고 눈짓을 했다.

"세이지 씨는 저희에게 빌린 3천만 엔을 갚을 수 없는 상태입니다. 요즘은 이자도 주지 않고 있지요."

"돈을 빌린 지 얼마 안 됐잖습니까?"

"상환 기간은 이미 지났습니다. 한 달 안에 전액을 갚기로 약속했으니까요."

"말도 안 돼……."

시노다의 말이 끝나기도 전에 마쓰나카가 버럭 고함을 질렀다.

"말도 안 되긴 뭐가 말도 안 돼? 지금 우리가 거짓말이라도 한다는 거야?"

시노다는 겁먹은 표정으로 입을 다물었다. 기우라가 다시 입을 열었다.

"시노다 씨, 잘 들으세요. 이건 어디까지나 은행 대출을 받기 위한 임시 대출이었습니다. 이런 경우에는 보통 이자를 비싸게 하고 상환 기간을 짧게 하는 게 상식이죠. 그런데 이자를 싸게 책정한 건 제 호의였습니다. 그렇다면 상환 기간을 지켜주셔야죠. 이쪽도 땅 파서 돈을 빌려주는 게 아니니까요. 경제적으로 불안정한 사람에게 3천만 엔이나 되는 거금을 그렇게 싼 이자로 장기로 빌려주는 바보가 어디 있겠습니까?"

"하지만 이렇게 빨리 갚아야 한다는 말은 못 들었습니다."

"그건 당신과 세이지 씨 문제잖아요? 전 세이지 씨에게 분명히 설명했습니다."

"상환 기간이 언제였지요?"

"8월 29일입니다. 지금이 10월 중순이니까 한 달 반이나 참아준 거지요. 하지만 더 이상은 참을 수 없습니다. 세이지 씨는 지난달에 줘야 할 이자 20만 엔조차 주지 않았어요. 따라서 저로서는 이제 지불 능력이 제로라고 판단하지 않을 수 없습니다."

"여관은 이제 제대로 돌아간다고 하던데요."

"착각하시면 곤란하죠. 수익이 나는 건 우리 하나조노상회이고, 여관 자체에선 수익이 나지 않습니다. 하지만 그건 우리 문제가 아니라 세이지 씨의 경영 능력 문제니까 제가 참견할 수는 없지요."

"단도직입으로 말해 나에게 어떻게 하라는 거지요?"

"일단 절반인 천오백만 엔을 주셔야겠습니다."

"말도 안 돼! 우리가 그런 돈이 어디 있어요?"

요시코가 자기도 모르게 비명에 가까운 소리를 질렀다. 그 즉시 마쓰나카의 으름장 섞인 탁한 목소리가 울려 퍼졌다.

"없으면 만들어야지!"

"시노다 씨, 당신은 보증인입니다. 그게 무슨 뜻인지 아시죠?"

기우라는 그렇게 말하면서 시노다를 뚫어지게 쳐다보았다. 등골이 오싹해지는 차가운 눈이었다.

시노다는 말을 더듬지 않을 수 없었다.

"그, 그건 알고 있지만 지금 당장은……."

"지금 당장이 아니면 곤란합니다. 돈은 살아 있는 생물이니까요. 빌려준 돈은 시간이 지날수록 영양분을 잃고 빼빼 야위어가지요."

"어쨌든 일단 처남과 얘기할 테니까 시간을 주시지 않겠습니까?"

"그럼 지금 우리와 같이 하기노야로 가시지요."

"지금 당장요?"

"그렇습니다. 지금 가시지 않으면 곤란합니다."

"여보, 그러는 편이 좋겠어. 나도 오빠를 만나서 약속이 다르다고 말할게. 돈을 갚지 못하면 하기노야를 팔기로 했는데……."

요시코가 흥분한 상태로 빠르게 말했다.

"하기노야를 판다고요? 그건 불가능합니다. 지금 하기노야는 고이치 씨 명의로 돼 있으니까요. 고이치 씨는 하기노야를 팔 생각이 없고, 우리는 그걸 강요할 수 없습니다. 우리에게 돈을 빌린 사람은 고이치 씨가 아니고, 그는 어디까지나 선의의 제삼자니까요."

"그러면 제가 고이치를 설득할게요."

"그러세요? 그러면 한번 해보십시오. 전 돈만 받으면 되니까요."

기우라가 그렇게 말한 순간 다시 뒤쪽 문이 열리고 상하 트레이닝복을 입은 대학생 같은 남자가 얼굴을 내밀었다. 키가 크고 체격도 상당히 좋았다.

"아침부터 뭐야? 시끄러워서 잠을 잘 수 없잖아."

요시코의 아들인 겐타로였다.

"넌 또 뭐야? 손님을 봤으면 인사부터 해야지. 이거야 원, 가정교육이 엉망이군."

마쓰나카가 다시 커다란 목소리로 으름장을 놓았다. 겐타로는 덩치만 크고 겁이 많은 콜리 견처럼 단숨에 몸을 웅크리고 입을 다물었다.

3

시노다 부부와 겐타로가 거의 납치되듯 하기노야에 도착해서 맨 처음 들어간 곳은 1층 응접실이었다.

일요일 오전이었지만 로비에는 체크아웃하는 손님들의 말소리가 끊이지 않았고, 여관은 예전의 활기를 되찾은 것처럼 보였다.

요시코에게 하기노야는 친정이고 예전에 자신이 살던 집이다. 그런데 응접실에 들어가서도 오빠 부부나 조카인 유키를 만날 수 없었다. 그녀는 이미 하기노야를 빼앗겼다고 확신했다.

"지금 당장 오빠를 만나고 싶은데요……."

응접실에 들어간 뒤 기우라와 마쓰나카는 5분 정도 세 사람을 무시한 채 하기노야와는 관계없는 대화를 나누었다. 조바심이 난 요시코가 두 사람의 대화에 끼어들듯 말을 걸었다.

기우라가 대답했다.

"그게 말이죠, 세이지 씨는 돈을 마련하기 위해 아침부터 나가서 지금 없습니다. 아마 저녁때쯤 돌아오지 않을까요?"

"그러면 유키를 만나게 해주세요."

"유키 씨도 세이지 씨와 같이 나갔습니다. 세이지 씨가 데려가고 싶다고 하더군요."

요시코는 믿을 수 없다는 표정을 지었다. 지금까지 오빠가 돈을 마련하기 위해 유키를 데려간 적은 한 번도 없었다. 기우라가

고의로 두 사람을 못 만나게 하려는 것이 분명했다.

그런데 그것도 이상했다. 애초에 지금 당장 하기노야로 가자고 한 사람은 기우라가 아니었던가. 요시코가 세이지와 이야기를 해서 일단 천오백만 엔이라도 갚도록 하기 위해서 말이다. 그런데 왜 세이지와 유키를 못 만나게 하려는 것일까?

그녀는 지원을 바라는 눈길로 남편과 겐타로를 쳐다보았다. 그러나 두 사람 모두 불안한 표정으로 입을 다물고 있을 뿐이었다.

기우라가 그녀의 가족을 하기노야로 데려온 데는 다른 목적이 있었던 게 아닐까. 그녀의 가슴 밑바닥에서 시커먼 불안이 소용돌이쳤다.

"고이치는 어디 있죠?"

"니가타에 출장 갔습니다."

"고이치가 출장을 가요?"

"네, 고이치 씨는 하나조노상회 일을 적극적으로 추진하고 있지요."

요시코는 어이가 없어서 입을 다물었다.

"그럼 일단 집에 갔다가 다시 올까?"

시노다가 겨우 입을 열더니 요시코를 쳐다보며 의미심장하게 말했다.

요시코는 즉시 남편의 의도를 알아차렸다. 일단 기우라의 감금에서 벗어나 부부끼리 의논할 시간을 가지려는 것이었다.

요시코가 대꾸하기 전에 기우라가 가로막듯 말했다.

"그럴 필요는 없습니다. 이제 곧 세이지 씨로부터 연락이 올 겁니다. 그때 여러분이 여기 계신다고 말할 테니까 잠시만 기다리십시오."

요시코는 되도록 태연하게 말했다.

"일단 집에 갔다가 오후에 다시 올게요. 우리도 해야 할 일이 있거든요."

"그냥 여기서 기다리십시오. 여기서 기다리지 않으면 곤란합니다."

기우라가 조용히 대꾸했다. 얼굴에는 아무런 표정도 없었다.

그러자 마쓰나카가 히죽거리며 덧붙였다.

"그래, 여기서 기다리지 않으면 곤란해. 그냥 느긋하게 있으면 돼."

노골적으로 협박이 담긴 말투였다. 요시코와 시노다, 겐타로는 마쓰나카에 대한 공포에 짓눌려 고개를 숙이는 수밖에 없었다.

4

사부로 일행이 니가타 시에서 이용하는 숙소는 캐슬 호텔이었다. 후루마치라는 니가타 최대 번화가와 가까운 고급 호텔이다. 그러나 도쿄의 일류 호텔에 비하면 가격은 그렇게 비싸지 않았다. 하나조노상회는 니가타 시내와 근교에 있는 호텔, 여관 등과 마사지사 파견 계약을 맺고 있었다.

한편 니가타 시는 전통 있는 유곽 지역으로 시내에 마치아이(待合)라는 요정이 있었다. 말은 요정이지만 주로 밖에서 요리를 배달시키고, 가까운 포주 집에서 오는 게이샤(술자리에서 춤과 노래로 여흥을 돋우는 여성)나 후리소데(소맷자락이 긴 후리소데를 입는 화류계 여성)라는 젊은 여성과 손님을 이어주는 것이 주된 일이었다.

이 지역의 화류계 여성들은 몸가짐이 단정해서 손님과 같이 밤을 보내는 데는 어느 정도 시간이 걸렸다. 그래서 하룻밤의 섹스는 니가타 시에서 조금 떨어진 온천장을 이용하곤 했다.

마치아이를 이용하는 손님의 수준은 꽤 높았다. 주로 니가타 시내에 있는 노포 상점의 경영자나 의사로 그만큼 여자의 외모에 대한 요구도 높았다. 하나조노상회와 통하는 사람은 기리코뿐인데, 그녀는 니가타에 오면 오직 마치아이만 담당했다. 가격도 다른 곳보다 비싸서 90분에 5만 엔이었다.

마치아이에서도 모든 손님이 게이샤나 후리소데를 부르는 것은 아니었다. 순수하게 분위기를 즐기는 손님도 많았다. 가끔은 혼자 와서 마음에 드는 요릿집에서 음식을 배달시키고 여종업원들과 대화를 나누다 돌아가는 손님도 있었다.

기우라가 눈을 돌린 것은 그런 손님이었다. 마치아이의 주인을 설득해 그런 손님들에게 기리코를 소개시켰다. 화류계 여성처럼 돈과 시간이 들지 않고 즉시 잠자리를 할 수 있는 상대인데다 젊고 예뻐서 기리코는 최고의 인기를 누렸다.

마치아이는 사회적 지위가 있는 사람이 놀기에 안성맞춤으로 실내의 복도가 매우 좁고 복잡했다. 계산을 마치고 돌아가는 손님이 서로 얼굴을 마주치는 일이 없도록 하기 위해서였다.

마치아이의 협조가 있으면 기리코 같은 여성을 손님과 몰래 이어주는 것은 그리 어렵지 않았다. 마치아이는 이제 손에 꼽을 정도밖에 남아 있지 않은데, 옛날 전통을 그대로 고수해서인지 그런 부업을 통해 수익을 올려야 할 만큼 경영이 힘든 곳이 많았다.

기리코를 제외한 다른 여자들은 시내의 러브호텔이나 여관으로 파견을 나갔다. 니가타 출신의 사치에가 호텔이나 여관의 위치를 대강 가르쳐주었다. 사치에는 나이 탓에 지명되는 일이 거의 없고, 주로 처음 이용하는 뜨내기손님을 담당했다.

여성 파견을 관리하는 것은 사부로의 일로, 고이치가 도와주는 것이 보통이었다. 하지만 그날은 고이치와 함께 다나베까지 니가타에 와 있었다.

사부로와 고이치는 한 달에 두 번 정도 토요일과 일요일에 니가타로 출장을 갔다. 때로는 니가타뿐 아니라 삿포로와 하코다테까지 가는 일도 있었다. 이번처럼 니가타만 가면 되는 일에 다나베까지 오는 것은 상당히 이례적이었다. 실제로 다나베는 1박을 하고 나면 이튿날 아침 일찍 신칸센을 타고 혼자 도쿄로 돌아갈 예정이었다.

"고이치 씨가 아직 안 오네. 요즘 왠지 기운이 없어 보이던데."

사치에가 사부로를 쳐다보며 말했다. 사치에는 다나베와 사부로의 트윈 룸에 와서 사부로의 일을 도와주고 있었다. 그녀는 전화기 앞의 의자에 앉고, 사부로와 다나베는 베이지색 소파에 길게 누워 있었다.

사부로는 대꾸를 하지 않았고, 다나베는 그 말을 듣지 못한 것처럼 아예 반응을 하지 않았다. 물론 두 사람은 그 이유를 알고 있었다. 하지만 사치에에게 자세한 사정을 말할 수는 없었다.

이 시점에서 그 사실을 아는 사람은 기우라와 다나베, 사부로, 고이치 네 명뿐이었다. 마쓰나카는 어렴풋이 짐작만 할 뿐 고이치가 세이지 부부를 죽이는 장면을 보지는 못했다. 자기 눈으로 직접 보았다 할지라도 원래 불법적인 어둠의 세계에서 일하는 사람인 만큼 경찰에 신고하지는 않았으리라.

사부로가 고이치를 걱정한다는 것은 옆에서 보아도 알 수 있을 정도였다. 고이치는 생각보다 훨씬 평범한 사람이었다. 부모 살해에 대한 죄의식이 모든 말과 행동에 배어나오고 있었다.

사부로도 양부를 살해했다. 하지만 양부는 그가 중학생이 되었을 때 어머니와 같이 살게 된 남자일 뿐이지 아버지라는 의식은 거의 없었다. 그래도 사람을 죽였다는 죄의식이 길게 꼬리

를 드리웠다. 고이치의 경우에는 낳고 키워준 친부모니까 죄의
식이 더욱 깊었으리라.

그나저나 고이치에 대한 기우라의 태도를 이해할 수 없었다.
사부로나 다나베와 같이 있다고는 하지만 비교적 자유롭게 돌
아다닐 수 있는 니가타에 보내다니. 자신의 눈이 닿지 않는 곳
에 보내는 것이 얼마나 위험한지 기우라가 모를 리 없지 않은가.

이번에 다나베를 보낸 것은 고이치를 감시하려는 취지였지만,
실제로 고이치는 자유롭게 돌아다니고 있으므로 효과적인 대
책이라고 할 수 없었다. 고이치가 양심의 가책을 이기지 못해 경
찰에 출두하는 일도 충분히 있을 수 있었다.

고이치가 아침에 나가서 저녁 8시가 넘어도 돌아오지 않자 다
나베도 신경이 쓰이는 듯했다. 조금 더 있으면 일도 바빠질 터였
다. 호텔에서 걸어갈 수 있는 곳 외에는 고이치가 차로 여자들
을 데려다주고 끝날 때쯤 데리러 가야 했다.

그때 실내의 전화벨이 울렸다. 사치에가 수화기를 들었다. 밖
에서 걸려오는 전화는 일단 프런트에서 받아 방으로 이어주는
시스템이었다.

"네, 그래요. 연결해주세요. …… 감사합니다, 하나조노상회
입니다. 아아, 기우라 씨예요? 사부로 씨요? 있어요. 바꿔드릴
게요."

사부로가 일어나서 사치에가 건네주는 수화기를 받았다.

"네, 사부로입니다. …… 알겠습니다. 오늘 밤 안으로 가겠습

니다. 다나베 씨도 같이 가겠습니다."

사부로가 수화기를 내려놓았다. 표정이 어두웠다.

"다나베 씨, 기우라 씨가 즉시 도쿄로 돌아오래요. 사치에 씨, 미안하지만 여기를 좀 맡아줘. 모레 데리러 올게."

"벌써 오래? 오늘 왔는데?"

다나베가 소파 위에서 몸을 일으키더니 기지개를 켜면서 말했다.

"그건 상관없는데 애들을 데려다주고 데려오는 건 어떻게 하지? 고이치 씨도 가는 거지?"

사치에가 사부로를 쳐다보며 확인하듯 물었다.

"응. 여자들에겐 택시를 이용하라고 해. 영수증을 가져오면 나중에 정산해준다고 하고."

"그나저나 고이치 씨는 어디 가서 이렇게 안 오지? 금방 가야 되잖아."

"그 녀석, 어디서 뭐 하는 거야?"

사부로가 그렇게 말했을 때 마침 문이 열렸다. 사부로와 사치에가 돌아보자 고이치가 서 있었다. 다나베는 고이치를 무시하듯 돌아보지 않았다.

고이치는 핑크색 긴소매 셔츠에 면바지 차림이었다. 갈색 머리에 은백색 빗방울이 앉아 있고, 표정은 망령처럼 어두웠다.

"고이치, 어떻게 된 거야? 어디 갔다 이제 와?"

"죄송해요. 파친코를 하다 보니 그만……."

고이치는 퍼뜩 정신을 차린 것처럼 꾸벅 고개를 숙였다.

5

"오늘은 해가 서쪽에서 떴나? 웬일로 자네가 산다는 거야?"

이가라시는 자리에 앉자마자 이부키의 얼굴을 똑바로 쳐다보면서 말했다. 국철 신주쿠 역 근처의 이자카야였다. 두 사람이 같이 술을 마시는 것은 드문 일이 아니었다.

술을 마실 때는 항상 엄격하게 더치페이였다. 하지만 이부키는 그것도 자기가 내는 것이나 마찬가지라고 했다. 겨우 맥주 한 병에 일본주 작은 병 하나밖에 마시지 않는 이부키에 비해 이가라시는 말 그대로 밑 빠진 독에 술 붓기였기 때문이다. 다만 본인 입으로 호언장담하듯이 이가라시는 절대로 술에 취해 흐트러지는 일이 없었다. 그것이 야쿠자와 술을 마셔도 허점을 보이지 않는 비결이라고 큰소리치곤 했다.

"나는 나루사와와 달라."

이것이 그의 입버릇이었다. 나루사와는 그와 같은 수사4과의 폭력단 담당 형사였다. 직책은 주임으로 말단 형사인 그에게는 상사에 해당하는 사람이었다. 이가라시는 나루사와를 끔찍하게 싫어했다. 나이가 그보다 어리기도 해서 본인이 없는 곳에서는 함부로 이름을 불렀다.

나루사와도 논 커리어(non career, 중앙 관청의 국가 공무원 중에서 1종 시험 합격자가 아닌 공무원)였지만 겉모습은 이가라시와 전혀 달랐다. 은테 안경을 낀 모습은 언뜻 인텔리처럼 보였다. 그러나 이가라시의 말에 의하면 폭력단 간부와 술을 마시는 등 검은 유착 관계에 있다는 소문이 끊이지 않았다.

이부키도 그런 소문을 들은 적이 있었다. 다만 폭력단을 담당하는 형사의 경우 그런 행위가 어두운 거래인지 정보수집 활동인지 함부로 속단할 수 없었다.

어쨌든 경시청 수사4과의 폭력단 담당 형사가 야쿠자와 술을 마시는 것 자체가 금지사항이었다. 때문에 이가라시와 나루사와 모두 위반행위를 한 게 틀림없는 이상 이부키는 뭐라고 대꾸해야 좋을지 몰랐다.

이부키는 고쿠분지에 살아서 신주쿠에서 술을 마시면 주오선을 타고 비교적 편안히 집에 갈 수 있었다. 그러나 이가라시는 후나바시 안쪽에 있는 작은 도시에 살기 때문에 신주쿠까지 와서 마시면 집에서 더욱 멀어지게 되었다.

"자네에게 항상 신세를 지고 있다는 것 잘 알아. 더구나 이렇게 자네 집에서 먼 곳으로 데려와서 미안하군."

"그게 무슨 상관이야? 난 5차, 6차까지 마실 수 있으니까 그러는 사이에 조금씩 집과 가까워지면 되지 뭐."

그 말을 듣고 이부키는 내심 아찔했다. 실제로 이가라시와 술을 마시면 어디에서 마무리를 지어야 할지 몰라 곤란한 적이 한

두 번이 아니었다.

폭력단 담당 형사는 수사1과 형사와 달리 한밤중이나 식사 도중에 갑자기 호출되는 일이 의외로 없었다. 폭력단 사무실을 손보는 일이 없는 이상 근무시간도 규칙적이라서 극단적으로 말하면 평범한 샐러리맨과 큰 차이가 없었다. 따라서 이가라시는 규칙적으로 살려면 얼마든지 그럴 수 있었다. 그러나 그의 사전에 규칙적이라는 말은 없는 것 같았다.

그는 꼬치구이를 앞에 두고 큰 잔의 생맥주를 마시기 시작했다. 애주가들이 그렇듯이 안주에는 거의 관심이 없어서 꼬치구이만으로 충분했다.

술을 한 모금 마시고 나서 이부키가 물었다.

"그런데 기우라라고 알아?"

"뭐야? 결국 일 얘기야? 아직 한 잔도 다 안 마셨어."

"그건 알지만 좀 급해서……."

이부키는 솔직하게 본심을 털어놓았다. 이가라시는 그와 나이도 비슷하고 친밀한 상대였다. 솔직히 말하면 4과 형사 중에서 1과 형사만큼 신뢰할 수 있는 유일한 인물이었다.

"그래? 하지만 기우라에 관해선 우리보다 1과가 더 잘 알잖아?"

"그게 좀 묘해. 물론 과거 사건은 그럴지도 모르지. 그런데 현재의 기우라에 대해선 정보가 없어서 말이야."

이부키는 스위트피의 누마타에게서 기우라란 이름을 듣고도 그 즉시 과거의 사건을 떠올리지 못했다는 건 이가라시에게 말하지 않았다. 수사1과 형사로서 어쩐지 수치스러웠던 것이다.

"하지만 기우라는 인텔리야. 4과 형사가 지금까지 다룬 적이 없는 타입이지. 자네는 나보다 좋은 대학을 나왔잖아. 그런 인종은 자네가 더 잘 이해할 수 있지 않을까? 나처럼 유도를 해서 체육계 특별전형으로 3류 대학에 들어간 인간과는 차원이 다르니까."

"무슨 소리야? 우리 대학도 별 볼일 없어. 기우라는 도쿄대 출신에다 전직 대학 조교수야. 그런 인간의 마음을 내가 어떻게 이해하겠어?"

"그런가? 그런데 그자에 대해 알고 싶은 게 뭐야? 스위트피 건인가?"

"그래, 자네 말대로 거기에 가서 이것저것 캐봤더니 기우라라는 이름이 나왔어. 그런데 그 안쪽을 모르겠더군."

"안쪽이라……."

이가라시는 생맥주 잔을 크게 기울여 한 모금 마시고는 다시 말을 이었다.

"4과가 가장 주목하는 것도 바로 그거야."

"중소기업이 아니라 큰손이 관계할지도 모른다는 거야?"

"물론 우리도 기우라와 류진연합의 관계에 대해 관심을 가지고 있어. 다만 말이야, 그자의 아내 사건을 보면 류진연합과 기우라의 관계는 최악이어야 하잖아? 사건 직후에 류진연합이 킬러를 보내려고 했다는 소문이 떠돌았을 정도니까. 그런데 기우라가 사업을 확대하는 데 류진연합의 후광을 이용한 건 분명해. 스위트피는 교쿠잔카이의 프런트지만 기우라가 교쿠잔카이를 상대로 당당하게 싸웠다면 역시 배후에 류진연합이 있었을 가능성이 있어. 그리고 야마카와가 살해된 이후 교쿠잔카이의 움직임이 너무 둔한 것도 이상해. 아무리 생각해도 말이 안 되거든."

"무슨 뜻이지? 교쿠잔카이는 기우라의 배후에 류진연합이 있고, 류진연합이 야마카와를 처리했다고 생각한단 거야?"

"그럴 가능성이 있어. 만약 배후에 류진연합이 있으면 아무리 조직원이 살해되었다고 해도 섣불리 보복할 수 없겠지. 교쿠잔카이의 움직임이 둔한 건 기우라와 류진연합의 관계를 확인하려는 것인지도 몰라. 하지만 우리가 아무리 조사해봐도 류진연합과 기우라의 관계는 나오지 않았어. 반대로 기우라는 같은 교쿠잔카이의 마쓰나카와 밀접한 관계를 맺고 있더군. 따라서 그는 단지 사업상 교쿠잔카이를 만날 뿐 야마카와 살해와는 관계가 없다, 그것은 교쿠잔카이의 내부 문제가 아닐까 하는 의견이 대부분이야. 원래 인텔리인 기우라가 살인을 저질렀다는 것에 회의적인 사람이 많기도 하고. 1과는 어때?"

"솔직히 말해 아직 수사는 별로 진행되지 않았어. 폭력단은 우리 특기가 아니니까. 그런데 자네도 기우라에 대해 기본적으로 그렇게 생각해? 인텔리라서 살인을 저지르지 않을 거라는 견해는 너무 단순하지 않을까……."

"그가 아내를 살해했기 때문인가?"

"아니, 그건 질이 다른 사건이니까 똑같은 사례로 볼 수 없
겠지."

"어쨌든 난 기우라 같은 인간을 이해할 수 없어. 다만 하기노
야라는 여관을 탈취하려고 한다는 이야기는 들은 적이 있어."

"기우라 사무실이 있는 여관 말이지?"

"응, 그는 야쿠자처럼 거친 방법을 사용하지 않고 합법적으로
하는 것 같더군. 그런데 민사로 내려가면 우리 쪽에선 정보를 파
악할 수 없어서 말이야……."

이부키는 실망을 감출 수 없었다. 결국 그가 원하는 정보는
얻을 수 없었다. 지금 이가라시가 말해준 것은 이부키도 전부
알고 있는 정보였다. 한 가지 소득이 있다면 수사4과의 폭력단
담당이 야마카와 살해를 교쿠잔카이의 내부 소행으로 본다는
것이었다.

이부키는 조만간 기우라를 만날 생각이었다. 그때는 신중하게
대응하지 않을 수 없으리라.

이가라시가 두 번째 잔에 입을 대기 시작했다. 자신이 먼저
만나자고 했으니 이부키도 어느 정도 박자를 맞춰주지 않을 수
없었다.

기나긴 밤이 될 것 같았다.

시노다의 옆집에 사는 야나기타 가즈에가 겐타로를 본 것은 10월 15일 월요일이었다. 파트타임으로 일하는 슈퍼마켓에서 오후 7시쯤 돌아오니 겐타로가 자기 집 문을 잠그고 외출하려는 참이었다.

"겐타로, 어디 가니?"

그녀는 여느 때처럼 말을 걸었다. 겐타로는 중형 배낭을 메고 면바지에 오렌지색 긴소매 티셔츠를 입은 가벼운 차림이었다.

그녀는 시노다 부부와 스스럼없이 얘기를 나누는 사이였다. 겐타로도 붙임성이 좋지는 않았지만 그녀가 말을 건네면 대답을 하는 것이 보통이었다. 그러나 그때의 모습은 너무도 이상했다.

"그냥 고개만 숙일 뿐 대꾸를 하지 않았어요. 물론 그것만 가지고 이상하게 여긴 건 아니에요. 우리 집에도 재수를 하는 아들이 있는데, 역시 무뚝뚝한 데다 항상 부루퉁해서 대답을 잘 안 하니까요. 그때 마음에 걸린 건 겐타로의 뒤에 있던 눈초리가 기분 나쁜 깍두기 머리의 남자예요. 겐타로가 그자에게 신경을 쓴다고 할까, 겁을 먹은 것처럼 보였거든요. 실은 겐타로 엄마와는 꽤 친해서 남편이 오빠의 보증을 섰다는 걸 알고 있었거든요. 어떻게 해야 좋을지 모르겠다고 내게 하소연을 했지요. 그 보증 얘기가 겐타로 뒤에 있던 남자 모습과 이어지면서 불길한 예감이 들었어요."

그 남자는 마쓰나카였으리라. 그날 밤 그녀는 남편에게 잡담처럼 그 이야기를 했지만 신용금고에 다니는 남편은 별로 관심을 보이지 않았다. 그 순간 그 사건은 그녀의 머리에서 사라졌다. 마치다 서의 형사가 시노다 부부와 겐타로의 소재를 파악하기 위해 시노다 가족의 집을 방문한 것은 그로부터 두 달 후의 일이었다.

이때 겐타로는 시노다의 예금통장과 인감, 아파트 권리증 등을 가지러 집에 갔으리라. 시노다 부부는 인질로서 하기노야에 남겨져 있었다.

물론 시노다 부부가 예금통장과 아파트 권리증을 가져오라고 겐타로에게 적극적으로 말했을 리는 없다. 아마도 세이지 부부와 마찬가지로 2층 사무실에서 기우라와 마쓰나카, 다나베에게 철저하게 비난과 폭행을 당한 끝에 어쩔 수 없이 겐타로를 집으로 보냈으리라.

어쩌면 겐타로가 도중에 마쓰나카를 뿌리치고 경찰서로 뛰어들기를 기대한 것은 아닐까? 그러나 겐타로는 부모의 기대를 배반하고 기우라가 원하는 물건을 가지고 순순히 돌아왔다.

겐타로가 마쓰나카와 같이 하기노야로 돌아왔을 때 부모님의 모습은 보이지 않았다. 2층 사무실에는 기우라 혼자 있었고, 부모님은 집으로 돌아갔다고 했다. 예금통장과 인감, 아파트 권리증, 그리고 건강보험증은 아들에게 받으라고 했다는 것이다.

시노다 부부가 비난과 폭행을 견디다 못해 겐타로를 집에 보내는 데 동의했다는 것은 중요한 서류를 기우라에게 넘겨주는 데 동의한 것으로도 해석할 수 있다. 그러나 겐타로가 집에서 가져온 서류를 반사적으로 기우라에게 넘겨준 것은 그만큼 강한 공포심에 짓눌려 있었다는 증거였다.

"그런데 유키 씨가 그쪽을 만나고 싶어 하는데……."

기우라가 조용히 입을 열었다. 그리고 못을 박듯이 확인했다.

"만나겠습니까?"

겐타로는 다시 반사적으로 고개를 끄덕였다. 눈에서 공포가 사라지는 일은 없었다.

겐타로는 기우라와 마쓰나카와 같이 유키의 방으로 걸어갔다. 복도에는 평소처럼 손님들이 지나다녔다. 주변에는 마치 아무 일도 일어나지 않은 것처럼 평온한 공기가 떠다녔다.

화장실 옆의 안쪽으로 통하는 복도에 '종업원 외 출입금지'라는 팻말이 걸려 있었다. 그 안쪽에 세이지 부부의 예전 방과 유키의 방이 있었다.

세 사람은 유키의 방 앞에 도착했다. 문에 커다란 다이얼식 자물쇠가 채워져 있었다. 번호를 맞춰야 잠금장치를 풀 수 있는 자물쇠였다. 밖에서만 문을 여닫을 수 있게 하기 위한 장치였다. 그러나 그때는 자물쇠가 열려 있었다.

기우라는 노크도 하지 않고 문을 열었다. 마쓰나카가 먼저 안으로 들어갔다. 기우라가 겐타로에게 들어가라고 눈짓을 했다.

겐타로를 먼저 들여보내려는 것이었다.

순간적으로 도망칠까 봐 우려한 걸까? 그러나 겐타로는 최면술에 걸린 사람처럼 불안한 발걸음으로 빨려 들어가듯 안으로 들어갔다.

안에는 유키와 함께 다나베도 있었다. 유키는 바닥에 주저앉았고, 다나베가 그 앞에서 그녀를 내려다보고 있었다. 유키는 검은색 바지에 감색 블라우스 차림으로 뺨은 야위고 눈 밑은 거무칙칙하게 변해 있었다.

기우라가 조용히 말했다.

"미안하지만 조금 전의 서류에 문제가 없다는 게 밝혀질 때까지 여기 있어줘야겠습니다."

"말도 안 돼요. 전 집에 갈래요."

겐타로가 떨리는 목소리로 항의했다.

"이게 어디서 겁도 없이 말대답이야? 여기 있으라는 말 안 들려?"

마쓰나카가 갑자기 주머니에서 나이프를 꺼내 겐타로의 뺨에 들이댔다. 겐타로의 얼굴에서 핏기가 사라지고 무릎이 바들바들 떨렸다.

"조금만 참으면 됩니다. 서류에 아무 문제가 없으면 곧바로 돌려보내드리지요. 당신이 여기에 있으면 유키 씨도 마음 든든할 겁니다."

기우라는 바닥에 주저앉아 있는 유키에게 시선을 고정하고 말했다. 유키는 애원하듯 겐타로를 올려다보았다.

혼자 있기보다 겐타로와 같이 있으면 타개책을 찾아낼 수 있을 거라고 생각했을지도 모른다. 그러나 겐타로는 마쓰나카가 나이프를 집어넣은 후에도 망연자실한 표정으로 아무런 반응이 없었다.

다나베가 기우라를 보고 물었다.

"우리 쪽에서도 누가 있는 편이 좋을 것 같은데, 누구더러 있으라고 할까요?"

"우타를 있게 해. 문을 밖에서 잠그니까 우타만 있으면 충분해. 만일을 위해 사부로를 방 밖에 세워두고."

기우라는 그렇게 말하면서 판자를 덧댄 정원 쪽 창문을 힐끔 쳐다보았다.

"그건 안 됩니다. 우타는 아직 어려서 의미도 모르는 채 아가씨 말을 들어줄 수도 있어요."

다나베가 불안이 깃든 목소리로 말했다. 그는 우타를 믿지 않았다.

"그럼 내가 있지 뭐."

마쓰나카가 천박하게 히죽거리며 말했다. 그러자 유키의 얼굴이 딱딱하게 굳어졌다.

"당신은 안 돼."

"왜지?"

"안 된다면 안 되는 줄 알아. 이유를 말해줄 필요는 없어."

기우라는 찌르는 듯한 시선으로 마쓰나카를 노려보았다. 마쓰나카는 어깨를 들썩였을 뿐 더 이상 반박하지 않았다.

"다나베 씨, 우타를 불러와."

다나베는 말없이 밖으로 나갔다. 기우라의 성격을 알고 있는 만큼 그의 입에서 나온 말에 반박할 수는 없었다.

기우라는 다나베의 등을 보고 나서 마쓰나카에게 눈짓을 했다. 다나베를 따라 밖으로 나가라는 뜻이었다. 마쓰나카는 부루퉁한 얼굴에 쓴웃음을 지으며 다나베의 뒤를 따라갔다.

7

"그러면 지금 이 여관은 아드님이 물려받았나요?"

이부키는 기우라의 얼굴을 뚫어지게 쳐다보면서 물었다. 하기노야의 응접실이었다. 이부키는 미리 하나조노상회에 전화를 걸어 기우라를 바꿔달라고 해서 언제 시간이 있냐고 물어보았다.

기우라는 정중히 응대하면서 그날 오후 6시에 오면 만날 수 있다고 대답했다. 이부키는 고개를 갸웃했다. 왜 하필이면 여관이 가장 혼잡한 시간대에 오라고 했을까?

하기노야에 도착하자 기우라의 의도를 짐작할 수 있었다. 하기노야의 번성한 모습을 보여주고 싶었던 게 아닐까. 실제로 프런트는 체크인하는 손님으로 매우 북적거렸다.

남자 손님이 많은 것이 마음에 걸렸지만 그렇다고 가족 동반 손님이 없는 것은 아니었다. 무엇보다 하기노야는 손님이 많은 여관 특유의 활기가 넘쳤다.

　"그런 것 같더군요. 원래 주인은 이미 은퇴해서 부인과 같이 시골로 갔다고 들었습니다. 자세한 내막은 저도 잘 모르지만요……."

　"그렇군요. 그런데 기우라 씨는 하기노야의 경영에 관여하지 않나요?"

　"물론입니다. 저희는 단지 3층의 일부를 빌렸을 뿐이니까요."

　그 말을 듣고 이부키는 기우라의 또 다른 의도를 느꼈다. 여관이 가장 바쁜 시간대에 오라고 한 것은 기우라가 여관 경영과는 관계가 없다는 사실을 보여주기 위한 게 아니었을까.

　"그렇다면 하기노야와 기우라 씨의 관계는 집주인과 임차인이란 건가요?"

　"그렇습니다. 다만 제가 경영 컨설턴트 일도 하고 있어서 여기 아드님이 원하면 가끔 경영에 대해 조언을 해주고 있지요. 직업이라기보다 지인으로서 하는 겁니다만."

　"기우라 씨가 사장으로 있는 하나조노상회에선 어떤 일을 하고 있나요?"

　이부키는 기우라의 미세한 표정 변화를 주의 깊게 관찰하면서 말했다. 그러나 이부키의 어떤 질문에도 기우라의 표정은 달라지지 않았다.

이자는 단순한 인텔리가 아니다. 인생의 아수라장을 빠져나온 굉장한 사람이다. 이부키는 그렇게 생각했다.

"주된 일은 경영 컨설팅이지만 업무 내용은 매우 다양해서 부동산 매매와 소비자 금융, 마사지사 파견업도 하고 있습니다."

"오호, 마사지사도 파견하세요? 물론 등록은 하셨겠죠?"

이부키는 부드러운 미소를 지으며 말했다. 관심은 최대한 억눌렀다고 생각했다.

"물론이죠. 안마 마사지 지압사 자격증을 가진 사람을 대표로 해서 정식으로 신고했습니다."

이 말도 거짓이 아니었다. 그런 자격증을 가진 사치에를 대표로 해서 소정의 신고를 마친 것이다. 법률상 경영자 자신이 자격증을 가질 필요는 없었다. 이부키도 기우라가 그런 곳에서 허점을 드러낼 리는 없다고 생각해 절차상의 문제는 기대하지 않았다.

"마사지사는 주로 호텔에 파견하나요?"

"그렇습니다. 호텔이나 여관이지요. 그런데 이부키 씨는 수사1과 형사님이죠?"

그렇게 말하고 나서 기우라는 가벼운 미소를 지었다. 빨리 본론을 말하라는 것처럼 들렸다.

가령 기우라가 말하는 마사지가 풍속업에 해당할지라도 강력범을 담당하는 수사1과 형사가 그런 것에 관심을 갖지는 않는다. 이부키는 이제 솔직하게 물어야 한다고 판단했다.

"실은 시부야에 있는 스위트피란 호텔의 야마카와 사장에 대해 묻고 싶은데요……."

"아아, 야마카와 씨 말입니까?"

"아십니까?"

"물론 잘 알고 있습니다."

이부키는 기우라에 대해 새삼 무서운 사람이라는 생각이 들었다. 금방 탄로날 거짓말을 하는 사람이 아니었다. 그는 이부키가 두 사람의 관계를 알고 찾아왔다는 것 정도는 당연히 파악하고 있었다.

"그러면 그가 살해되었다는 것도 아시겠군요."

"그래요, 신문에서 기사를 보고 깜짝 놀랐습니다."

"야마카와 씨와는 어떻게 아시지요?"

"일 때문에 만난 적이 있습니다. 그의 호텔과 마사지사 파견 계약을 맺었으니까요."

"그러면 그가 교쿠잔카이 조직원이었던 사실도 알고 있었나요?"

"네, 알고 있었습니다."

기우라는 태연하게 대꾸했다. 마치 시시한 잡담이라도 하는 듯한 말투였다.

"무섭지는 않았나요? 아무리 일 때문이라도 보통은 폭력단 조직원을 만나고 싶어 하지 않잖습니까?"

"천만에요. 저희는 이것저것 따지며 일할 수 있는 입장이 아닙니다. 저희와 계약해준다면 누구라도 상관없지요. 그리고 제 쪽에서 보면 영업 상대는 스위트피이지 야마카와 씨 개인이 아니니까요."

"그러면 야마카와 씨와 개인적으로 만난 적은 없나요?"

"전혀 없습니다."

"그런데 스위트피가 교쿠잔카이의 프런트 기업이란 건 알고 계셨지요?"

"물론이지요. 하지만 그 사람과 저는 순수하게 비즈니스 파트너일 뿐 교쿠잔카이와는 아무 상관이 없습니다."

"한 가지 실례되는 질문을 해도 될까요?"

이부키는 그렇게 말하면서 몸을 조금 앞으로 내밀었다. 기우라는 자연스럽게 고개를 끄덕였다.

"꽤 오래전이지만 지난 4월 20일 저녁 8시쯤에 어디에 계셨지요?"

"4월 20일요?"

기우라는 입고 있던 감색 재킷의 안주머니에서 수첩을 꺼내 펼쳤다.

"아아, 그날은 스위트피에 갔군요. 사무실에서 야마카와 씨를 만났을 겁니다."

"네, 그날 두 분이 사무실에서 같이 나갔다는 얘기는 들었습니다. 그런 다음에 어디로 가셨지요?"

"아무 데도 안 갔습니다. 국철 시부야 역 앞에서 헤어졌지요.

야마카와 씨가 긴자에 가서 한잔하자고 했는데 거절했습니다. 그와 개인적으로 만날 생각은 없었으니까요. 그는 택시를 탔으니까 긴자에라도 간 게 아닐까요? 저는 그대로 지하철을 탔지만요."

"긴자의 어디로 갔는지 모르십니까?"

"유감스럽지만 그건 모릅니다. 같이 술을 마신 적은 없으니까요. 그리고 저는 긴자와는 인연이 없어서요."

기우라의 입에서 메마른 웃음소리가 새어 나왔다.

"그런데 그날부터 그의 종적이 사라졌습니다."

"그게 저와 무슨 관계가 있지요?"

기우라는 이부키를 똑바로 쳐다보았다. 동요하는 모습은 티끌만큼도 보이지 않았다.

"관계가 있다는 게 아닙니다. 이렇게 말하면 뭣하지만 기우라 씨는 폭력단과 관계없는 얼마 되지 않는 야마카와 씨 지인이라서요. 폭력단 조직원들은 경찰 앞에서 입이 무거워지니 아무래도 기우라 씨 같은 평범한 사람에게 정보를 얻을 수밖에 없거든요."

이부키는 변명하듯 말했다. 실제로 기우라는 야마카와 사건과 관계가 없을 수도 있기 때문에, 지금은 협조를 구하는 태도로 나가야 한다고 판단했다.

"제가 폭력단과 관계가 없다고요? 그렇지 않다는 걸 잘 아실 텐데요? 경시청 수사1과 형사님이 제 과거를 모를 리가 없지요."

기우라는 그렇게 말하더니 입꼬리를 올리며 비아냥거리는 미소를 지었다. 이부키는 어떻게 대답해야 좋을지 몰라 입을 다물었다. 기우라의 솔직함과 당당함에 의표를 찔린 것이다.

그때 밖에서 노크 소리가 들리고, 등에 하기노야라고 쓰인 작업복을 입은 고이치가 들어왔다.

기우라가 고이치를 소개했다.

"마침 잘됐군요. 이부키 씨, 이 사람이 하기노야의 경영자인 모토하타 고이치 씨입니다."

"안녕하십니까?"

이부키는 일어서서 인사를 했다. 고이치도 겸손하게 고개를 숙였다. 고이치는 어느새 머리를 단정하게 잘랐고, 머리 색깔도 갈색에서 검은색으로 바뀌어 있었다.

8

우타는 어느 순간부터 세이지 부부의 모습을 볼 수 없었다. 그러나 종업원을 비롯한 주변 사람들은 특별히 이상하다고 여기지 않는 것 같았다.

그 이유 중 하나는 경영자가 바뀌었다고 생각하기 때문이었다. 아들인 고이치가 여관을 물려받고, 고이치가 새로 고용한 다나베가 지배인으로 여관을 관장하고 있다고 여기는 사람도 있었다.

기우라가 여종업원들 앞에 나타나 뭔가를 지시하는 일은 거의 없었다. 그러다 보니 기우라는 여관 일과 관계없이 3층의 객실을 빌린 사람이라고 생각하는 사람조차 있었다.

더구나 기우라는 이 시점에서 교활하게 행동했다. 예전부터 일해온 직원을 거의 내보내고 새로운 직원으로 교체한 것이다. 새로 들어온 직원은 원래 세이지 부부를 모르니까 경영자가 바뀌었다는 인식이 없었다.

주방에서 요리를 만드는 사람은 기본적으로 사부로였고 여종업원들이 번갈아 도와주었다. 다만 사부로는 니가타로 출장을 가는 등 주방에 없는 날도 적지 않았다. 그럴 때는 요리를 잘하는 여종업원이 적당히 만들어서 내보내곤 했다.

다행히 정식 요리를 원하는 손님은 그리 많지 않았다. 하나조노상회의 여자를 목적으로 오는 손님에게는 숙박을 하는 경우라도 술과 안주 정도만 준비해두면 되었다.

그 무렵 하기노야는 이미 노포 여관과는 거리가 멀다고 할 수 있었다. 옛날 일을 모르는 여종업원들은 특별히 긴장하지 않고 화기애애하게 일하는 것처럼 보였다.

그러나 하나조노상회 여자들은 하기노야의 진짜 경영자가 기우라라는 사실을 물론 알고 있었다. 개중에는 기우라가 강압적인 수단으로 하기노야의 주인을 쫓아냈다고 생각하는 사람도 있었으리라. 사실대로 말하면 사태가 더 심각하다는 걸 알아차린 여자도 있었다.

하나조노상회의 레이코라는 여자는 니가타로 가기 전에 정원을 산책하다 헛간에 다가간 순간 속이 뒤틀리는 분뇨 냄새를 맡았다고 말했다. 단순한 분뇨 냄새가 아니라 동물의 사체가 썩는 듯한 냄새도 섞여 있었다고 했다. 레이코는 3층의 큰 방에서 이 이야기를 했는데, 그때 함께 있던 사람은 기리코와 우타뿐이었다.

레이코는 서른 살로 기리코와는 나이 차이가 있었지만 자주 이야기를 나누는 친한 사이였다. 그 말을 듣고 기리코는 우타에게 "너 혹시 아는 거 없어?"라고 물었다.

기리코가 왜 자신에게 묻는지 우타는 알고 있었다. 지난번 편지 사건으로 인해 우타가 유키로부터 무슨 말을 들었을지 모른다고 생각한 것이다.

우타로서는 편지 사건 이후에도 유키에게 식사를 가져다주는 일을 다른 사람으로 바꾸지 않은 것이 의외였다. 우타도 그 무렵에는 유키가 감금 상태에 있다는 것을 확실히 알게 되었다. 그런 유키에게 식사를 가져다주자니 자신도 감금에 협조하는 것 같아 몹시 꺼림칙한 기분이 들었다.

기리코의 질문에 우타는 "아니에요. 전 아무것도 몰라요."라고 대답했다.

그러자 이번에는 레이코가 물었다.

"하지만 넌 유키 씨에게 음식을 가져다주고 있잖아. 유키 씨, 역시 감금돼 있는 거야?"

우타는 뭐라고 대답해야 좋을지 몰라서 입을 다물었다. 두 사람은 더 이상 묻지 않았다. 아마 어린애에게 그런 것을 물어봐야 소용없다고 여기는 듯했다.

하지만 지금 생각하면 우타가 어려서 더 이상 묻지 않았다기보다 두 사람 모두 그런 말을 입에 담는 게 얼마나 위험한지 본능적으로 알아차렸기 때문이 아닐까.

기우라에 대한 하나조노상회 여자들의 생각은 하기노야 여종업원들의 생각과 근본적으로 달랐다. 물론 양쪽 모두 기우라에게 어느 정도 공포심을 가지고 있었다. 하지만 그것은 공포심이라는 단어만으로는 표현할 수 없는 복잡한 감정이기도 했다.

기우라는 가끔 사부로나 고이치에게 혹독한 말을 하곤 했지만 여자들에게는 그렇지 않았다. 여자들에게 다정하게 대했다는 뜻이 아니라 여자들과는 거의 말을 하지 않았다는 편이 정확한 표현이다.

그럼에도 기우라의 영향력은 절대적이었다. 그에게는 어딘지 모르게 신흥종교의 교주 같은 면이 있었다. 그가 의식적으로 그렇게 행동했다는 뜻은 아니다. 오히려 그의 말과 행동은 매우 자연스러웠다. 그러나 어떤 일에도 안색 하나 변하지 않는 태도가 사람들을 매료시켰다.

하나조노상회 같은 일을 하고 있으면 야쿠자와 얽히는 일도 드물지 않다. 기우라는 야쿠자를 보고도 두려워하지 않았다. 무서운 공포와 사람을 끌어당기는 매력은 종이 한 장 차이이며 동전의 양면 같은 관계일지도 모른다.

우타는 거의 유키에게 전속된 사람처럼 돼버렸다. 원래 유키를 좋아해서 특별히 힘들지는 않았다. 그러나 유키가 가여워서 견딜 수 없었다. 레이코의 말을 통해 세이지 부부는 이미 이 세상 사람이 아니라는 걸 우타는 직감적으로 느꼈다.

우타만이 아니었다. 하나조노상회 여자들은 크든 작든 그런 식으로 느꼈으리라. 하지만 그 말을 입에 담는 사람은 아무도 없었다. 레이코처럼 암시하는 사람은 있었지만, 실수로라도 그런 말이 나오면 나머지 사람들은 일제히 입을 다물었다.

우타는 세이지 부부가 살해당했다기보다 감금당한 사이에 몸이 약해져서 죽은 게 아닐까 생각했다. 특별한 근거는 없었다. 막연히 그렇게 생각했을 뿐이다.

유키의 방에서 딱 한 번 본 유키의 사촌동생도 그 이후 보이지 않았다. 그를 처음 본 날 우타는 한 시간 정도 유키 방에 같이 있었다. 때문에 그와 유키가 나눈 대화를 기억하고 있었다.

유키는 그에게 실망한 게 틀림없었다. 그는 유키를 격려해주기는커녕 "이게 다 외삼촌 때문이야. 왜 우리 가족까지 이런 일에 휘말리게 한 거야?"라고 오히려 침을 튀기며 비난했다. 자신의 아버지가 유키 아버지의 보증을 서는 바람에 이렇게 되었으니 책임을 지라는 말만 되풀이했다.

유키는 눈물을 흘리며 몇 번이고 사과했다. 두 사람의 대화를 들으면서 우타는 화가 치밀어 견딜 수 없었다. 세상에, 이렇게 한

심한 녀석이 있다니. 가령 그의 말이 맞는다고 해도 지금은 그런 말을 할 때가 아니지 않은가. 이 위기에서 어떻게 벗어나야 할지 생각해야 할 때 그토록 패닉에 빠진 것이 한심해 보였다.

잠시 후 기우라의 지시로 다나베가 와서 그를 데려갔다. 그는 밖으로 나갈 때 몹시 겁먹은 표정이었는데, 그 이후에 어떻게 되었는지 우타로서는 알 수 없었다

우타가 가장 괴로웠던 일은 둘이 있을 때 유키가 세이지 부부에 대해 계속 묻는 것이었다.

"제발 부탁이니까 말해줘. 우리 부모님은 아직 살아 계셔?"

유키는 간절한 얼굴로 그렇게 물었다.

유키 입장에서는 우타에게 묻는 수밖에 없었으리라. 사실은 동생인 고이치에게 물어야 했지만, 이 무렵 고이치는 유키 옆에 가려고 하지 않았다. 동시에 우타의 눈에는 다나베와 사부로도 고이치가 유키에게 다가가지 못하게 하는 것처럼 보였다.

유키의 간절한 질문에도 우타는 모호한 얼굴로 고개를 옆으로 흔드는 수밖에 없었다. 실제로 우타는 두 사람의 생사를 몰랐다. 그렇다고 막연한 예감을 말할 수는 없었다.

우타는 자신의 반응을 보고 낙담하는 유키의 모습을 보는 것이 견디기 힘들었다. 유키는 가끔 감정을 억제하지 못하고 우타의 가슴에 얼굴을 묻고 우는 일도 있었다. 그럴 때 새콤달콤한 유키의 체취를 느끼면서 우타는 유키를 점점 더 좋아하게 되었다.

우타가 계속 유키의 방에 있었던 것은 아니다. 다나베가 도와

달라고 하면 객실에 요리를 가져다주기도 했다. 우타가 밖으로 나가면 유키의 표정은 금세 어두워졌다. 그럴 때마다 우타는 "금방 돌아올게요."라고 유키에게 기운을 주듯 말했다.

그러는 사이에 우타는 자신이 무엇 때문에 사는지 생각해보았다. 기우라는 여전히 이해할 수 없는 사람이었다. 그의 옆에 있는 다나베는, 사부로는, 고이치는, 하나조노상회 여자들은 과연 무엇 때문에 살까. 이런 것을 생각하지 않고는 견딜 수 없었다.

자신뿐만 아니라 그들의 삶도 모두 무의미하게 여겨졌다. 그리고 우타는 깨달았다. 자신은 고작 열네 살에 인간의 행복과 불행이라는 감정을 초월한 곳에 도착했음을……

9

"일손이 부족합니다."

사무실 안에서 다나베가 말했다. 그 말을 듣고 기우라는 나지막하게 웃었다.

새벽 3시가 지났다. 여관 안은 쥐죽은 듯 조용했다.

"그래 봬도 마쓰나카는 꽤 계산이 빠른 녀석이야. 여기서 일어나는 일을 위험하다고 느끼기 시작했지."

"그래서 최근에 오지 않는 건가요?"

"내 생각엔 아마 다시는 오지 않을 거야. 하지만 걱정할 필요 없어. 경찰에 찌르진 않을 테니까. 야마카와 건도 있으니까 말이야. 그보다 다나베 씨. 의리를 지키기 위해 계속 내 곁에 있을 필요는 없어. 결혼한 딸도 있잖아."

"그런 막돼먹은 딸년은 필요 없어요. 전화를 걸면 제대로 대꾸하지도 않는걸요. 날 만나고 싶은 생각이 털끝만큼도 없습니다."

감정의 기복이 없는 다나베가 처음으로 분노하는 표정을 보였다. 기우라는 다시 나지막하게 웃었다. 흔히 있는 이야기였다. 딸과의 재회를 꿈꾸며 기우라와 같이 하마마쓰를 떠났지만, 다나베를 기다리고 있는 것은 혹독한 가족의 현실이었다.

"시노다 가족과 유키는 어떻게 할 건가요? 계속 가둬두기엔 감시할 사람이 부족합니다. 우타까지 동원하고 있지만 그 애로는 감시가 되지 않습니다."

지금 유키는 사부로가 옆방에서 넌지시 감시하고 있었다. 우타도 자주 유키의 방에 들어가지만 감시라기보다 유키를 돌봐주는 느낌이었다.

유키는 손님이 없는 오후 1시부터 3시 사이에 대욕탕을 이용했다. 그때도 반드시 우타가 탈의실까지 따라가고, 출입구에서 사부로가 기다리는 것이 보통이었다. 우타가 유키 방에 들어갈 때는 사부로나 다나베가 자물쇠를 열고 우타를 안으로 들여보낸 다음 다시 문을 잠갔다.

헛간에는 시노다와 요시코, 겐타로 세 사람이 감금되어 있었다. 세 사람의 손발을 묶고 운송용 포대에 집어넣어 머리만 내놓은 상태에서 다시 밧줄로 묶어놓았다.

가끔 고이치가 들어가서 아직 발견되지 않은 하기노야의 권리증에 대해 캐물었지만, 권리증이 어디 있는지 아는 것 같지는 않다고 했다.

다나베가 보기에 기우라는 이미 권리증에 관심을 잃은 듯했다.

"다나베 씨, 그렇다고 감시원의 숫자를 늘리는 건 어리석은 일이야. 감금하는 인원이 늘어날수록 비밀 유지는 어려워지지."

"그건 알지만, 그러면 어떻게 할 건가요?"

"반대로 하는 수밖에 없겠지. 감금하는 인원을 줄일 수밖에……"

"그 세 명을 없앨 수밖에 없단 건가요?"

"그래, 그들을 살려두면 언젠가 결정적인 증인이 될 거야."

"정기예금은 해약해서 현금을 손에 넣었지만 아파트 권리증은 아직……"

요시코 명의의 정기예금은 사치에를 이용해 이미 해약했다. 나이가 비슷한 사치에를 내세워 얼굴 사진이 없는 의료보험증을 이용해 본인 확인을 한 것이다.

"지금으로선 현금만 손에 쥐면 충분해. 아파트는 나중에 처분하지. 그들이 없어도 처분할 방법은 있어."

"유키는 어떻게 할까요?"

"당분간 살려둬. 하나조노상회에 여자가 부족하잖아."

"숫자를 채우는 것뿐 아니라 유키가 들어오면 인기를 끌 겁니다. 그런데 유키가 받아들일까요?"

기우라는 대답하지 않았다. 얼굴 표정에서 감정의 기복을 읽어내기는 어려웠다.

기우라는 다나베에게 사부로와 고이치를 데려오라고 지시했다. 유키의 방에서 유키와 우타가 자고 있었지만 사부로는 밖에 채워놓은 자물쇠를 확인하고 기우라에게 달려왔다.

"위험하지 않을까? 도망치면 어쩌려고?"

다나베가 즉시 이의를 제기했다.

"괜찮습니다. 우타도 안에 있어서 자물쇠를 열 수 없으니까요."

사부로가 그렇게 말하자 기우라가 결론을 내리듯 덧붙였다.

"그러면 됐어. 도망쳐도 상관없고⋯⋯."

허무함과 자포자기에 가득 찬 이 말을 다른 사람들이 어떻게 받아들였는지는 분명치 않다.

그들은 밖으로 나와서 말없이 정원을 걸었다. 정원의 풍경은 더할 수 없이 황량했다. 손질되지 않은 울창한 나무들이 미약한 달빛을 받고 사람처럼 보이는 기괴한 그림자를 만들어냈다. 네 사람은 정원 한가운데에 있는 연못을 가로질러 서쪽 끝에 조용히 자리한 헛간 앞까지 걸어갔다. 다나베가 앞장을 서고 사부로와 고이치가 뒤를 이었으며 맨 뒤에 기우라가 있었다.

헛간에는 둔탁하고 어두침침한 전등이 켜져 있었다. 썩어가는 판자의 옹이가 가까이 다가가는 그들의 모습을 응시하는 사람의 눈처럼 보였다.

다나베가 자물쇠를 열고 네 사람은 안으로 들어갔다. 다음 순간 기이한 냄새가 콧속으로 파고들었다. 세이지와 히데노의 시신을 토막 내서 운반한 뒤 다나베가 호스로 물을 뿌리고 소취제를 흩뿌렸지만 냄새를 완전히 지우는 것은 불가능했다. 생선 썩은 냄새와 함께 분뇨 냄새도 희미하게 떠다녔다.

불을 끄지 말자고 한 사람은 다나베였다. 세 사람을 잠들지 못하게 함으로써 정신적으로 궁지에 몰아넣어 하기노야의 권리증이 어디 있는지 말하게 하는 것이 그의 목적이었다. 그러나 그 방법이 효과를 발휘하려면 세 사람 중 누군가가 권리증이 어디 있는지 알고 있어야 했다.

세 사람은 헛간 한가운데에 마치 짐짝처럼 내동댕이쳐져 있었다. 운송용 포대 위로 묶은 밧줄은 시간이 지나도 느슨해지지 않아 밧줄을 묶은 사람의 기술이 얼마나 뛰어난지 증명하는 것처럼 보였다.

"기우라 씨, 우리는 정말 권리증이 어디 있는지 몰라요. 있는 곳을 상상할 수도 없고요."

시노다가 엎드린 채 괴로운 듯 몸을 비틀며 흥분된 목소리로 말했다. 처절한 공포가 목소리뿐 아니라 온몸을 통해 울려 나오고 있었다.

"정말이에요. 정말로 몰라요. 이렇게 부탁할게요. 이제 그만 용서해주세요."

요시코가 고개를 쳐들고 몸부림치면서 절규했다.

"권리증은 이제 됐습니다. 밤이 깊었으니까 편히 쉬십시오."

기우라는 그렇게 말하면서 입구에 있는 전등의 스위치를 껐다. 순간 깊은 어둠이 덮쳐오자 요시코가 조그맣게 비명을 질렀다. 시노다와 겐타로는 아무 반응이 없었다. 다음에 일어날 일에 대한 공포로 소리조차 지를 수 없었던 것이다.

기우라가 바지 주머니에서 밧줄을 꺼내 앞에 있던 고이치에게 주었다. 사부로에게 밧줄을 준 사람은 다나베였다. 이미 순서가 정해져 있었다.

고이치가 겐타로의 머리 쪽으로 다가가고, 다나베가 다리 쪽에 웅크려 앉았다. 사부로는 시노다의 머리 쪽으로 다가갔다.

"처리해."

기우라가 억양이 없는 평범한 목소리로 말했다. 고이치가 "으아아!" 하고 괴성을 지르며 겐타로의 목에 밧줄을 감아 잡아당겼다. 그러자 다나베가 모든 체중을 실어 겐타로의 아랫도리를 잡았다. 두꺼비의 비명 같은 기이한 소리가 고이치의 괴성에 겹쳐졌다.

"안 돼! 안 돼! 여보, 겐타로를 구해줘!"

요시코가 울부짖고, 시노다가 필사적으로 상체를 일으키려 했다. 그때 사부로가 시노다의 목에 밧줄을 감아 잡아당겼다.

그러자 하늘에 매달린 연처럼 시노다의 상반신이 쭉 펴졌다.

두두둑 두두둑. 목뼈가 부러지는 듯한 둔탁한 소리와 미세한 진동이 교차했다. 요시코의 절규가 끊이지 않고 계속되었다. 어둠 속의 혼란이 가라앉고 요시코의 흐느낌만 남을 때까지 약 5분이 걸렸다.

나중에, 하기노야 앞에서 중국요리집을 경영하던 시로가네 아쓰시는 다음과 같이 증언했다.

"10월 28일 밤이었을 겁니다. 아니, 이미 29일이었나? 어쨌든 새벽 3시가 지나서 오줌이 마려워 화장실에 갔을 때 하기노야 쪽에서 여인의 기이한 비명이 들렸지요. 비명은 금방 그치지 않고 꽤 오랫동안, 그러니까 한 3분쯤 이어졌을 겁니다. 괴성이라고 할까 울음소리라고 할까. 하지만 경찰에 신고할 생각은 없었어요. 옛날과 달리 하기노야의 손님 수준이 떨어져서 한밤중에 큰 소리가 들리는 게 일상다반사였거든요. 그래서 그것도 술 취한 여자가 소리를 지르는 거라 생각했습니다. 그런데 아침에 아내가 그러더군요. '어젯밤엔 참 시끄러웠어요. 여자가 계속 비명을 질렀잖아요.' 역시 그 소리는 심상치 않았던 거지요."

비명의 주인공인 요시코를 마지막으로 살해한 사람은 기우라 자신이었다. 요시코는 경동맥에서 많은 피가 흘러나와 숨이 끊어졌다.

"도련님, 이번에도 전기톱으로 토막을 낼까요?"

고요한 어둠 속에서 다나베의 침착한 목소리가 들렸다.

"그래, 미안하지만 또 뼈를 잘라주겠나?"

기우라도 평소처럼 침착하게 대꾸했다. 그의 목덜미에 요시코
의 피가 튀어 검붉게 빛나고 있었다. 고이치와 사부로는 아직 거
친 숨을 토해내며 바닥 위에 주저앉아 있었다.

천장의 창문 너머로 하늘이 희뿌옇게 밝아오고, 새벽의 까마
귀 울음소리가 음침하게 울려 퍼졌다. 바닥에 있는 시체 세 구
는 이미 쓰임새를 다한 나무토막처럼 어둠 속에 가라앉아서 사
자(死者)의 표정을 자세히 볼 수는 없었다.

"이제 곧 날이 밝겠군요. 일을 해서 그런지 배가 고픈데요?"

다나베의 말에 기우라가 웃음을 터트렸다.

"당신도 참 대단하군."

하지만 고이치와 사부로는 웃음으로 맞장구칠 수 없었다.

4장

고발

1

    이부키는 부하인 시마무라와 같이 분쿄 구에 있는 고마고메 경찰서를 찾았다. 그곳은 규모가 작은 경찰서로 형사과의 형사도 생활안전부가 담당하는 자질구레한 사건을 처리하는 것이 보통이었다.

    형사과 안의 간이 응접세트에서 이부키와 시마무라를 맞이한 사람은 이즈이라는 30대 초반의 형사였다. 보통 키에 보통 체격, 호남형의 선량해 보이는 남자였다. 안경은 쓰지 않았다.

    "저희 지역과에 이런 게 들어왔는데 일단 본청에 알려두는 편이 좋을 것 같아서요."

    본청의 형사들 앞에서 이즈이는 긴장한 기색이 역력했다.

    "연락해주셔서 고맙습니다. 하기노야는 우리가 특별히 신경을 쓰는 곳이라서요."

이부키는 그렇게 말하면서 이즈이로부터 하얀 봉투를 받았다. 먼저 봉투에 쓰여 있는 글씨를 읽어보았다. 숫자 말고는 고마고메 경찰서의 주소와 이름 모두 히라가나(한자가 아닌 일본 문자의 하나)로 쓰여 있었다. 뒷면을 보니 발신인의 주소와 이름은 없었다.

안에 편지지 한 장이 들어 있었다. 그것도 모두 손으로 쓴 히라가나였다.

　하기노야의 주인 부부가 행방불명입니다. 사건에 휘말렸을 가능성이 있습니다. 부디 조사해주십시오.

이부키는 편지지를 시마무라에게 건네주면서 다시 봉투의 소인을 보았다. 소인의 날짜는 11월 2일, 사흘 전이었다.

"고마고메 역 앞에 있는 우체국 우편함에 넣었더군요."

이즈이가 설명했다.

"왜 전부 히라가나로 썼을까요?"

시마무라가 이부키의 얼굴을 쳐다보면서 물었다.

"음……. 누가 썼는지 알아보지 못하게 하려는 게 아닐까. 아마 한자를 몰라서 그런 건 아닐 거야. 히라가나밖에 사용하지 않은 것치곤 문장이 논리 정연하고 말투도 정중해. 글씨도 잘 썼고 말이야."

"그렇군요. '사건에 휘말렸을 가능성이 있습니다.'라는 문장은 히라가나밖에 쓰지 못하는 사람치곤 수준이 있는 표현이죠."

시마무라가 동의했다.

"관할서에서는 이미 내사를 시작했나요?"

이부키가 이즈이 쪽으로 얼굴을 돌리며 물었다.

"네, 내사라고 해도 그렇게 본격적인 건 아닙니다. 이웃 사람들에게 사정을 물어보는 정도죠. 그런데 하기노야 정문 앞에 있는 중국요리집 주인이 최근에 부부의 모습이 안 보여서 걱정된다고 하더군요."

"내사에 관여하는 형사는 몇 명인가요?"

시마무라의 질문에 이즈이는 살짝 당황한 표정을 지었다.

"저와 다른 형사 한 명, 그렇게 둘 뿐입니다. 보시다시피 경찰서가 워낙 작아서 지금 단계에 많은 인원을 배정받을 수는 없습니다."

이즈이는 민망한 얼굴로 말했다. 그러나 이부키는 오히려 빈약한 수사 상태를 치켜세웠다.

"그런 편이 더 좋습니다. 만약에 사건이 발생한 경우 노골적으로 내사를 하면 상대가 눈치를 채게 되니까요."

기우라를 염두에 두고 한 말이었다. 물론 이 시점에서는 하기노야의 주인 부부가 정말로 행방불명이 됐는지 알 수 없었고, 만에 하나 그렇다고 해도 기우라가 관여했다고는 할 수 없었다. 다만 상대가 머리 회전이 빠른 기우라라고 가정하면, 어떻게든 경찰이 내사를 하고 있다는 사실은 들키지 말아야 했다.

"그러면 본청에서는 저희가 계속 내사를 하는 건 상관없으신가요?"

이즈이는 이부키와 시마무라를 배려하듯이 말했다. 이부키의 경험에 따르면 관할서 형사에는 두 가지 유형이 있다. 이즈이처럼 본청 사람을 배려하는 유형과 가슴에 쌓인 반발심이 언뜻언뜻 고개를 내미는 유형이다.

"물론 상관없습니다."

"오늘부터 주인 부부의 친척을 탐문하려고 하는데요……."

"그러세요? 잘 부탁합니다. 이쪽 형사과장님께 잠시 인사를 드려도 될까요?"

"죄송합니다만 지금은 출장 중입니다……."

그 말을 듣고 이부키는 새삼 조촐한 형사과 사무실을 둘러보았다. 창가의 과장 자리는 비어 있고, 전체적인 분위기는 한산했다. 밖에 나간 형사도 많아서 사무실에는 그들 이외에 세 명이 남아 있을 뿐이었다.

"그러면 아무쪼록 말씀 잘 전해주십시오."

본청에서 왜 아직 확실하지도 않은 하기노야 주인 부부의 소식에 관심을 가지는지 관할서 형사가 눈치채게 해서는 안 된다고 이부키는 생각했다.

"저기, 그건 원본이니까 봉투와 편지지를 복사해드릴까요?"

이즈이는 시마무라 손에 있는 봉투와 편지지를 쳐다보면서 물었다. 수사본부가 설치되지 않은 이상 증거품의 관리 권한은 관할서에 있으므로 원본을 가져갈 수는 없었다.

이즈이의 말을 뒤집어보면 원본을 돌려달라는 뜻이지만, 복사를 해주겠다고 말하면서 자신의 의도를 간접적으로 전달했다. 세심한 부분까지 배려하는 사람이다. 이부키는 마음속으로 좋은 관할서를 만났다고 생각했다.

2

이부키와 시마무라는 고마고메 서를 나온 뒤 가까운 패밀리 레스토랑에서 느지막이 점심을 먹었다.

"어떻게 생각하세요? 가짜일 가능성도 있을까요?"

시마무라가 새우 도리아를 스푼으로 뜨면서 물었다.

"음, 지금으로선 잘 모르겠어."

이부키는 그렇게 대답하고 샌드위치를 한 조각 베어 먹었다. 두 사람 모두 밖에서는 작게 말하는 습관이 몸에 배어 있었다. 시마무라는 감색 양복 차림이었다. 안경은 쓰지 않았고, 꼭 일류 기업의 영업사원 같은 분위기였다. 짙은 갈색 재킷에 넥타이를 매지 않은 이부키도 언뜻 보기엔 평범한 샐러리맨으로 보였다.

점심 시간대가 지난 오후 2시쯤이어서 레스토랑 안은 텅 비었고 그들 주위에는 아무도 없었다.

"우리도 독자적으로 내사를 진행할까요?"

"아냐, 지금은 관할서에 맡기는 게 좋겠어. 기우라는 보통이 아니야. 내사 숫자가 많아져서 눈치라도 채면 오히려 골치 아파. 그리고 그의 수법은 어디까지나 합법적이라서 하기노야 주인 부부를 강제로 없애진 않았을 거야. 그렇다고 절대로 사람을 죽이지 않는다는 건 아니지만……."

"그들이 정말로 행방불명되었다고 해도 기우라가 관여했을 가능성이 낮다면, 지금 우리가 맡고 있는 사건과는 아무 관련이 없겠네요."

"야마카와 살인 사건도 기우라와는 관련이 없는 교쿠잔카이 내부 문제라는 의견이 주류잖아. 과장님이나 계장님도 확실히 입에 담아 말하지는 않았지만 속으로 그렇게 생각한다는 게 느껴져."

"그건 그래요. 계장님이 은근히 그랬잖아요. 주임님이 기우라에 대해 너무 신경 쓴다고요."

"그래. 과장님도 기우라가 과거에 저지른 사건은 특이한 경우일 뿐 재범 가능성이 없다고 여기는 것 같더군. 뭐 그게 일반적인 생각이겠지. 불법이냐 아니냐와 상관없이 그가 지금 하는 풍속업은 그의 출신과 관계가 있다는 거야. 아버지가 매춘여관을 했다면 아들이 아무리 도쿄대 출신 인텔리라도 같은 길을 걷는다는 건가?"

"기우라의 혐의가 매춘에 관련된 것뿐이라면 관할서에 맡길 수밖에 없잖습니까?"

"그건 관할서 방범부에서도 맡지 않을 작은 사안이지. 더구나 기우라는 그쪽에서도 쉽게 꼬리를 드러내지 않을 거야."

"그렇게 말씀하시는 걸 보니 주임님은 역시 기우라를 신경 쓰고 있군요."

시마무라가 그렇게 말하며 웃음을 터트렸다.

"그래, 난 그자가 마음에 걸려. 섣불리 그자를 만난 게 실수였을까? 전체적으론 지적인 분위기를 풍겼지만 눈이 굉장히 음침했거든. 흔히 볼 수 있는 범죄자의 눈이 아니야. 뭐랄까, 아무것도 믿지 않는 냉혹한 시선이라고 할까. 그 눈으로 뚫어지게 쳐다보면 범죄를 수사하는 형사조차 온몸에 소름이 끼칠 거야. 상대를 옴짝달싹 못하게 만드는 시선이었어."

"그때 주인 부부의 아들만 만나고 정작 주인 부부는 못 만나셨죠?"

시마무라는 추상적인 길로 들어가려는 이부키를 현실로 돌려놓으려는 듯이 물었다.

"응, 아들은 만났어. 한마디로 말해 부잣집 철부지 도련님 타입으로 혼자 여관을 꾸려나갈 사람은 못 되는 것 같았지. 아들 얘기론 누나도 여관 일을 도와주고 있다는데, 누나는 보이지 않아서 이야기할 기회가 없었어."

"아들이 기우라에게 협박당한다는 느낌은 없었나요?"

"으음, 그것도 좀 미묘해. 말투가 모호하고 기운이 없긴 했는데, 아무튼 처음 만나서 정확한 건 잘 모르겠어. 원래 그런 성격일지도 모르고."

"하지만 아들에겐 폭주족 전과가 있잖아요? 그런 녀석이 갑자기 여관을 경영하고 성격도 얌전해졌다는 게 믿기지 않는군요."

"시마무라, 나도 그렇게 생각하지만 선입견은 좋지 않아. 일단 부부의 소재를 파악하는 게 먼저야."

이부키의 충고를 듣고 시마무라는 납득한 듯 고개를 끄덕였다.

점심식사를 마치고 시마무라는 그대로 스이조 서 수사본부로 돌아갔지만, 이부키는 경시청 본청사로 향했다. 과장에게 수사상황을 설명해주기 위해서였다. 그 전에 잠시 수사4과에 얼굴을 내밀었다. 마침 이가라시는 자기 자리에 있었다.

"장기 때문에 왔어? 오늘은 안 돼. 지금 밖에 나가봐야 해."

"아니야. 시간 오래 뺏지 않을게."

이부키는 그렇게 말하고 이가라시의 책상 위에 편지지와 편지봉투 복사본을 내려놓았다. 이가라시는 들었던 엉덩이를 내려놓고 편지의 내용을 읽었다.

"고발인가? 일부러 히라가나로 쓴 것 같군."

"한 가지 물어볼 게 있는데, 4과에선 마쓰나카를 쫓고 있지?"

이부키는 최대한 목소리를 낮추어 물었다. 사무실에는 형사들이 많이 앉아 있고, 수사1과와는 분위기가 상당히 달랐다. 전화 받는 사람도 없어서 왠지 두 사람의 이야기가 주변에 들릴지도 모른다는 생각이 든 것이다.

이가라시가 말없이 자리에서 일어섰다. 밖으로 나가자는 뜻이었다. 어차피 나가려고 했으니까 그것도 부자연스럽지 않으리라.

이부키는 이가라시를 따라서 엘리베이터 앞의 통로로 나왔다.

"조만간 마쓰나카를 잡을 거야."

이가라시가 혼잣말처럼 중얼거렸다.

"용의는? 설마 살인은 아니겠지?"

"1과의 체면을 구기는 일은 하지 않아. 자잘한 용의는 산더미처럼 많아. 위쪽에선 교쿠잔카이를 치라고 하더군. 녀석들도 이제 중소기업이 아닌 것 같아. 대기업이 되기 전에 싹을 자르려는 거겠지. 야마카와 살인에 대해서는 진술에 따라 1과로 신병을 넘길지도 몰라."

"기우라는 어떻게 되는 거지?"

"뭐가 어떻게 돼? 우리가 볼 때 그는 혐의가 없어."

엘리베이터가 도착했다. 두 사람은 엘리베이터에 올라탔다. 이부키는 한 층 아래 수사1과에서 내렸다.

내릴 때 이가라시가 말했다.

"다음에 혈웅을 깨트리는 궁극의 한 수를 보여줄게."

이부키는 말없이 쓴웃음으로 대꾸했다.

3

하기노야 사무실에 기우라와 다나베, 사부로가 모였다. 저녁 7시. 객실로 저녁식사를 나르는 여종업원들의 발소리가 복도에 울려 퍼지는 등 여관은 활기와 소란스러움으로 가득 차 있었다.

얼마 전까지만 해도 여자를 목적으로 찾아오는 남자 손님이 압도적으로 많았지만, 최근 들어 일반 손님이 돌아오기 시작하면서 이제는 기이한 분위기가 사라지고 활기와 웃음이 넘쳤다. 여종업원도 세 명 더 늘어나 지금은 여덟 명이 객실을 담당하고 있었다.

사부로가 기우라의 눈을 들여다보며 물었다.

"그러면 또 거처를 옮겨야 하나요?"

"그래, 이미 가와고에에 큰 농가를 구입했어. 하나조노상회 본부는 그곳으로 옮기고, 하기노야는 이대로 계속 영업할 거야. 다나베 씨, 부탁해."

기우라는 의미 있는 눈길로 다나베를 힐끔 쳐다보았다. 감이 좋은 사부로는 두 사람 사이의 미묘한 의사소통을 느끼고 불안한 표정을 지었다.

사부로가 기우라의 속마음을 헤아리듯 물었다.

"고이치는 하기노야의 주인으로 계속 여기에 있게 해야겠지요?"

"고이치 말인데……."

기우라는 그렇게 말하고 일단 말을 끊었다.

　"경찰에 고발한 녀석이 있어. 하기노야 주인 부부가 사건에 휘말렸을 가능성이 있다고 말이야."

　"그게 정말인가요?"

　사부로는 자신의 예감이 맞은 것이 두려운 듯 긴장된 표정으로 기우라를 바라보았다.

　"경찰 내부 정보니까 틀림없다."

　기우라가 냉정하게 대꾸했다.

　"고이치가 그랬단 건가요?"

　"글쎄, 그건 모르지. 하지만 가능성이 없는 사람부터 지워나가면 그렇게 되겠지. 다나베 씨, 어떻게 생각해?"

　"흐음, 분명히 그런 짓을 할 가능성이 제일 높은 건 유키고, 그다음이 고이치지요. 다만 유키는……."

　"그래, 아무리 생각해도 유키는 불가능해. 계속 감금되어 있어서 자유롭게 움직일 수 없잖아? 반면에 고이치는 자유롭게 움직일 수 있지. 니가타에도 가고 외출도 마음대로 하고 말이야. 사부로, 네 생각은 어때?"

　기우라는 칼로 찌르는 듯한 눈길로 사부로를 똑바로 쳐다보았다.

　"하지만 고이치는 우리 동료예요. 자기 손으로 부모를 죽였고요. 사촌동생까지 죽였으니까 잡히면 사형이잖아요. 그건 녀석도 알고 있을 겁니다."

"하지만 양심의 가책이 죽음의 공포를 뛰어넘는 일도 있는 법이지."

기우라는 그렇게 말하면서 사부로에게서 시선을 거두고 먼 곳을 바라보았다.

"혹시 여자들이 그런 거 아닐까요? 도련님, 그 편지는 히라가 나로만 썼다면서요? 하나조노상회 여자들은 다들 교육을 제대로 못 받았으니까 그럴 가능성이 있잖습니까?"

다나베의 추리에 기우라는 머리를 가로저었다.

"아니, 일부러 히라가나로 썼을 거다. 편지를 봤는데 문장은 조리가 있고 어느 정도 지적인 분위기도 느껴지더군. 글씨도 잘 썼는데, 큼지막한 걸 보면 여자 글씨는 아니야. 그리고 말이야, 여자들 중에 주인 부부가 행방불명됐다고 확신하는 사람은 없지 않을까? 만에 하나 의심을 한다고 해도 그런 걸 경찰에 신고해서 무슨 이익이 있지?"

"하지만 고이치도 어렸을 때부터 폭주족이었으니까 공부를 제대로 하지 못했을 겁니다."

다나베는 아직 이해할 수 없다는 표정이었다.

"한자를 모른다는 면에서는 그럴지도 모르지. 하지만 녀석은 바보가 아니다."

기우라는 못을 박듯 단정적으로 말했다.

"고이치의 목을 조이는 수밖에 없겠군요. 도련님, 언제 할까요?"

"시간이 별로 없어. 오늘 밤에 하는 수밖에 없겠지."

"그나저나 용케 경찰의 정보를 손에 넣었군요. 그 정보는 믿을 수 있습니까?"

사부로가 미련을 버리지 못하고 그렇게 말했다. 아직도 고이치를 감싸는 듯한 말투였다.

"믿을 수 있냐고? 난 믿음이라는 말 자체를 안 믿는다. 믿는 건 인간의 물욕뿐이야. 그 경찰관의 입에 뇌물을 듬뿍 넣어주었거든."

기우라는 그렇게 말하더니 메마른 웃음을 터트렸다.

"도련님, 지금 유키의 옆방에 고이치 혼자 있습니다. 우타는 여관 일을 돕고 있어서 유키 방에 없고요. 자물쇠로 잠가놓긴 했지만, 고이치 혼자 감시할 수 있을까요? 아무리 원수 같아도 두 사람은 남매잖아요?"

그 말을 듣고 기우라는 생각에 잠긴 듯 고개를 갸웃했다.

"그건 그렇군. 그런데 유키와 얼굴을 마주치고 싶지 않을 테니 자기가 먼저 유키 방에 가지는 않을 거다. 다만 유키와 마주쳐서 부모에 대해 물으면 무슨 말을 할지 모르는 상태인 건 분명해. 사부로, 만일을 위해 고이치와 교대해. 옆방이 아니라 직접 유키 방에 들어가서 유키를 감시해라."

사부로가 고개를 끄덕이는 것을 보고 다나베가 다급히 물었다.

"도련님, 이사는 언제쯤 가실 건가요?"

"고이치 문제가 처리되면 즉시 갈 거다."

"고이치 문제가 그리 빨리 처리될까요?"

"빨리 처리해야 해."

기우라는 단호하게 말했다. 사부로의 얼굴에 어두운 그림자가 드리웠다.

4

"아아, 그 일이라면 기우라의 누나라고 들었습니다. 누나가 직접 미우라 변호사님 사무실에 찾아와서 기우라의 변호를 의뢰했다고 하더군요."

오가사와라 변호사는 별일 아닌 것처럼 대답했다. 전화 인터뷰였다. 오가사와라는 현재 68세이니 재판 당시에는 26세로 변호인단 중에서 최연소였으리라.

실은 지난번에 취재한 직후 미우라 변호사가 목욕탕에서 넘어져 뇌출혈로 별안간 세상을 떠났다. 그러나 나는 그에게 미처 확인하지 못한 것을 확인할 필요가 있었다. 그래서 대신 오가사와라 변호사에게 전화를 걸었다.

그의 대답은 뜻밖이었다. 시노부는 매춘여관을 하는 집안을 끔찍하게 싫어해 친정과 거의 인연을 끊고 지냈기 때문이다.

그러고 보니 기우라 사건이 세상에 드러난 이후 시노부는 외아들을 남기고 가마고리의 집을 나갔다고 남편이 증언했지만, 후미에가 살해된 시점에 그녀의 가정이 무너졌다고는 생각할 수 없다. 아무리 어렸을 때 기우라와 사이가 좋았다 하더라도 당시 시댁에 살았던 시노부는 살인을 저지른 남동생과 가장 얽히고 싶지 않은 사람 아니었을까?

"다만 나는 기우라의 누나를 만나지 못했지요. 하도 옛날 일이라 기억이 가물가물하지만 재판도 보러 오지 않은 것 같습니다. 아무래도 가해자 측 가족이니까 그런 자리에 나타나고 싶지 않았겠지요. 변호인단 중에서 미우라 변호사님만 그녀를 만나지 않았을까요?"

교코의 증언에 대해서도 물어볼 필요가 있었다. 후미에가 살해되기 석 달 전 남편에게 자기보다 더 좋아하는 사람이 있다고 했다는데, 그 사실을 변호인단이 알고 있었는지는 중요한 문제였다.

"음, 그런 얘기도 있었지만 재판에서 드러나지는 않았지요."

오가사와라의 말투가 약간 무거워졌다. 요컨대 후미에가 그런 말을 했다는 것을 변호인단도 알고 있었던 듯했다. 재판에서 그 얘기를 하지 않은 것은 당연하다. 변호인단 쪽에서 피고에게 불리한 정황을 적극적으로 말할 필요는 없기 때문이다.

그런데 어찌 된 영문인지 검찰 측에서도 그것을 언급하지 않았다고 한다.

"이유는 잘 모르지만 굳이 추측을 하자면 괜히 그런 말을 꺼냈다가 구체적인 증거를 제시하지 못하면 후미에의 광기를 입증하는 게 되고, 그건 기우라의 양형에 마이너스로 작용하리라고 판단한 게 아닐까요? 실제로 검찰이 그 이야기를 꺼낼 때를 대비해 우리도 조사하긴 했지만, 기우라의 여자관계는 밝혀지지 않았습니다. 뭐 꽁꽁 숨겨놓고 아내에게만 들켰을 가능성도 부정할 수는 없지만, 그런 느낌은 아니었지요. 그가 클럽 같은 밤 문화를 즐겼다는 이야기도 듣지 못했고요. 이상한 말이지만, 본가에서 매춘

여관을 해서 그런 쪽에 익숙했기 때문에 오히려 유흥 세계에 관심이 없었던 게 아닐까요?"

역시 후미에의 말은 정신병에서 온 망상에 불과했을까? 오가사와라에 따르면 세상을 떠나기 직전에 후미에는 그것 말고도 이해할 수 없는 말을 많이 했다고 한다.

하지만 교코에게 들은 후미에의 말이 계속 마음에 걸렸다. 그 말이 누군가 구체적인 인물을 가리킨 듯 느껴졌기 때문이다.

기우라는 누나인 시노부와 사이가 좋았다고 하니까 그녀라면 기우라가 아내를 살해한 진짜 이유를 알고 있을지도 모른다. 특히 미우라에게 직접 변호를 의뢰하러 왔을 정도라면 적어도 아내를 살해한 이유를 말했을 가능성이 있다. 그러나 그 의문에 대해 오가사와라는 부정적인 대답을 내놓았다.

"그렇지 않습니다. 기우라 부부의 사이가 좋았다고 강조했을 뿐 그 밖에 다른 말은 하지 않았다고 하더군요."

그는 시노부가 현재 어디에 있는지 모른다고 했다. 그것을 조사하는 것은 저널리스트의 일이었다.

5

우타는 유키의 방에서 지내는 일이 점점 더 많아졌다. 물론 하루 종일 같이 있는 것은 아니었다. 다만 다나베의 지시로 쉬는 시간에도 유키의 방에 있었고, 밤에도 유키의 방에서 같이 잤다.

3층의 제일 큰 방에는 여전히 우타의 짐이 놓여 있었지만, 그녀가 그 방에 가서 다른 여자들과 이야기하는 일은 눈에 띄게 줄어들었다.

여관에서는 매달 월급으로 8만 엔 정도를 받았다. 일하는 것에 비해서는 얼마 되지 않았다. 그러나 쓸 일이 거의 없어서 돈은 계속 쌓이기만 했다.

필요한 물건을 사기 위해 여관 밖으로 나가는 일이 있었지만, 밖을 돌아다니는 여고생을 보아도 자신과는 관계없는 사람이라고밖에 여겨지지 않았다. 그러나 마음 한편에서는 그대로 하마마쓰에서 어머니와 같이 살았다면 고등학교 정도는 다닐 수 있었을 텐데 하는 미련이 있는 게 사실이었다.

그녀는 공부를 싫어하지 않았다. 얌전하고 내성적이라서 반에서 거의 눈에 띄지 않았지만 시험 성적은 결코 나쁘지 않았다. 선생님이 돌려주는 답안지를 누구에게도 보여주지 않고 집에 가져갔는데, 어느 날 우연히 같은 반 친구가 그것을 보았다.

그 친구는 깜짝 놀라며 "우타 너, 의외로 공부를 잘하는구나!"라고 말했다. 자신이 공부를 잘했는지 그렇지 않은지 객관적으로 판단할 수는 없었다. 어쨌든 중학교도 1학년밖에 다니지 않아서 공부를 잘했다고 해도 특별한 의미는 없었다.

다만 공부를 싫어하지 않은 것만은 분명했다. 특히 국어를 좋아하고 책 읽는 것도 좋아했다. 하기노야 근처에 작은 헌책방이 있어서 필요한 물건을 사러 나갔을 때 잠시 그곳에 들러 문고본 소설을 사서 읽은 적도 있었다.

처음에 비해 유키와도 많이 친해졌다. 유키는 그녀를 '우타 짱'이라고 불렀다. 우타도 처음에 가졌던 긴장감이 사라지면서 유키가 물으면 자신에 관해 조금은 말해주게 되었다. 공부 이야기가 나와서 잘하는 과목을 물었을 때는 망설이지 않고 국어라고 대답한 뒤 "소설을 좋아해요."라고 덧붙였다.

우타는 평소에 누가 질문을 하면 단답형으로 대답하는 과묵한 소녀였다. 따라서 이런 쓸데없는 말을 덧붙이는 것은 매우 이례적이었다.

우타가 소설을 좋아한다고 하자 유키는 책장에서 문고본 등을 꺼내 간단히 설명해주었다. 그리고 우타가 관심을 보이면 그 책을 빌려주기도 했다.

대학에서 미국문학을 전공한 유키의 책장에는 영어책 이외에도 외국문학 번역 작품이 많았다. 우타는 미국문학 중에서 헤밍웨이의 『노인과 바다』와 『무기여 잘 있거라』를 읽었다. 헤밍웨이라는 이름도 그때 처음 알았다. 프랑스 문학으로는 모파상의 단편집을 읽었다.

아무리 소설을 좋아한다고 해도 열네 살 소녀가 헤밍웨이나 모파상을 이해할 수는 없다. 우타는 솔직히 무슨 내용인지도 잘 모르는 채 읽은 것 같은 느낌이 들었다. 그러나 유키가 추천해주었다는 사실이 기뻐서 정신없이 읽어나갔다.

물론 유키에게 자신을 회유해서 기우라의 정보를 캐내고, 경우에 따라서는 하기노야 탈출에 협조하게 만들겠다는 속셈이 있었다는 것은 그녀도 알고 있었다. 그것은 당연한 마음이고, 유키가 자신을 속이려 한다고는 생각하지 않았다.

  뿐만 아니라 마음 깊은 곳에서는 유키를 풀어주고 싶다는 생각이 들었다. 하지만 유키와 같이 있을 때는 다나베나 사부로가 자신까지 감시하고 있어서 어떻게 하면 유키를 풀어줄 수 있을지 막막했다. 그녀는 그 시점에 자신이 가지고 있는 정보를 거의 유키에게 전달했다.

  그러나 유키 쪽에서 보면 대단한 정보가 아니었을지도 모른다. 유키의 부모와 요시코라는 고모 부부, 사촌동생이 죽었으리라고 우타도 짐작했지만, 사실을 확인한 것은 아니었다. 또한 이 무렵부터는 고이치의 모습도 보이지 않았다.

  하나조노상회 여자들도 갑자기 입이 무거워져서 그런 이야기는 일체 하지 않게 되었다. 유키도 우타가 본의 아니게 자신을 감시하고 있다는 사실을 알고 있었기 때문에 더 이상 캐묻는 것이 가엾다고 여겼는지 언젠가부터 끈질기게 묻지는 않았다.

  그렇다, 유키의 얼굴은 어딘지 모르게 슬픈 체념이 깃들고 살아갈 희망을 잃어버린 것처럼 보였다.

  어느 날 우타는 자기도 모르게 "최근엔 고이치 씨도 보이지 않아요."라고 말했다. 그러자 유키는 슬픈 얼굴에 눈물을 머금으며 "그러면 이제 우리 가족 중에 살아 있는 사람은 나 혼자뿐

일지도 모르겠네."라고 말했다. 우타는 유키에게 기운을 불어넣어주고 싶었지만, 갑자기 심장이 오그라들고 목이 메어서 유키와 같이 눈물을 흘릴 뿐이었다.

그나저나 우타로서는 이해되지 않는 점이 있었다. 기우라는 무슨 마음으로 자신에게 유키를 감시하게 한 걸까? 다나베는 우타에게 유키의 감시를 맡기는 것에 반대했다. "우타로는 감시가 안 돼."란 말이 다나베의 입버릇일 정도였다.

밖에서 자물쇠를 채울 때도 방 안에 우타와 유키 둘만 있을 경우 옆방에 사부로와 고이치를 대기시켰다. 다나베는 노인 특유의 직감으로 아직 어린 우타가 유키에게 넘어가 기우라에게 화를 입히지 않을까 걱정하는 듯했다.

그러나 기우라는 달랐다. 우타는 기우라가 자신의 속마음을 알고 있다고 생각했다. 그럼에도 다나베의 강력한 반대를 무릅쓰면서까지 그녀에게 유키의 감시 역할을 맡긴 것이다.

기우라는 우타를 투명인간처럼 취급했다. 우타가 하는 모든 일을 보고도 못 본 척했다. 야단도 치지 않고 반응도 보이지 않았다. 다른 사람이 우타를 들먹이며 무슨 말을 해도 마치 그 소리가 들리지 않는 것처럼 무시했다.

그렇다고 우타에게 특별히 다정하게 대해준 것도 아니었다. 하마마쓰 시절 우연히 복도에서 만났을 때 5만 엔을 준 이후, 일을 시킬 때 말고는 거의 말을 걸지 않았다.

이윽고 계절이 지나 겨울이 다가왔다. 고이치의 모습이 보이지 않기 시작한 것은 11월 중순쯤이었다. 11월 중순부터 12월에 걸쳐서는 아무 일도 일어나지 않고 비교적 평온한 날들이 이어졌다. 그러다 연말에 접어들자 다나베가 갑자기 유키를 끌고 나가더니 한동안 돌려보내지 않았다. 이때부터 우타는 유키가 걱정되어 밤에도 잠들지 못하는 날들이 이어졌다.

6

12월 17일, 경시청 수사4과는 폭행죄로 마쓰나카를 체포했다. 48시간 취조해 일단 검찰로 송치하고, 다음에는 스이조 서에 설치된 수사본부가 또 다른 공갈죄로 다시 체포했다. 공갈죄는 여러 피해자가 뒤얽힌 복잡한 사안이라서 구류 연장이 인정되었다. 물론 이것은 별건 체포로 진짜 목적은 명백히 야마카와 살해에 있었다.

그러나 스이조 서로 신병이 옮겨진 이후 마쓰나카는 공갈 등에 관해서는 어느 정도 진술했지만 야마카와 살해에 대해서는 묵비권을 행사했다. 기우라와의 관계도 단순히 비즈니스 파트너라고 말했는데, 그 점에서는 기우라의 증언과 일치했다.

"묵비권을 행사한다는 건 자기가 했다는 거야."

이부키는 스이조 서 강당의 칸막이 안에서 시마무라와 이야기를 나누었다. 칸막이 안에는 기다란 책상과 의자 몇 개, 전화기를 비롯한 통신기기가 놓여 있었다.

자리에 앉아 있는 사람은 기록과 연락을 담당하는 형사 두 명뿐이고, 다른 형사들은 모두 나가고 없었다. 수사회의가 있을 때만 나타나는 수사1과장과 달리 수사 책임자로서 수사본부에 상주하는 관리관도 우연히 자리를 비운 터였다.

"그런데 마쓰나카는 프로 야쿠자잖습니까? 한번 묵비권을 행사하면 쉽게 입을 열 것 같지 않습니다. 이런 상황에서는 별건 체포를 반복하는 수밖에 없나요?"

"기우라에 대한 새로운 정보는 없어?"

마쓰나카를 직접 취조한 사람은 시마무라로 이부키는 아직 마쓰나카를 만나지 않았다.

"없습니다. 단순한 비즈니스 파트너라고 주장할 따름입니다. 다만 이즈이 형사에게 연락이 왔는데요⋯⋯."

"이즈이 형사?"

"지난번 고마고메 서 형사 말입니다."

"아아, 그 사람?"

"그의 말이 하기노야가 이상하다고 합니다. 하나조노상회 여자에게 들었는데, 최근에는 주임님이 만난 고이치라는 후계자도 안 보인다고 하더군요. 그리고 기묘한 말도 덧붙였습니다."

"기묘한 말?"

"네. 수사정보가 새는 것 같다고 합니다. 경찰에 고발이 있었다는 걸 알고 있더랍니다. 고발 편지가 전부 히라가나로 쓰였다는 것까지요. 그러면서 경쟁 상대가 그런 장난을 자주 치는 터라 특별한 일은 아니라고 했다는군요. 더구나 하기노야의 주인 가족이 모두 사라진 건 빚에 시달리다 종적을 감춘 거다, 기우라는 돈을 빌려주고 못 받아서 골치가 아프다고 했답니다. 이즈이 형사 말로는 탐문수사가 올 걸 예상하고 기우라가 그 여자에게 그렇게 말하도록 시킨 것 같다고……."

이부키의 표정이 어두워졌다. 수사정보가 새고 있다……. 의외였다. 고발 편지가 온 걸 아는 곳은 경시청 수사1과와 수사4과, 그리고 관할서인 고마고메 서 형사과뿐이었다.

문득 4과 나루사와의 얼굴이 떠올랐다. 경시청 안에서 나루사와와 폭력단의 검은 유착 관계를 지적하는 사람은 이가라시만이 아니었다.

그나저나 이즈이가 탐문수사를 한 여자는 왜 편지가 전부 히라가나로 쓰였다는 말을 해서 수사정보의 누설을 암시한 걸까? 이부키는 기우라의 의도를 알아차렸다. 수사의 혼선이다. 경찰 내부에 자신의 동료가 있다고 주장하고 싶은 것이다.

"마쓰나카에 대해선 뭐라고 안 했다던가?"

"가끔 하기노야에 얼굴을 내밀었다고 합니다. 하지만 2층 사무실에서 일 얘기만 하고 돌아갔다더군요."

"그래? 어쨌든 수사정보가 새고 있다는 게 마음에 걸리는군."

"그러게요. 스이조 서에서 내사한다는 걸 알았다면 그럴 수 있지만, 고발 편지가 히라가나로 쓰였다는 걸 알다니. 그걸 아는 사람은 몇 안 되잖습니까? 정말로 경찰 내부에 내통자가 있는 걸까요?"

"당사자인 이즈이 형사는 믿을 만한가?"

이부키는 일부러 마음에 없는 말을 했다.

"당연하죠. 이즈이 형사는 믿어도 됩니다. 설마 정보를 누설한 사람이 그런 말을 했겠어요? 만약 새어 나갔다면 4과일 겁니다. 그들이 야쿠자와 어울리는 건 흔한 일이니까요. 마쓰나카가 체포되기 전에 그 정보를 듣고 기우라에게 전해주었다……. 있을 수 있는 일이지요."

이부키의 표정이 더욱 어두워졌다. 고발 편지의 복사본을 이가라시에게 준 사람은 자신이었다. 이가라시는 그것을 수사회의 때 수사자료로 사용하고, 수사4과의 다른 형사들도 그 정보를 공유했을 것이다.

"4과의 나루사와란 형사에 대해 이상한 소문이 있던데요."

시마무라가 말하기 힘든 것처럼 조심스레 입을 열었다. 시마무라도 나루사와의 소문을 알고 있었기에 수사정보가 샌다는 이야기를 들었을 때 제일 먼저 떠올랐으리라.

"그건 일단 우리끼리 아는 걸로 해두지. 4과 녀석들 귀에 들어가면 골치 아프니까."

시마무라는 크게 고개를 끄덕였다.

이즈이는 어느 대형 도시은행 신주쿠 지점 앞의 길거리에서 이시노 유스케를 만났다. 마침 점심시간이라서 이시노는 점심을 먹으러 밖에 나온 참이었다. 이미 12월 중순으로, 그는 감색 코트를 입고 있었다. 키가 크고 야위었으며, 이목구비가 반듯한 얼굴에 금테 안경을 낀 남자였다. 나이는 서른쯤 되었을까.

"잠시 걸으면서 얘기할까요?"

이시노가 작은 목소리로 말했다. 은행이라는 직장의 특성상 형사와 이야기하는 모습을 누가 보기라도 할까 봐 거북했으리라. 이즈이는 이시노의 마음을 알아차리고 말없이 걷기 시작했다. 야스쿠니 거리까지 가서야 이즈이가 겨우 입을 열었다.

"모토하타 유키 씨에 관해 묻고 싶은 게 있는데요."

용건은 이미 전화로 말해두었다. 다만 은행으로 전화를 걸었기 때문에 자세한 말은 하지 않았다.

"유키 씨에게 무슨 일이 있나요?"

이시노가 불안한 표정을 지었다.

"그건 잘 모르겠습니다. 실은 유키 씨의 부모님이 경영하는 하기노야라는 여관을 수사하고 있는데, 유키 씨에 대해서도 알아볼 게 있어서요."

"역시 그것 때문인가요?"

이시노는 깊은 한숨을 토해냈다. 뭔가 알고 있다는 반응이었다.

두 사람은 국철 신주쿠 역 근처까지 걸어가서 란부르로 들어갔다. 예전에 이시노가 유키와 자주 만났던 클래식 찻집이다.

점심시간이라서 식사하는 사람들로 가게 안은 발 디딜 틈이 없었지만, 두 사람은 겨우 지하층에 자리를 잡을 수 있었다. 가게 안에는 슈베르트의 〈미완성 교향곡〉이 흐르고 있었다.

"식사를 하십시오. 저는 커피면 됩니다."

이즈이가 이시노를 배려해서 말했다.

"저도 커피면 됩니다. 유키가 걱정돼서 식욕도 없고요."

이즈이는 새삼 이시노의 얼굴을 똑바로 쳐다보았다. 표정이 심각했다.

주문한 커피가 나오자 두 사람은 작은 목소리로 구체적인 이야기를 시작했다.

"유키 씨를 마지막으로 만난 건 언제였나요?"

"만난 거라면, 9월 9일 일요일이었습니다."

이시노는 이즈이의 질문을 예상하고 과거의 일정을 미리 확인한 것 같았다.

"어디서 만나셨지요?"

"여기입니다. 유키와는 이 찻집에서 자주 만났지요."

"어떤 이야기를 하셨나요?"

"하기노야의 경영 문제에 대해서였습니다. 여관이 경영난에 빠져 아버지가 기우라라는 남자에게 3천만 엔을 빌렸는데, 이

후 그가 경영에 개입해 여관을 빼앗는 게 아닐까 불안하다고
하더군요."

그다음에 이시노가 한 말은 이즈이의 예상과 조금 달랐다.
이시노는 유키의 불안을 자세하게 설명한 뒤 기우라가 특별히
불법을 저지른 것은 아니라고 말했다. 기우라를 비난하는 말투
가 아니었다.

"물론 기우라라는 사람에 대한 유키의 불안은 이해할 수 있
기에 저도 여러모로 조언을 했습니다. 그런데 저 같은 은행원의
눈으로 봤을 때 기우라 씨의 행동은 매우 당연하게 보였지요.
연이율 8퍼센트로 3천만 엔이라는 거금을 빌려준 겁니다. 물론
은행 금리에 비하면 비싸지만, 사채업의 기준으로 보면 결코 비
싸다고 할 수 없지요. 오히려 양심적인 금리라고 할까요? 더구
나 그 돈으로 일단 부도를 막을 수 있었고, 나머지를 여관의 경
영정상화에 사용할 수 있었습니다. 또한 기우라 씨 쪽에서 보면
그만한 돈을 빌려준 이상 여관 경영에 참견하는 건 당연한 일입
니다. 자금을 빌려준 중소기업이 경영난에 빠졌을 때 은행이 경
영에 참여하는 것과 마찬가지죠. 그런데 유키는 내 말을 들으려
하지 않고 불만스러운 표정을 짓더군요."

"기우라라는 남자가 마사지사 파견업을 하는 것에 대해 유키
씨가 뭐라고 하지 않던가요?"

이 시점에서는 이즈이도 시마무라를 통해 기우라에 대한 구
체적인 정보를 가지고 있었다.

"아아, 그건 유키에게 들었습니다. 물론 진실은 모릅니다. 기우라 씨가 이상한 마사지사 파견업도 하는데, 하기노야에도 그 시스템을 도입해 손님을 늘리라고 했다면서 불안해하더군요. 그런데 자세히 들어보니 기우라 씨는 그걸 강요하지 않았고, 거부해도 상관없다는 태도인 것 같았습니다. 즉, 그 시점에선 절박한 상태로 보이지 않았지요."

"요컨대 기우라 씨의 행동을 법률적으로 문제가 없다고 보시는 거군요."

"그렇습니다. 유키가 불안해하는 건 이해하지만 기우라 씨의 행동에서 위법성은 찾아볼 수 없었다고 할까요……. 물론 그 사람에게 여관을 강탈하려는 의도가 있었을 수도 있지만요. 강탈이라는 말이 듣기에 좀 그렇지만, 법에 저촉되지 않으면 정당한 거래라고 할 수 있으니까요."

이시노의 생각은 합리적이었지만 이즈이는 깜짝 놀라지 않을 수 없었다. 고객에 대한 반응이라면 모를까 유키는 그의 애인이 아닌가? 물론 이시노의 입장에서 다른 방법이 있었겠냐고 하면 뾰족한 방법은 없었을지도 모른다.

"그 이후에는 유키 씨를 못 만났나요?"

"네, 1주일 후에 전화를 걸었지만……."

이시노는 어두운 표정으로 말끝을 흐렸다. 이즈이는 일부러 끼어들지 않고 그가 말할 때까지 기다렸다.

"그때 유키와 말다툼을 했습니다. 그때도 지금처럼 말했더니 차가운 목소리로 저를 비난하더군요. 그녀는 원래 문학적인 사람이라 은행원이라는 직업을 별로 좋아하지 않았지요. 그래서인지 제가 냉정하게 말하는 게 은행원이라서 그렇다고 하더군요. 그 말에 저도 발끈해서 싸우다 결국 헤어지자는 얘기까지 나왔습니다."

"그런 다음에는 연락하지 않았나요?"

이즈이가 넌지시 물었다.

"물론 몇 번 전화를 했습니다. 한때 발끈해서 싸우긴 했지만, 저는 지금도 그녀를 사랑하고 애인이라고 생각하니까요. 하지만 몇 번을 걸어도 그녀는 받지 않았고, 누군가가 받아서는 매번 판에 박은 듯이 그녀는 집에 없다고 하더군요. 하기노야의 영업용 전화번호 말고 집 전화번호도 알고 있어서 그 번호로도 걸어봤지만, 유키는 물론이고 가족 같은 사람도 받지 않았습니다. 처음에는 유키가 저를 피하려고 일부러 그런다고 생각했지요. 그런데 지금이 12월 중순이니까 3개월이나 연락이 끊어진 거잖아요? 아무래도 이상하단 생각이 들어 경찰에 연락할까 하던 참에 형사님이 전화를 한 겁니다."

"전화를 받은 사람 말인데요, 남자였습니까? 여자였습니까?"

"일곱 번쯤 걸었는데 거의 다 남자였습니다. 그런데 한 번은 여자였나, 여자아이가……."

"여자아이요?"

"네, 확실한 건 잘 모르겠지만 목소리가 중학생 같았습니다.

'유키 씨는 지금 안 계세요.'라고 하더군요. 말투는 정중하고 어른스러웠지만, 어른은 아닌 것 같았습니다."

"중학생이라⋯⋯."

이즈이는 메모하던 손길을 멈추고 이시노의 말을 곱씹어보았다.

8

이부키는 이즈이와 연락을 주고받던 시마무라로부터 하기노야의 현재 상황을 보고 받았다. 이즈이가 유키의 애인인 이시노에게 들은 이야기도 당연히 알게 되었다. 그 결과 그는 다시 기우라를 만나보기로 결심했다.

세이지 부부의 소재는 아직 확인되지 않았다. 사건에 휘말렸느냐 아니냐는 둘째 치고 그들이 행방불명 상태인 것은 분명했다. 시마무라를 통해 들은 이즈이의 보고에 따르면 지인이나 친척들을 만나봐도 세이지 부부의 소재를 아는 사람은 아무도 없었다.

그러나 이것은 매우 미묘한 문제였다. 지인이나 친척 중에는 세이지 부부가 빚쟁이에게 시달리다 스스로 모습을 감추었다고 여기는 사람도 없지 않았다. 이부키의 눈으로 확인한 하기노야의 활기찬 모습과는 모순되지만, 만약 경영권이 넘어갔다면 반드시 그렇다고 할 수도 없었다.

이부키는 하기노야의 현재 주인이라는 고이치의 얼굴을 떠올렸다. 역시 고이치는 바지사장이 아닐까 하는 의혹을 뿌리칠 수 없었다. 만약 그렇다고 해도 그것에 범죄성이 있느냐는 다른 문제였다. 기우라가 법적으로 하기노야의 경영권을 손에 넣은 경우, 탈취라는 비난을 피하기 위해 하기노야의 장남을 당분간 주인 자리에 앉히는 일은 얼마든지 있을 수 있었다.

또 한 가지 마음에 걸리는 것은 가장 가까운 친척인 마치다 시에 사는 시노다 부부와 그 아들의 종적이 묘연하다는 거였다. 관할서 형사들이 몇 번 시노다 부부의 아파트를 방문했지만 그때마다 집에 없었다고 했다.

옆집 주부가 그 집 외아들이 현관 앞에서 눈초리가 매서운 남자와 같이 있는 것을 보았다고 증언했는데, 그것만으로는 결정적인 정보라고 할 수 없었다.

시노다의 회사에 연락해보니 무단결근이 계속되고 있다고 했다. 몇몇 동료는 그가 처남의 보증을 서주었다는 사실을 알고 있었고, 그것 때문에 모습을 감춘 게 아닐까 하는 추측을 내놓기도 했다.

이부키에게 현재 상황은 출구가 없는 미로 같았다. 모든 사항이 양자택일의 길을 제시하면서 어느 쪽에서도 근거를 찾을 수 없도록 돼 있었다.

기우라를 다시 만난다고 해서 돌파구를 찾을 수 있으리라는 확신은 없었다. 그러나 지금은 그것밖에 달리 방법이 없었다.

하기노야에 들어가자 기우라는 예전과 똑같은 응접실로 안내했다. 이번에는 오후 3시쯤으로 여관이 가장 한가한 시간대였다. 이부키는 현관을 지나 응접실로 들어갈 때까지 누구와도 마주치지 않았다.

"다시 찾아와서 죄송합니다. 또 확인할 게 있어서 실례를 무릅쓰고 왔습니다."

이부키는 지난번보다 더 저자세로 나갔다. 실제로 기우라를 추궁할 수 있는 새로운 재료는 없었다.

"괜찮습니다. 얼마든지 확인해보십시오."

기우라의 자신 있는 모습에 이부키는 위협을 느꼈다. 웬만한 자신감이 아니면 이런 태도를 취할 수 없었다.

"실은 예전 경영자인 세이지 씨 부부의 소재가 확인되지 않아서요."

이부키는 정면승부에 나섰다. 지난번에 만났을 때 기우라에게 임기응변적인 전술이 통하지 않는다는 사실을 통감했다.

"역시 그것 때문인가요? 저도 그 때문에 얼마나 난처한지 모르겠습니다. 이것 좀 보십시오."

기우라는 미리 준비한 A4 크기의 종이 다섯 장을 테이블 위에 올려놓았다. 세이지가 기우라에게 돈을 빌렸다는 차용증이었다. 빌린 금액, 빌린 사람과 빌려주는 사람의 이름, 이자와 상환 기간이 쓰여 있을 뿐만 아니라 자세한 부대조건까지 적혀 있었다.

이부키는 차용증을 보았지만 언뜻 보아서 자세한 내용까지는 알 수 없었다.

"당신과 세이지 씨 사이에 작성한 차용증이군요……."

"그렇습니다. 보시다시피 그에게 3천만 엔을 빌려줬습니다."

"하지만 지난번에 만났을 때는 돈을 빌려주었다는 말은 하지 않았잖습니까? 만난 적도 없다는 식으로 말씀하셨는데요?"

이부키는 말투가 날카로워지지 않도록 조심하면서 부드러운 미소를 지었다.

"그럴 수밖에요. 세이지 씨에게도 입장이라는 게 있을 텐데, 아무리 경찰이라고 해도 그런 말씀을 드릴 수는 없지요."

기우라도 미소를 지으면서 부드럽게 대답했다.

"그런데 지금은 말할 수 있게 되었단 건가요?"

"그렇지요. 세이지 씨와 연락이 되지 않으니까요. 그는 몇 달째 이자도 내지 않고 있습니다. 저도 돈을 받아야 하니까 모든 방면으로 손을 써서 그를 찾고 있습니다. 그런데 아무리 찾아도 안 보이는군요. 부인도 없어진 걸 보니 같이 야반도주했다고 생각하는 수밖에요. 더구나 보증인까지 행방이 묘연해졌더군요."

"보증인이라니요?"

"차용증 셋째 장에 쓰여 있잖습니까?"

이부키는 종이를 들춰보고 그곳에서 시노다 쓰요시의 이름을 발견했다. 세이지의 매제였다.

"그 사람에게도 연락하려고 했지만 안 되더군요. 가족 중 누구도 전화를 받지 않고, 집에도 찾아가봤지만 아무도 없었습니다. 경찰 쪽에서는 뭔가 알아내셨나요?"

이부키는 한순간 대답이 궁했다. 그러나 지금은 솔직히 말하는 수밖에 없다고 판단했다.

"우리도 연락하려고 했지만 지금으로선 연락이 되지 않습니다."

"역시 그렇군요. 본인과도 보증인과도 연락이 안 되면 우리로선 손을 드는 수밖에 없지요."

"그럼 세이지 씨 장남이 여관을 물려받았다는 얘기는……왜 지난번에 제가 만났던……."

기우라가 이 점을 어떻게 설명할지 이부키는 촉각을 곤두세웠다. 그러나 기우라는 태연하게 대꾸했다.

"아아, 고이치 씨 말인가요? 실은 지난번에 형사님을 만났을 때 제가 작은 거짓말을 했습니다."

"작은 거짓말요?"

"네, 고이치 씨가 현재 하기노야의 주인인 것처럼 말했지만 그건 사실이 아닙니다. 그의 양친이 돈을 떼먹고 도망친 것 같아 여기에 남아 있는 고이치 씨와 누나인 유키 씨에게 하기노야 경영에 참여해달라고 했지요. 돈을 빌려줄 때 이 여관을 담보로 잡았으니까요. 뭐 인질이라고 하면 듣기 좀 그렇고, 그러는 편이 하기노야에도 좋다고 생각했지요. 그 편이 세이지 씨 부부가 돈을 마련해서 돌아왔을 때도 좋잖습니까? 그런데 그들 역시 한 달 전에 어디론가 사라져서 나타나지 않습니다. 아무래도 도망친 것 같습니다. 한심한 얘기지만요……."

"그들이 도망칠 수도 있다는 건 충분히 예상할 수 있지 않았나요? 더 철저하게 감시할 수는 없었나요?"

"형사님, 그건 불가능합니다. 우리는 그들을 감금한 게 아니니까요. 그 정도 신뢰관계는 있는 줄 알았지요."

이부키는 반박할 말이 떠오르지 않았다. 그러나 기우라가 말한 '감금'이라는 말이 왠지 마음에 걸렸다.

"어쨌든 이 여관을 담보로 잡았으니 돈을 떼일 염려는 없겠군요."

이부키는 더 이상 추궁하지 않고 화제를 바꾸었다.

"그런데 그게 그렇게 간단한 이야기가 아닙니다. 차용증에 쓰여 있듯이 돈을 빌려줄 때 여관을 담보로 잡은 건 분명하지만 실은 이 여관의 권리증, 정식으론 등기제증이라고 합니다만, 그게 제 손에 없거든요. 3천만 엔을 빌려줄 때 세이지 씨가 권리증을 가져와서 확인만 하고 다시 돌려주었지요. 너무 안이했다고 하면 할 말이 없지만, 전 그걸 확보하기보다 신뢰관계를 중시하고 싶었습니다. 전통 있는 노포 여관인 하기노야 주인이 설마이런 식으로 돈을 떼먹을 줄은 상상도 못했으니까요. 그런데 제변호사 얘기론 차용증이 있는 이상 세이지 씨가 돌아와 권리증을 주지 않더라도 여관을 처분할 방법이 있다고 하더군요. 법률상 매우 복잡해서 잘못하면 몇 년이 걸릴 수도 있지만요. 그래서 지금으로선 일단 여관을 운영해 조금이라도 돈을 회수하는 수밖에 없습니다. 그 점에 대해서는 고이치 씨와 유키 씨도 동의해주었고요. 그러기 위해서 그들을 경영에 참여시켰는데 그들까지 도망치다니……. 어떻게 해야 좋을지 몰라 당황스럽군요."

"지난번에 만났을 때 여관 경영에는 관여하지 않는다고 하셨는데, 거짓말이었군요. 하긴 아버님께서 여관을 경영하셨으니 일이야 식은 죽 먹기 아닌가요?"

이부키는 비아냥거림을 담아 말한 뒤 소리 내어 웃었다.

"그렇지도 않습니다. 분명히 저희 아버지는 여관을 경영했지만, 하마마쓰 시절부터 실제 운영은 전부 종업원에게 맡겼지요. 지금도 옛날부터 저희 여관의 지배인으로 있던 다나베라는 사람에게 맡겨서 저는 아무것도 모릅니다."

기우라의 말은 하나에서 열까지 앞뒤가 맞았다. 그러나 너무 앞뒤가 딱딱 들어맞는다는 생각이 들었다. 그의 말이 맞는다면 세이지의 가족도 시노다의 가족도 모두 자신의 의사로 모습을 감춘 셈인데, 부모의 빚 때문에 자식들까지 모습을 감추는 것은 역시 자연스럽지 않았다.

"그런데 기우라 씨. 혹시 경찰에 지인이 계신가요?"

이부키가 느닷없이 물었다. 아니, 느닷없음을 가장했다고 해야 할지도 모른다. 정면돌파를 시도해서 기우라의 반응을 살펴보고 싶었다.

잠시 미묘한 공백이 있었다. 기우라는 눈을 가늘게 뜨고 이부키의 의도를 헤아리듯 미간에 주름을 잡았다.

"물론 없는 건 아닙니다. 저 같은 일을 하다 보면 아무래도 경찰정보가 필요하니까요. 마사지사 파견업이란 게 워낙 오해를 받기 쉬운 일이잖습니까? 어느 사항에 대해 경찰이 어떤 판단을 내릴지 미리미리 알아두는 게 좋지요."

기우라는 그렇게 말하고는 문득 창밖으로 시선을 돌렸다. 이부키는 기우라의 옆얼굴을 바라보았다. 그게 아니다. 내가 알고 싶은 건 그런 정보가 아니다. 이부키는 마음속으로 중얼거렸다. 그러나 소리 내어 말하지는 않았다.

9

사치에의 본명은 후루타 마리코다. 니가타 시내에서 태어나 중학교를 졸업한 뒤 중학교 담임교사의 권유로 하마마쓰 시에 있는 직물공장에 다녔다.

그녀의 동생인 후루타 요조가 현재 니가타 시내에 살고 있는데 기우라 사건을 조사하기 시작한 직후, 그러니까 재작년 8월에 요조를 만날 수 있었다. 인터뷰할 당시 요조는 63세로 아내와 같이 JR 니가타 역 뒤쪽에서 작은 이자카야를 경영하고 있었다.

"누나가 그런 일을 하는 줄은 꿈에도 몰랐지. 그때까지 계속 하마마쓰 직물공장에 다니는 줄 알았으니까. 하지만 이미 옛날에 그만두었더군. 그래서 기우라나 다나베라는 이름하고 누나 이름이 같이 나왔을 때 나를 포함해 부모 형제, 친척들 모두 심장이 덜컹 내려앉았지."

요조는 키가 작고 약간 살집이 있는 남자였다. 안경은 끼지 않았고, 넓은 이마와 숱이 적은 머리칼이 특징이었다. 내가 찾아간 것을 특별히 싫어하는 기색 없이 가게 안에서 누나에 대해 담담하게 이야기했다. 단지 그 옆에서 불쾌한 얼굴로 이야기를 듣는 아내의 존재가 마음에 걸렸다.

"누나는 어릴 때부터 사람은 좋았지만 남의 의견에 휩쓸린다고 할까, 그런 면이 있었지. 아무리 그래도 매춘을 한 데다 다나베 같은 늙은 영감탱이의 애인이었다니. 너무나 수치스러워서 친척들 중에는 차라리 누나도 동굴에서 죽는 편이 나았다고 막말을 하는 사람도 있었어. 나도 마음 한구석에 그런 생각이 없었다고 하면 거짓말이겠지. 누나가 살아남은 탓에 본가에까지 기자들이 물밀듯이 밀려왔으니까. 어쨌든 매춘을 한 데다가 니가타에서는 매춘 총책이었다고 하니까 우리도 친척들에게 면목이 없었지."

이때 요조가 한 말은 법적으로 정확하지 않다. 분명히 사치에는 니가타에서 매춘 관리자에 가까웠을지 모른다. 그러나 매춘방지법이 규정한 관리매춘의 정의에는 해당하지 않고, 어디까지나 매춘행위자의 한 사람으로 인정되었을 뿐이다. 그것이 사치에가 기소유예를 받은 이유이기도 했다.

물론 거기에는 검찰의 의도가 숨어 있었다. 검찰과 사치에의 변호인 사이에 모종의 거래가 있었다고 단언할 수는 없지만, 다나베를 소추하고 기우라의 범죄를 밝히기 위해 사치에의 증언을 이끌어내려는 의도가 있었던 것은 분명하다.

실제로 사치에의 증언에 의해 니가타 매춘조직의 실태가 밝혀졌다. 또한 감금되어 있던 유키와 사부로, 또는 기우라와 사부로의 복잡한 인간관계가 드러나면서 당시 가해자와 피해자의 미묘한 경계에 있던 유키가 피해자로 밝혀지고, 수사는 올바른 방향으로 나아갔다.

뿐만 아니라 사치에는 고이치 살해에 대해서도 중요한 진술을 했다. 무슨 이유인지 고이치 살해에 대해 사부로가 사치에에게 말한 것이다. 물론 사치에가 현장에 있었던 것은 아니라서 이는 전문(傳聞) 증거일 뿐 정식 증거로 채택되지는 않았다. 그러나 사치에의 증언은 살인에 동참한 다나베의 증언을 보강하는 증언으로서 살해현장의 재구성에 큰 도움이 되었다.

이런 사실이 밝혀진 것은 전부 경찰과 검찰 또는 다나베의 재판 때 나온 사치에의 증언 덕분이며, 내가 인터뷰한 요조의 말은 사치에의 출생 등 주변적인 부분을 끄집어낸 것에 불과했다. 사치에는 니가타에 갈 때면 가끔 부모님 집에 들러 당시 그들과 같이 살던 요조도 만났지만, 기우라나 다나베에 관해서는 한마디도 하지 않았다고 한다.

"여보, 이제 문 닫아야지."

밤 1시가 지났다. 요조의 아내가 그렇게 말하는 바람에 나는 어쩔 수 없이 인터뷰를 끝내야 했다. 오후 9시경 요조의 가게에 얼굴을 내밀어 찾아온 목적을 설명하고, 테이블에 앉아 요조가 일하는 사이사이에 인터뷰를 했다. 테이블이 여덟 개 있는 작은 가게였다.

나는 예의상 손님으로 행동하며 인터뷰하는 동안 맥주와 안주를 주문했다. 가게는 한산해서 내가 들어가서 나올 때까지 손님이 세 명밖에 없었다.

나는 요조 아내의 요구에 따라 계산을 부탁했는데, 계산서를 보고 입을 다물 수 없었다. 9천 엔이 청구되었다. 생맥주 두 잔과 고등어회, 꼬치구이를 주문했을 뿐인데 이자카야라고 생각할 수 없을 만큼 비싼 가격이었다. 가게에 손님이 없는 것은 가격과 관계가 있지 않을까 하는 생각이 문득 뇌리를 스쳤다. 나는 마음속으로 쓴웃음을 지으며 1만 엔짜리 지폐를 내고 거스름돈은 필요 없다고 말했다.

"마지막으로 한 가지만 여쭤보겠습니다. 지금은 누나에 대해 어떻게 생각하시죠?"

가게에서 나오기 직전에 마지막으로 물었다.

"특별한 감정은 없어. 누나가 유방암으로 죽었을 때도 슬프다는 마음은 조금도 없었지. 오히려 죽어서 다행이었다고 할까? 누나는 우리 가족의 수치였으니까. 누나의 유골을 우리 집안 무덤에 넣어주긴 했지만, 그곳에서 참배할 때 부모님 생각만 하고 누나 생각은 하지 않아. 아마 친척들도 마찬가지일 거야."

나는 어두운 마음으로 그의 말을 들었다. 니가타 시내를 취재하면서 놀라웠던 것은 오본(음력 7월 중순의 우란분재) 때 이해가 되지 않을 만큼 성묘를 열심히 한다는 점이었다. 나이 많은 사람만이 아니라 젊은 사람들도 성묘란 말을 자주, 게다가 매우 자연스럽게 입에 담았다.

도쿄에 오래 살아서 고향에 간다는 감각마저 희미해진 내게 그들의 반응은 신선함과 함께 기이함을 안겨주었다.

따라서 누나를 "우리 집안 무덤에 넣어주었다"는 요조의 생색내는 듯한 말은 너무도 가혹하게 들렸다. 성묘가 중요한 의미를 가지는 지역에서 사치에는 그 무덤에 납골함이 들어갔음에도 친척과 형제 중 누구도 떠올리지 않는 존재였던 것이다.

나는 유리문을 열고 밖으로 나왔다. 어두운 밤하늘 아래 뜨뜻미지근한 공기가 조용히 숨을 쉬고, 가랑비가 얼굴에 내려앉았다. 나는 우산도 쓰지 않고 역 앞의 비즈니스호텔까지 쓸쓸한 길을 걸어갔다.

10

니가타에는 일찍부터 눈이 내렸다. 원래 12월 중순에서 하순에 걸친 이 시기에는 눈 내리는 일이 거의 없다고 사치에는 말했다. 니가타 하면 맨 먼저 눈 많은 지역이라는 이미지가 떠오르지만 폭설 지역은 나가오카 시로, 니가타 시의 강설량은 도쿄와 그렇게 다르지 않다.

도쿄를 떠난 지 벌써 2주일이 지났다. 사부로가 운전하는 크라운 스테이션왜건은 상당한 거리를 주파했다. 먼저 나고야로 가서 일을 마친 뒤 다시 도쿄 방면으로 유턴해서 단숨에 니가타에 도착했다. 다음에는 하코다테와 삿포로로 갈 예정이었다.

이날부터는 유키와 기우라도 합류했다. 하나조노상회의 여자들 중에는 사치에와 에리, 기리코, 레이코가 있었다.

한편 하기노야에는 다나베가 남아서 새로 들어온 요리사 두 명, 여종업원 여덟 명과 같이 여관을 꾸려나갔다. 우타도 여관 일을 도왔다.

하기노야에서는 하나조노상회의 영업활동을 중단했다. 애초에 여자들의 숫자가 부족하기도 했다. 남은 세 명이 도내의 러브호텔이나 여관에서 되도록 눈에 띄지 않게 영업을 하는 상태였다.

기우라와 사부로, 하나조노상회 여자들은 이미 가와고에의 민가로 옮겨온 터였고, 사부로와 네 여자는 거처를 옮기자마자 일을 하러 나갔다. 사치에는 기우라가 무슨 생각을 하는지 어느 정도 알 수 있었다. 하기노야를 정상적인 여관으로 돌려서 경찰의 눈을 속이려는 속셈이었다.

마쓰나카가 체포되었다는 것은 신문 보도를 통해 그녀도 알고 있었다. 그러나 왜 체포되었는지 자세한 내용까지는 알지 못했다. 다만 하기노야 안에서 무서운 일이 일어났다는 것은 느낌으로 알고 있었다. 주인 부부와 아들이 잇달아 사라지고, 요즘 사치에가 본 사람은 유키뿐이었다.

그런 현실의 중심에 기우라가 있다는 것은 분명했다. 이런 시기에 기우라가 도쿄를 떠난 것도 상황에 따라서는 도주할 심산인 것처럼 여겨졌다.

그녀는 사부로가 걱정돼서 견딜 수 없었다. 그가 왜 자신에게 고이치를 살해했다고 말했는지 이유를 알 수 없었다. 어쩌면 그저 누군가에게 고백하고 싶었을 뿐이고, 상대는 누구든 상관없었을지도 모른다.

가와고에로 옮기기 직전 여관 주방에서 생각에 잠긴 사부로에게 말을 걸었을 때 생각지도 못한 이야기를 들었다. 그때 주방에는 사부로와 그녀밖에 없었다. 귀를 막고 싶을 만큼 끔찍한 이야기였다. 고이치에 대한 이야기를 듣고 한동안 속이 메슥거려서 말을 할 수 없을 정도였다.

언제나 그렇듯 기우라는 고이치를 정원의 헛간으로 데려가라고 명령했다. 기우라, 다나베, 사부로는 고이치를 에워싸고 밤 12시부터 약 세 시간 동안 온갖 비난을 퍼부었다. 사부로는 그 이유를 고이치가 경찰에 고발했기 때문이라고 말했을 뿐 구체적인 내용은 말해주지 않았다. 그녀도 그런 이야기는 더 듣고 싶지 않았기 때문에 자세하게 캐묻지 않았다.

어쩐지 하기노야 주인 부부에 관한 내용일 거라는 짐작이 들긴 했다. 다만 구체적인 사실을 알면 자신도 무서운 사태에 휘말릴 것 같은 생각이 들어 가장 중요한 부분은 의식적으로 묻지 않았다. 직감적으로 방어 본능이 작동한 것이리라.

"고이치는 고발하지 않았다고 했어요. 그럼에도 기우라 씨와 다나베 씨가 계속 비난하자 '난 그러지 않았어요! 하지만 내 말을 믿지 않는다면 죽여도 돼요. 이제 그만 죽고 싶어요!'라고 소리치더군요. 그 말을 듣고 고이치는 정말로 우리를 배신하지 않았다고 확신했어요. 그런데 기우라 씨가 너무 무서워서 아무 말도 할 수 없었죠."

"그 다음에는 어떻게 됐어?"

그녀는 멈칫거리며 다음 말을 재촉했다.

"그 말을 듣고 기우라 씨가 그러더군요. '알았다. 부모에게 가고 싶은 거지? 하긴 너에겐 그 길밖에 없겠군.' 하고 말이에요."

그다음에 기우라의 입에서 나온 말은 사부로의 귀에 달라붙어 떨어지지 않았다.

"사부로, 보내줘."

기우라는 어느새 바지 주머니에서 하얀 밧줄을 꺼내 사부로 앞에 내밀었다. 사부로는 아연한 얼굴로 밧줄을 바라보았다. 온몸이 떨렸다. 그는 의지를 잃어버린 사람처럼 멍하니 밧줄을 손에 들었다.

마치 무성영화의 필름 속에 있는 것 같았다. 망막에 비치는 새하얀 영상을 보는 듯한 기묘한 감각이었다고 그는 말했다.

"나도 모르게 고이치의 목에 밧줄을 감았어요."

그때 그의 귀 안쪽에서 누군가가 속삭이는 목소리가 들렸다. 고이치, 도망쳐. 부탁해, 제발 도망쳐.

그러나 고이치는 손가락 하나 움직이지 않았다. 마치 다른 사람의 손을 빌려 자살하려는 것처럼 보였다.

사부로는 밧줄을 든 손을 바들바들 떨었다. 남이 아닌 가족을 죽이는 것과 같은 심정이었다.

"도와줄까?"

귓가에서 다나베의 목소리가 들리고 사부로의 오른손에 있던 밧줄 끝이 다나베의 손으로 넘어갔다. 다나베는 거의 사이를 두지 않고 밧줄을 잡아당기기 시작했다. 사부로도 반사적으로 다나베의 동작에 보조를 맞추었다.

천장에 있는 알전구의 불빛이 고이치의 몸을 비추었다. 양쪽 밧줄이 팽팽해진 순간 고이치의 몸이 쭉 뻗으면서 얼굴의 핏줄이 태아의 모세혈관처럼 빨갛게 떠올랐다.

"사람의 얼굴이라기보다 원숭이 얼굴 같았어요. 우스꽝스러운 표정이 오히려 섬뜩하게 보이더군요. '난 지금 밧줄을 잡아당기고 있다.' 나는 죽을힘을 다해 스스로에게 그렇게 말하며 계속 밧줄을 당겼어요. 이윽고 수영장에 빠져 물을 들이켜는 듯한 둔탁한 신음 소리가 귀로 파고들었지요."

말을 마치자 사부로는 창백하고 단정한 얼굴을 옆으로 돌리더니 문득 제정신을 차린 것처럼 짧게 말했다.

"지금 한 말은 누구에게도 하지 마세요. 사치에 씨를 위해서도 그게 좋을 거예요."

사부로의 말이 끝나기도 전에 그녀는 대꾸했다.

"걱정 마. 그런 얘기를 누구한테 하겠어?"

그녀의 목소리가 갈라졌다. 사부로가 자신을 협박하는 것이라고는 여기지 않았지만, 실제로 경찰에 체포될 때까지 그녀는 그 일을 어느 누구에게도 말하지 않았다.

사치에가 사부로의 방을 노크했다. 문이 열리고 사부로가 밖에 있는 사람들을 맞이했다. 먼저 사치에가 들어가고 기우라와 유키, 기리코가 뒤를 이었다.

유키는 하얀색 투피스 차림이었는데 치마 길이가 상당히 짧아서 살구색 팬티스타킹으로 덮인 허벅지가 그대로 드러났다. 얼굴엔 립스틱만 살짝 발랐을 뿐 화장기가 거의 없었다. 하지만 슬픔에 젖은 초췌한 표정이 허무한 아름다움을 한층 돋보이게 만들었다. 목에는 밝은 물색 줄무늬 스카프를 감았는데 하얀 블라우스와 잘 어울려 기품 있는 분위기를 자아냈다.

"유키 씨, 예쁘죠? 내가 코디해줬어요."

기리코가 밝게 웃으면서 말했다. 그녀는 유키보다 더 짧은 검은색 미니스커트에 검은색 스타킹 차림이었다. 위에는 목둘레가 V자로 깊이 파인 진홍색 스웨터를 입고 있어서 가슴의 볼륨이 적나라하게 드러났다. 손에는 하얀 여우털 코트를 들고 있었다.

사부로가 기리코의 말을 무시하고 기우라에게 물었다.

"다와라야였지요? 그럼 차는 필요 없겠군요."

"그래, 걸어가도 돼. 하지만 오늘은 나와 사부로가 따라가겠다. 서비스가 끝날 때까지 여관 안에서 기다리지. 다와라야의 여주인에게는 미리 말해놓았어."

다와라야는 후루마치의 중심지에 있는 노포 마치아이다. 그날은 유키가 나온 첫날이라서 기우라가 유키를 따라가는 것이라고 사치에는 생각했다.

기우라는 하나조노상회 여자들에게 유키의 아버지가 3천만 엔을 떼먹고 도망치는 바람에 유키가 일해서 빚을 갚기로 했다고 설명했다. "꼭 에도 시대 얘기 같군." 하고 에리가 말했을 뿐

나머지는 별다른 반응을 보이지 않았다.

그 말을 하면서 기우라는 함구령을 내렸다. 다른 사람에게는 유키가 하나조노상회에서 일한다고 절대로 말하지 말라는 것이었다. 그 말은 곧 유키가 하나조노상회에서 일하는 것이 예삿일이 아니라는 분위기를 자아냈고, 여자들의 입은 자연히 무거워졌다.

사치에는 손에 들고 있던 체크무늬 버버리 코트를 유키에게 내밀었다.

"이거 입고 가. 밖은 아직 추워."

유키는 말없이 코트를 받았다. 그녀의 슬픈 눈은 허공을 바라보는 것처럼 보였다.

11

나가시마 미치오는 니가타 시의 개업의였다. 당시 55세로 아버지에게 물려받은 병원의 원장으로 일하고 있었다. 자신도 내과의로서 진료를 했지만, 그 말고도 외과의와 산부인과의 등 의사 여덟 명과 상근·비상근 간호사, 행정 업무를 보는 직원 등 서른 명 정도가 있었으니까 제법 큰 병원에 속했다.

그는 일도 열심히 했지만 놀기도 잘 놀아서 제약회사 사장들과 같이 후루마치, 니시보리의 클럽을 돌아다니는 것이 취미였다. 병원 일이 바쁠수록 스트레스도 많이 쌓였다.

그런데 그 무렵 클럽에서 노는 것이 슬슬 지겨워지기 시작했다. 그때 어느 제약회사 직원이 소개해준 것이 다와라야였다.

처음에는 후리소데를 불렀다. 그러나 후리소데 여성은 품위 있는 기모노 차림으로 식탁을 화려하게 장식해주지만 의외로 몸가짐이 단정했다.

그는 클럽에서 여성을 유혹할 때 귀찮은 절차를 좋아하지 않았다. 돈을 제시하고 상대의 대답을 들으면 즉시 결정했다. 마음에 쏙 든 여성에게는 한 달 치 금액을 제시하고, 그 외에는 하룻밤이었다. 확률은 3 대 7로 거절당하는 일이 많아서 고향인 니가타 여성은 몸가짐이 단정하다고 새삼 감탄하곤 했다. 어쨌든 아무리 마음에 들어도 한 번 말을 걸었다 거절당한 여성에게는 두 번 다시 다가가지 않았다.

그런 의미에서 다와라야는 효율이 좋지 않았다. 여주인에게 그런 이야기를 했더니 하나조노상회를 이용해보는 게 어떠냐고 했다. 그는 여주인의 권유에 따라 하나조노상회의 여자를 불렀다. 그때 온 사람이 기리코였다.

기리코는 젊고 외모도 상당히 괜찮았다. 그 정도 돈으로 이런 수준의 여자와 밤을 즐길 수 있다니 그는 내심 회심의 미소를 지었다.

그러나 밤문화에 익숙하고 일류 클럽의 호스티스를 몇 명씩 애인으로 둔 적이 있는 그에게 기리코는 특별한 여자가 아니었다. 그럼에도 석 달 후에 다시 다와라야를 방문했을 때 여주인의 입발림에 넘어가 다시 하나조노상회를 이용해볼 마음이 생겼다.

"뭐 한 번으로 충분했지만 어리석은 인간은 똑같은 짓을 되풀이하는 법이지. 스스로도 한심하다고 생각하지만 술이 들어가면 마음이 약해지는 법이거든. 그날은 다와라야에서 밥을 먹고 자주 가는 클럽에나 갈까 했는데,

갑자기 또 시험해보고 싶은 생각이 들더군."

이미 여든이 넘어 의사인 장남에게 병원을 맡기고, 지금은 밤문화와도 멀어진 그는 눈을 가늘게 뜨고 먼 옛날 일을 회상했다.

"그런데 여자를 본 순간 깜짝 놀랐다네. 아름답기도 했지만 그냥 아름다운 게 아니라 완전히 아마추어라는 느낌이 들었지. 모든 동작이 어색해 오히려 내가 긴장할 지경이었다네. 게다가 놀라울 만큼 기운이 없더군. 해야할 일을 하는 게 양심이 찔릴 정도였지."

양심에 찔리면서도 해야 할 일을 무사히 치렀으리란 것은 어렵지 않게 상상할 수 있다.

여자와 어떤 식으로 섹스를 했는지 자세한 이야기는 하지 않았다. 은퇴는 했지만 니가타 시내에서 제법 이름이 알려진 병원의 전 원장이라는 처지도 생각했으리라. 아무리 오래된 과거의 일이라 해도 그것은 엄연히 매춘이고 불법행위였다.

어쨌든 그는 꼭 꿈을 꾸는 것 같았다. 여자의 부드러운 살결과 그 살결에서 피어오르는 그리움이 느껴지는 야릇한 향기는 지금도 기억에 남아 있다고 했다.

일이 끝나고 여자가 옷을 입자 그는 돈을 내밀었다. 90분에 5만 엔이었지만 6만 엔을 주었다. 만 엔은 여자에게 주는 팁이라고 생각했다. 정체 모를 감동에 대한 대가이기도 했다. 그리고 다시 그녀를 만나고 싶다는 속셈이 있었던 것도 부정할 수 없다.

여자는 말없이 돈을 받아 가방에 넣은 뒤 그것과 교환하듯 하얀 봉투를 내밀었다. 그리고 정중히 고개를 숙이면서 말했다.

"오늘 불러주셔서 감사했습니다. 봉투 안에 있는 건 감사의 편지입니다. 나중에 천천히 읽어주십시오."

그의 가슴이 세차게 쿵쾅거렸다. 봉투 안에 여자의 이름과 연락처가 쓰여 있다고 생각했다. 밤문화에 익숙한 사람의 직감이었다. 그는 그 직감을 믿고 밖으로 나가는 여자에게 더 이상 아무것도 묻지 않았다.

"그런데 여자가 나간 다음 편지를 보고는 소스라치게 놀랐지. 편지에 무서운 말이 쓰여 있지 뭔가?"

저는 도쿄 혼코마고메에 있는 하기노야라는 여관 경영자의 장녀입니다. 부모님도, 동생도 기우라라는 남자와 부하들에게 살해되었습니다. 저는 현재 감금 상태로 항상 감시당하고 있습니다. 부디 이 편지를 들고 가까운 경찰서로 가주십시오. 저희는 시내에 있는 캐슬 호텔에 숙박하고 있습니다.

모토하타 유키

편지를 읽은 순간 그는 새파랗게 질렸다. 내용은 황당하기 짝이 없었지만 유키의 진지한 태도로 볼 때 장난 같지 않고 신빙성이 있다고 느껴졌기 때문이다.

그는 다와라야에서 나오자마자 파출소로 가려고 했다. 다와라야의 여주인에게도 말하지 않은 것은 유키란 여자가 정말로 감금되어 있다면 여주인도 감금에 가담했을 가능성이 있다고 생각했기 때문이다.

그러나 후루마치 부근의 네온사인 사이를 돌아다니는 동안 그는 냉정함을 되찾았다. 경찰에 신고하면 그녀를 어떻게 만났는지 전부 말해야 한다. 불법 매춘행위를 경찰에 신고해야 하는 것이다.

그는 일본의 매춘방지법이 어떻게 되어 있는지 정확한 내용을 몰랐다. 실제로 벌을 받는 사람은 매춘을 알선하는 사람이나 매춘을 하는 여자이지 손님이 처벌받는 일은 없다. 손님에 대해서는 애초에 처벌 규정이 존재하지 않는다. 그것이 매춘금지법이 아니라 매춘방지법인 까닭이다.

하지만 그는 혹시 신고했다가 체포될 것이 두려웠다. 큰 병원의 원장이 매춘으로 체포되면 적어도 니가타에서는 얼굴을 들고 다닐 수 없으리라.

그리고……. 그는 스스로에게 말했다. 생각해보면 편지의 내용이 사실이라고 확신할 객관적인 근거가 아무것도 없다. 실제로 하기노야라는 여관의 주인과 가족이 살해되었다는 뉴스는 들어본 적이 없다. 아무리 도쿄와 니가타가 떨어져 있다지만 그렇게 큰 사건이 일어났다면 전국적으로 보도되지 않았을까. 그런데 살해되었다는 뉴스는커녕 행방불명되었다는 뉴스조차 전해지지 않았다. 섣불리 경찰에 신고했다가 엉터리라는 게 밝혀지면 자신의 매춘행위만 드러나는 최악의 결과를 초래할 수도 있다.

그는 결국 그날 밤 파출소에 가지 않고 단골 클럽에서 하릴없이 시간을 보냈다. 편지에 대해서는 어느 누구에게도 말하지 않았다.

다음 날에도 그는 계속 망설였다. 경찰에 신고하는 것이 얼마나 위험한지 알지만, 만약 그 편지가 사실이라면 여자까지 목숨을 잃을 수 있었다.

그는 머리를 싸매고 고민한 끝에 결국 경찰이 아니라 아는 변호사와 의논했다. 3년 전 병원에 세무조사가 들어온 적이 있는데, 그때 의뢰했던 민사

전문 변호사에게 사실을 털어놓았다. 의뢰인의 이익을 최우선으로 생각하는 변호사의 결론은 간단했다.

변호사는 일본의 매춘방지법에서 손님이 처벌받는 일은 없지만, 그래도 바람직하지 않은 개인의 비밀을 폭로하면서까지 경찰에 신고할 의무는 없다고 조언했다.

길거리에 쓰러진 사람을 위해 구급차를 부르는 것은 인간으로서 당연한 의무라고 할 수 있다. 그러나 아직 확실하지 않은, 더구나 매춘을 하는 여성의 이야기를 그대로 믿을 필요는 없다는 것이 변호사의 의견이었다.

"그 말을 듣고 조금 안심했지. 게다가 시간이 지나면서 왠지 현실감이 없어지고 그 여자를 만난 게 꿈속의 일처럼 여겨지더군. 그래서 집단자살 사건이 일어나고 뒤이어 끔찍한 살인 사건이 밖으로 드러나면서 그 여자의 이름이 매스컴에 등장했을 때 나는 완전히 패닉 상태에 빠졌다네. 처음에는 매스컴도 사정을 잘 모르니까 그녀가 부모나 고모 가족의 살해에 가담하지 않았을까 하는 말도 안 되는 뉴스가 흘러나오지 않았나? 그때 결심했네. 그 편지의 내용이 알려지면 실은 그렇지 않다는 게 밝혀질 거라고 생각한 거지. 어쨌든 지금도 후회하고 있다네. 편지를 받자마자 경찰에 신고했으면 사태가 이렇게까지 되지는 않았을 텐데. 그런 의미에서 그 여자에게 정말로 미안하게 생각하네."

이것은 기우라 사건에 조금이라도 관련된 사람들이 한결같이 토로하는 후회의 말이다. 좀 더 깊이 생각하고 깊이 판단했다면 이렇게 되지 않았을 거라고……. 그건 그렇다.

그러나 가능하면 파문을 일으키고 싶어 하지 않는 것은 인간의 본성이고,

12

하코다테 거리는 무거운 눈 밑에 가라앉아 있었다. 하얗다기
보다 잿빛을 띤 눈구름이 카펫처럼 휘몰아치면서 끝없이 펼쳐
져 있었다. 잠시 눈이 그친 납색 하늘은 금방라도 울음을 터트
릴 것 같았고, 희미한 가로등 불빛은 저녁놀을 맞이한 길거리
구석구석에 쓸쓸한 그림자를 드리웠다.

새해가 밝고 1월도 절반이나 지났다. 새해 기분은 이미 사라
지고, 여자들에게는 가혹한 일상이 시작되었다.

"이래선 자궁이 내려앉겠어. 밖이 온통 눈밭이라서 기분까지
우울해져."

식당에서 식사를 마치고 자기 방으로 돌아온 에리가 말했다.
에리는 사치에보다 세 살이 적은 서른여섯 살이었다. 원래 하마
마쓰에서 태어나 하마마쓰에서 자랐다. 하마마쓰는 비를 동반
하지 않은 세찬 바람은 자주 불지만, 따뜻한 지역이라서 눈이
내리는 일은 좀처럼 없었다.

그래서인지 하코다테에 와서 사방이 온통 은빛으로 물든 세
계를 보자 처음에는 웃음이 끊이지 않고 가슴이 두근거렸다. 그
러나 며칠째 계속 눈 쌓인 풍경만 보게 되니 식상한 느낌이 들

고, 도쿄의 네온사인이 그리워지기 시작했다. 물론 하코다테에도 네온사인 거리가 있었다. 그러나 눈에 파묻힌 네온사인 거리는 역시 도쿄와 달랐다.

"그나저나 사부로 씨와 유키 씨가 계속 같은 방을 써도 될까?"

사치에는 목소리를 조금 낮추어 말했다. 그들이 있는 곳은 하코다테 역에서 차로 5분쯤 걸리는 일본식 여관이었다.

기우라가 방 하나를 차지했고, 사부로와 유키가 한방을, 사치에와 에리, 레이코, 기리코 넷이 한방을 썼다. 물론 네 사람이 사용하는 곳이 가장 넓은 다다미 열두 개짜리 방이었지만, 기우라 혼자 다다미 열 개짜리 방을 사용하는 것은 아무리 생각해도 이치에 맞지 않았다.

"그게 무슨 뜻이에요?"

레이코가 물었다.

"둘이 이미 그렇고 그런 사이 아니냐는 거잖아."

기리코가 이렇게 말하면서 날카롭게 웃었다.

"그렇다고 해도 어쩔 수 없지 뭐."

사치에가 다시 한숨을 쉬듯 말했다.

"사치에 씨, 질투해? 둘 다 미남미녀잖아. 그러고 보니 어젯밤 두 사람 방 앞을 지나가는데 안에서 유키 씨가 '사부로 씨~' 하고 애교 있게 부른 다음 헐떡이는 소리가 들리지 뭐야?"

"그게 진짜야?"

레이코가 몸을 앞으로 바싹 내밀며 물었다.

"거짓말이지롱."

기리코가 밝은 목소리로 대꾸하자 모두 한꺼번에 와르르 웃음을 터뜨렸다.

"너희들, 지금 그렇게 시시한 농담을 할 때야? 그런데 사부로 씨, 요즘 왜 그리 기운이 없지? 유키 씨야 원래 기운이 없었지만."

사치에가 불길한 생각을 떠올리며 말했다. 그 말을 계기로 밝았던 분위기에 다시 어두운 그림자가 드리웠다.

"사부로 씨는 그렇더라도 유키 씨가 기운이 없는 건 당연하잖아."

레이코가 다른 세 사람의 얼굴을 둘러보면서 의미심장하게 말했다. 의심이 가득 담긴 가느다란 눈이 그녀의 특징이었다.

"요즘은 고이치 씨도 안 보이네. 하기노야 사람들, 도대체 다들 어떻게 된 거지?"

에리가 겨우 속마음을 입에 담았다. 자신의 속마음을 입에 담는 데는 용기가 필요했다. 에리의 말이 입에서 나오자 미묘한 침묵이 그들 사이를 지배했다. 사치에는 사부로의 고백을 떠올리고 심장의 강한 고동을 느꼈다. 그러나 함부로 말할 수 있는 사안이 아니었다.

그때 발소리와 함께 네 사람의 방문을 가볍게 노크하는 소리가 들렸다.

"들어와요. 문 열려 있어요."

사치에가 대꾸했다. 얼굴을 내민 사람은 사부로였다.

"기리코 씨, 8시에 오동나무 방이야."

"네에~. 알아 모시겠습니다!"

기리코가 장난스럽게 대꾸했다.

"뭐야? 또 기리코야? 기리코 이름에 오동나무 동(桐) 자가 들어가서 오동나무 방인가 보지?"

레이코가 말했다. 기리코의 인기에 다른 여자들은 질투를 넘어 체념하는 분위기였다.

"다른 예약은 없어?"

사치에가 확인하듯 물었다. 최근 들어 그녀의 역할은 예약을 확인하고 여자들을 계약한 호텔이나 여관으로 보내는 것이었다. 그녀 자신이 손님을 받는 일은 거의 없었다. 이 무렵 기우라는 손님의 숫자에 따른 능력제를 채택했기 때문에 네 명 중에서 가장 돈벌이가 좋은 사람은 기리코였다.

"유키 씨에게 하나 들어와 있어. 밤 1시에 싸리나무 방이야."

사부로가 우울한 목소리로 대꾸했다.

"싸리나무 방? 방 이름이 안 좋은데? 이상한 기억을 떠올리는 거 아니야?"

사부로는 어두운 표정을 지을 뿐 사치에의 말에 대꾸하지 않았다.

"아아! 오늘도 두 사람뿐이야? 요즘 영 손님이 없네. 이게 다

눈 때문이야. 정말이지 이제 눈은 지긋지긋해."

에리가 부루퉁한 얼굴로 말했다. 나이도 많고 조금 통통한 탓인지 그녀도 손님에게 별로 인기가 없었다.

더구나 최근 이틀간 예약 전화는 하나조노상회가 투숙한 여관의 숙박 손님에게서 온 것밖에 없었다. 그밖에 하코다테 시내의 러브호텔 세 군데와 일본 여관 한 군데와도 계약을 맺었지만, 새해 기분이 사라진 1월 중순에 접어들자 예약 전화가 눈에 띄게 줄어들었다.

"이제 슬슬 도쿄로 돌아가는 편이 좋지 않을까?"

사치에는 계속 서 있는 사부로를 올려다보며 말했다. 사실 그녀 자신도 다시 도쿄로 돌아가고 싶었다.

"또 함박눈이 내리기 시작하는군. 오늘도 차로 가는 곳은 포기해야겠어. 가령 예약이 들어와도 거절하는 게 나을 것 같아."

사부로는 사치에의 말을 무시하고 창가로 걸어가 어둠으로 뒤덮인 검은 하늘을 올려다보았다. 그 방은 3층이었지만 창문의 위치가 번화가의 반대쪽에 있어서 네온사인도 보이지 않고 소란스러움도 전해지지 않았다.

"있잖아, 유키 씨 손님 말이야. 어제 그 사람 아니야? 뚱뚱하고 추잡하게 생긴 대머리 아저씨지?"

기리코의 질문에 사부로가 퉁명스럽게 대꾸했다.

"글쎄, 난 누군지 몰라."

"분명히 그럴 거야. 그 탱탱하고 부드러운 살결, 한 번 맛본 남자라면 중독되지 않을까?"

기리코의 말에 여자들이 다시 일제히 웃음을 터트렸다. 그러
나 사부로는 대꾸하지 않았다.

13

기우라는 긴자의 라이온에서 한 남자와 이야기를 나누었다.
2월 초에 도쿄로 돌아오고 사흘이 지났다. 저녁 7시가 지난 평
일. 라이온은 퇴근하고 한잔하려는 샐러리맨으로 발 디딜 틈이
없었다. 옛날부터 유명한 체인점으로 긴자치곤 가격이 적당해서
누구나 마음 편히 들어갈 수 있는 곳이었다.

"당신은 야쿠자의 분쟁과 관계가 없다는 게 4과의 기본 입장
이야. 당신도 그 정도면 만족하지?"

남자는 그렇게 말하면서 생맥주 잔을 입에 댔다. 주위의 많은
사람들과 소란스러움 속에서도 남자의 모습은 눈에 띄었다. 덩
치가 큰 빡빡머리. 경시청 수사4과의 이가라시였다.

"고맙군. 나야 투명한 물 밑에 낚싯줄을 드리운 것처럼 깨끗하
게 행동하니까. 그런데 부인은 좀 어때?"

기우라는 탁자 위에 있는 기네스의 거품을 뚫어지게 쳐다보
더니 옆자리에 있는 검은 가방의 지퍼를 열었다. 그리고 두꺼운
지폐다발이 든 은행 봉투를 꺼내 조심스럽게 이가라시에게 내

밀었다.

"이건 병문안 비용이야. 백만 엔이지."

그 말을 할 때는 특별히 목소리를 낮추었다.

"고마워."

이가라시는 재빨리 검은 점퍼 주머니에 돈을 쑤셔 넣었다.

"아내는 이제 틀린 것 같아. 유방암이 간에 전이됐어. 경찰병원 주치의가 그러는데 몇 달 못 산다고 하더군."

기우라는 대꾸하지 않았다. 이가라시를 안 지 벌써 15년쯤 되었다.

이가라시는 기우라가 후미에와 결혼했을 무렵 류진연합의 정보를 얻기 위해 그에게 접근한 형사였다. 그것은 수사4과 형사들이 대대로 하고 있는 수사방식이었다. 성실한 직업을 가진 폭력단 관계자 가족에게 접근해 정보를 얻는 방식이다.

그러나 기우라는 류진연합에 대해 아무것도 몰랐다. 애초에 후미에가 아버지의 세계를 혐오해 그런 정보에는 일부러 귀를 막았기 때문에 기우라에게 어떤 정보를 알려줄 수도 없었다.

따라서 오히려 기우라를 통해 경찰 내부의 정보가 장인인 야나세에게 흘러들어갔다고 하는 편이 정확하다. 야나세는 기우라와 잡담을 하면서 자연스럽게 자신이 알고 싶은 정보를 흘렸다. 이가라시에게 물어봐달라는 말은 일체 하지 않았다.

그럼에도 기우라는 이가라시에게서 정보를 알아내, 역시 자연스러운 대화 속에서 야나세에게 전달했다. 처음에는 술을 좋아하는 이가라시와 술을 마시며 대화를 나누었지만 이윽고 돈을 주게 되었다. 그 돈은 당연히 야나세의 주머니에서 나왔다. 그런 일은 기우라가 후미에와 결혼해 그녀를 살해할 때까지 5개월간 계속되었다.

기우라 같은 현직 대학교수가 왜 이가라시를 만나 야나세에게 정보를 가져다주었을까? 지금으로선 이유를 알 수 없다. 그저 장인의 얼굴을 세워준 것뿐일까. 아니면 자신의 미래를 위한 다른 속셈이 있었던 걸까.

실제로 후미에와 결혼한 이상 대학 세계에 오래 있는 것은 불가능하다고 느꼈으리라. 하지만 후미에의 생각은 오히려 반대로, 기우라가 언제까지나 대학에 남아 있기를 바랐다는 이야기가 전해진다.

이가라시는 의리 있는 사람으로 기우라가 복역하는 동안에도 교도소에 찾아가 사식을 넣어주곤 했다. 그리고 기우라가 출소해 하마마쓰에서 도쿄로 왔을 때 두 사람의 관계는 완전히 부활했다.

"그런데 그 얘기는 마쓰나카에게 전해주었나?"

기우라가 기네스 잔을 들고 입술을 적시며 물었다.

"응, 전해줬어. 대답할 필요는 없다고 하니까 그도 입을 다물더군. 다만 내가 보기에 이대로 있으면 혼자 죄를 뒤집어쓰게 된다는 건 아는 것 같았어. 하지만 그 대가로 미래의 이익을 제시했으니까 그렇게 나쁜 제안은 아닐 거야. 야쿠자끼리의 내분 때문이라면 10년쯤 복역하면 나올 테니까."

"그래? 그 건은 나중에 별도로 사례하지."

"상당히 신경을 쓰는군. 솔직히 말해 당신이 야마카와 살해와 관계가 있는지 없는지 나는 몰라. 아니, 차라리 모르는 편이 나아. 어쨌든 그걸 수사하는 건 1과니까. 하지만 내게도 4과의 처지란 게 있어. 그래서 말인데, 마쓰나카와 야마카와 둘 중 어느 쪽이 주류지?"

이가라시는 잔을 크게 기울이며 술을 들이켰다.

"대립의 구도를 알고 싶은 건가?"

"그래. 교쿠잔카이의 내부사정이 확실치 않거든. 류진연합 같은 큰 조직과 달리 조직원의 면면도 조직원 수도 알려지지 않아서 말이야."

"그건 말해주지 않을 수 없겠군. 물론 야마카와가 주류야."

"그 말은 곧 이번 사건은 주류인 야마카와와 비주류인 마쓰나카의 대립이었던 거군. 그런 와중에 야마카와가 살해되었으니까, 가령 마쓰나카가 석방된다고 해도 교쿠잔카이에 의해 제거될 가능성이 있고?"

"그래. 그래서 되도록 큰집에 오래 있고 싶을 거야."

"이걸로 대강 알았어."

"겸사겸사 한 가지 물어봐도 될까? 또 한쪽 건은 어떻게 되고 있지?"

기우라는 이미 일어설 준비를 했다. 이가라시와 오래 같이 있을 생각은 없었다. 가게 안은 혼잡함이 극에 달하고 술 취한 사람들의 목소리로 가득 차서, 그들의 속삭이는 듯한 대화에 귀를 기울이는 사람은 아무도 없었다.

"하기노야 말인가? 강제수사에 들어갈지 몰라. 1과는 하기노야의 주인 부부가 이미 살해되었을 가능성을 염두에 두고 있어. 나는 물론 자네가 그렇게 어리석은 짓을 저질렀으리라곤 생각하지 않지만. 어쨌든 귀찮은 일이 없도록 의심을 살 수 있는 증거품은 빨리 처리해두는 편이 좋겠지."

기우라는 이가라시의 말에 대꾸하지 않고 계산서를 들고 일어섰다.

"아 참, 또 한 가지."

이가라시가 그의 등 뒤에서 말을 꺼냈다. 그러고는 기우라에게 다가가 귓속말을 했다.

"오늘 군마 현의 산속에서 남녀의 토막 시신 일부가 발견된 모양이야. 어찌 된 일인지 군마 현경이 아니라 경시청 1과가 떠들썩하더군."

기우라는 안색 하나 변하지 않았다. 오히려 다시 이가라시를 쳐다보고 웃으면서 말했다.

"그럼 다음에 또 만나지."

그는 이가라시의 대답을 기다리지 않고 계산대로 향했다. 이가라시는 다시 자리로 돌아가 마시다 만 술잔을 입으로 가져갔다.

14

약 두 달 만에 유키의 얼굴을 보았을 때 우타는 너무나 기뻐서 하염없이 눈물을 흘렸다. 유키도 우타의 얼굴을 보자마자 눈물을 글썽이며 "우타 짱……." 하고 부르더니 뒷말을 잇지 못했다.

두 사람이 다시 만난 곳은 하기노야가 아니라 가와고에의 민가였다. 이미 2월 중순에 접어들어 도쿄 근교에도 가끔 눈이 내려 우타가 사는 집도 지붕이 새하얘지는 일이 있었다.

단층이지만 상당히 큰 집으로 거실을 포함하면 방이 여덟 개나 되었다. 우타는 유키와 같이 다다미 여섯 개짜리 방을 사용했다. 기리코와 사치에, 에리가 다다미 여덟 개짜리 방을 사용하고, 나머지 여자들은 또 다른 다다미 여덟 개짜리 방에서 생활했다. 기우라와 다나베, 사부로는 각각 개인실을 썼다.

하기노야로 일하러 가는 사람은 우타와 다나베뿐이었다. 하기노야의 종업원은 완전히 바뀌어서 이제 예전의 주인 부부를 아는 사람이 아무도 없었다.

손님은 조금 줄었지만 그렇다고 크게 줄어든 것은 아니었다. 오히려 가족을 동반한 평범한 손님이 늘어나 여관에는 바람직한 상황이었다. 하나조노상회 여자들이 모두 철수했기 때문에 그렇게 되는 것은 당연했고, 여관의 수지는 여전히 흑자를 유지하고 있었다.

정원 손질 업체에 의뢰해서 서쪽에 있던 헛간을 부수고 연못과 나무들을 손질하자 여관 전체가 몰라볼 정도로 산뜻해졌다. 우타도 그동안의 우울한 느낌은 사라지고 왠지 마음이 편해졌다. 유키가 감금되고 마쓰나카가 자주 오던 시절에 온몸을 휘감았던 긴장감은 가슴 한쪽으로 가라앉았다.

우타가 하기노야에서 일을 도와주는 것은 밤 8시 정도까지였다. 그때쯤이면 사부로가 왜건을 가지고 데리러 왔다.

그때그때 사정에 따라 호텔이나 여관으로 가는 하나조노상회 여자를 태우는 경우도 있었지만, 우타 혼자 타는 경우가 많았다. 도로 상황에 따라 다르지만 하기노야에서 가와고에까지는 한 시간쯤 걸리기 때문에 우타와 사부로 둘만 있는 시간이 상당히 길었다.

사부로의 인상은 완전히 달라졌다. 예전의 쾌활함은 사라지고, 어둡고 슬픈 눈길로 앞만 바라보는 일이 많아졌다. 우타에게는 적당히 말을 걸었지만 예전처럼 농담을 하는 일은 거의 없었다.

그러나 그녀는 오히려 과묵하고 쓸쓸해 보이는 사부로에게 마음이 끌렸다. 좋아했냐고 하면 고개를 갸웃하게 된다. 다만 그에게 연민 같은 감정을 느낀 것은 분명했다.

"우타는 학교에 다니고 싶지 않아?"

사부로가 차 안에서 물었다. 간에쓰 자동차도로를 달릴 때였다. 도로는 몹시 혼잡해 서행 상태가 계속되었다.

"물론 다니고 싶지만……."

우타는 그렇게 말하고 입을 다물었다. 자신의 비참한 환경이 떠오르며 슬픔이 밀려든 것이다.

"그렇겠지. 유키 씨가 그러더군. 우타 짱이 가엾다고. 머리가 좋으니까 학교에 다녔으면 공부를 잘했을 거라고……."

그 말을 듣고 우타는 마음이 매우 복잡해졌다. 물론 좋아하는 유키가 그리 말해준 것은 기뻤지만, 사부로와 유키가 그런 대화를 한다는 것에 가벼운 놀라움과 기묘한 불안이 파고들었다.

그러고 보니 사부로와 유키의 관계도 예전과 달라졌다. 단지 감시하고 감시 받는 관계가 아니라 어딘지 모르게 가까워진 것 같았다.

가와고에로 옮기고 유키와 우타가 같은 방에 살게 되자 다나베가 다시 방문 밖에 자물쇠를 채우기 시작했다. 하기노야에 있을 때처럼 자물쇠를 채웠을 때라도 유키를 혼자 두지 않고 우타나 사부로가 방 안에 같이 있게 했다. 낮에는 사부로가 같이 있고, 밤에는 우타가 같이 있었다.

그런데 이상한 일이 있었다. 다나베는 예전부터 우타를 신뢰하지 않아 유키와 같은 감시의 대상으로 여겼다. 그런데 최근에는 우타뿐만 아니라 사부로도 신뢰하지 않는 것처럼 보였다. 우타와 유키의 방에 사부로가 있을 때에도 옆방에서 다나베가 대기하는 일이 많아졌다.

실제로 유키와 사부로를 보고 있으면 서로 좋아하는 게 아닐까 느껴질 때가 한두 번이 아니었다. 그럴 때마다 우타는 복잡한 질투를 느끼고 심장이 오그라드는 것 같았다.

가와고에로 오고 나서 유키는 하나조노상회 여자들과 달리 밤일을 나가지 않게 되었다. 기우라가 못 가게 막은 것 같았다. 유키를 생각하면 다행이었지만, 그것은 곧 유키와 사부로가 같이 있는 시간이 길어진다는 뜻이었다.

우타는 아침 7시에 사부로의 차를 타고 하기노야에 갔다. 다나베도 같이 갔다. 사부로는 우타와 다나베를 데려다주면 다시 가와고에로 돌아가서, 기우라와 교대해 계속 유키와 같이 있었다. 그런 경우에 기우라가 옆방에서 두 사람을 감시하는지 우타는 알 수 없었다.

우타가 자신의 감정만으로 두 사람의 관계를 걱정한 것은 아니었다. 두 사람이 친밀해질수록 기우라나 다나베의 감시가 더 심해지지 않을까 걱정되었다.

사부로와 유키 중 누구를 더 좋아하냐고 물으면 잠시도 망설이지 않고 유키라고 대답할 수 있었다. 우타는 초등학교 고학년 때부터 이성보다 동성을 좋아했다. 그렇다고 그녀가 동성애자였던 것은 아니다. 그저 자연스러운 애정관계를 좋아하고 동성이 훨씬 편했던 것뿐이다.

그 무렵 그녀가 유키를 더 좋아하게 된 것은 다른 이유도 있었다. 어느 날 밤 석유난로의 등유가 떨어져 극심한 추위 속에서 난방 없이 지내야 하는 일이 있었다. 그때 그녀와 유키는 이불 속으로 파고들어 추위를 견뎠는데, 유키가 갑자기 "우타, 추우니까 같이 자자."라며 우타의 이불 속으로 들어왔다.

우타는 심장이 터질 것 같았다. 얼굴은 새빨갛게 달아올랐다. 하지만 유키가 다정하게 안아주자 그 부드러운 살과 달콤한 체취로 인해 한순간 꿈속에 있는 듯했다. 유키는 한동안 다정하게 우타를 안아주더니 놀랄 만한 말을 꺼냈다.

"그래도 춥지? 우리 옷을 다 벗고 안을까? 그러는 편이 훨씬 따뜻하잖아."

우타가 멍하니 누워 있자 유키는 시범을 보이듯 이불 안에서 바스락거리며 입고 있던 잠옷을 벗기 시작했다. 그리고 부끄러워서 잠옷을 벗지 않는 우타의 귓가에 "괜찮아, 내가 해줄게."라고 속삭이더니 우타의 잠옷 단추를 벗기기 시작했다. 우타는 눈 깜짝할 새에 실오라기 하나 걸치지 않은 전라의 모습이 되었다. 그러나 저항은 하지 않았다.

우타의 마음속에도 유키와 알몸으로 껴안고 싶다는 생각이 있었을까? 우타와 유키는 실제로 갓 태어난 아기의 모습으로 몇 시간이나 껴안고 있었다.

지금도 우타는 가끔 너무도 부드럽고 감촉이 좋았던 유키의 젖가슴이 떠오르곤 했다. 유키의 말은 사실이었다. 알몸으로 안고 있자 서로의 체온이 올라가서 어느새 우타의 이마에는 땀방울이 송골송골 맺혔다.

5장

종언

1

스이조 서에 설치된 특별수사본부. 강당에서 진행된 대규모 수사회의가 끝나고 30분이 지났다. 본부장인 경시청 형사부장과 부본부장인 수사1과장도 참석하고 회의가 끝나자마자 경시청으로 돌아갔다. 강당 여기저기에서 속삭이듯 말하는 형사들의 목소리와 칸막이 안에서 전화를 받는 형사들의 말소리가 들렸지만, 전체적으로는 기묘하리만큼 조용했다.

회의가 끝나고 관리관인 노미가 이부키와 시마무라를 칸막이 앞으로 불렀다. 세 사람은 특히 작은 목소리로 말했다.

"그렇다면 수사4과 형사가 정보를 누설했단 겁니까?"

이부키가 몸을 앞으로 내밀면서 노미에게 물었다.

"실은 어제 형사부장이 수사1과장과 수사4과장을 부장실로 불렀는데, 그 자리에서 4과장이 인정했습니다. 내부에서 조사한 결과 수사4과 형사가 기우라에게 접근했다고요. 하지만 기우라를 통해 마쓰나카에 대한 정보를 빼내기 위해서였지 수사본부의 정보를 기우라에게 넘겨준 건 아니라고 주장했지요."

노미는 커리어(career, 국가공무원 1종 시험에 합격해 중앙 관청에 채용된 사람. 간부 후보생) 경찰관 경시였지만, 아직 30대 초반이었기 때문에 이부키를 비롯한 베테랑 형사들에게 정중한 말투를 사용했다.

그날 수사회의에서는 마쓰나카를 이번 사건의 살인 혐의로 체포할지 의논했다. 마쓰나카는 폭행과 공갈로 이미 기소되어 1심 도쿄 지방재판소에서 징역 5년형을 언도받았다. 그런데 무슨 이유인지 항소하지 않았고, 형이 확정되어 후추 교도소에서 복역 중이었다. 그런 마쓰나카를 교도소에서 이송해 다시 살인죄로 취조하려는 것이므로 법적으로 상당히 위험한 수사 방침이었다.

구치소의 미결수가 아니라 교도소의 즉결수를 취조하는 경우 상대가 아무리 폭력단 단원일지라도 골치 아픈 인권문제가 생길 수 있다는 것을 예상해야 한다. 수사본부에서는 별건 체포와 구류 연장을 반복했음에도 마쓰나카의 묵비권이라는 벽에 부딪쳐 아직 야마카와 살해를 입증하지 못했다.

수사4과 형사까지 참여한 수사회의에서 교쿠잔카이 내부의 알력관계가 밝혀지고, 주류인 야마카와가 비주류인 마쓰나카에게 살해당했음을 뒷받침하는 새로운 증언과 물증이 나왔다. 그러나 교쿠잔카이의 다른 조직원이나 또 다른 누군가가 살해에 협조했는지, 아니면 마쓰나카의 단독범행인지는 불분명했다.

이부키가 단도직입으로 물었다.

"도대체 그 형사가 누구입니까?"

"그게 말이지요."

노미는 그렇게 입을 뗀 뒤 말하기 곤란한 표정으로 시선을 떨구며 덧붙였다.

"이부키 씨와 친한 이가라시 형사입니다."

"이가라시……!"

이부키는 말문이 막혔다. 나루사와가 아니었던가. 그렇다면 지난번 고발 편지도 이가라시를 통해 기우라에게 전해졌을 가능성이 높았다. 이부키는 망치로 얻어맞은 듯한 충격을 받았다.

4과 형사가 폭력단의 정보를 얻기 위해 경찰의 수사정보를 어느 정도 전해주는 것은 옛날부터 흔히 있어온 수사방식이지만, 이런 경우는 도리에 어긋나는 일이 아닌가. 애초에 기우라는 폭력단원이 아니고 수사정보는 이가라시의 관할이 아닌 수사1과의 정보다. 이부키는 망연함과 동시에 이가라시에 대한 격렬한 분노를 느꼈다.

눈앞에 이가라시가 있으면 직접 따지고 싶은 기분이었다. 그러나 수사회의에 참석한 사람은 다른 수사4과 형사이고 이가라시 본인은 참석하지 않았다.

"이건 우리 과장의 부탁입니다만, 그러니까 1과의 정보를 신중히 취급해달라고 합니다. 경시청 내부 사람이라도 다른 부서 사람은 조심할 필요가 있으니까요."

아직 젊다고는 하지만 커리어 경찰 관료답게 상당히 조심스럽게 말했다. 그러나 이부키에게는 오히려 비아냥거림으로 들렸다.

"장기 친구를 너무 믿지 말라는 건가요?"

이부키는 자학적으로 말했다. 노미는 곤혹스러운 표정을 지으며 입을 다물었다.

썰렁한 분위기를 바꾸기 위해 그때까지 잠자코 있던 시마무라가 입을 열었다.

"저기, 오늘 회의에서는 논의 대상이 되지 않았던 하기노야 건 말입니다만……."

하기노야 주인 부부의 행방불명 사건은 가끔 수사회의에서 언급되는 일이 있었지만, 주요 의제는 어디까지나 야마카와 살해여서 논의가 깊어지는 일은 없었다.

군마 현 산속에서 발견된 토막 시신의 신원이 아직 밝혀지지 않은 것과도 관계가 있었다. 시신은 두 구인 듯했지만 둘 다 머리가 발견되지 않아서 치아 상태에 의한 감정이 불가능했다. 하지만 군마 현경이 대규모 수색을 실시하고, 그 덕분에 머리가 발견되면 새로운 가능성을 기대할 수 있을 터였다.

"하기노야의 강제수사 말씀인데요. 방범부에도 물어봤지만 분위기가 좋지 않다고 합니다. 마사지라고 하면서 숙박 손님에게 여자를 소개해주는 여관은 드물지 않으니까요. 아니, 오히려 그게 더 일반적이라고 하더군요. 그래서 그 정도로 강제수사를 하면 도내의 모든 여관을 해야 한다는……."

당시에는 방범부에서 매춘과 불법 풍속영업을 단속했다.

노미의 소극적인 말을 듣고 시마무라는 실망하는 표정을 지었다. 그는 다시 하기노야를 가택수색해야 한다고 강력하게 주장했다.

"하지만 고마고메 서의 이즈이 형사 말로는 하기노야에서 정원을 완전히 개보수하고 정원 구석에 있던 헛간도 철거했다고 합니다. 아무래도 냄새가 납니다."

"저도 그렇게 생각합니다. 하지만 아직 과장님의 고(Go) 사인이 나오지 않았습니다. 아마 군마 쪽에서 머리가 나오고, 하기노야 부부 중 어느 한 사람의 머리란 게 밝혀지면 수색영장을 받을 수 있겠지요."

"그러면 그 넓은 군마 산속을 다 뒤져야 하잖습니까? 시간이 얼마나 걸릴지 상상도 되지 않는군요."

이부키는 그렇게 말하면서 한숨을 토해냈다. 머릿속에서는 여전히 이가라시에 대한 분노가 소용돌이치고 있었다.

2

새벽 3시, 기우라는 사부로를 자기 방으로 불렀다. 다나베는 이미 와 있었다. 세 사람이 밀담을 나누는 때는 보통 이런 한밤중이었다.

유키의 방에서는 우타가 같이 자고 있었다. 탈출이 절대로 불가능하다곤 할 수 없지만 유키에게 그런 기척은 보이지 않았다. 오히려 살아갈 희망을 잃어버린 채 죽고 싶어 하는 것처럼 보였다. 고이치가 죽기 직전의 모습과 너무도 흡사했다.

"경찰이 하기노야 일가족 행방불명 사건에 대해 강제수사를 단행할 가능성이 있다."

기우라는 사부로를 똑바로 쳐다보면서 침착하게 말했다.

"이제 어떻게 할지 결정해야겠군요."

다나베가 맞장구를 치듯 말했다. 기우라는 사부로가 오기 전에 이미 자신의 생각을 다나베에게 말해두었다.

"어떻게 할지라뇨?"

사부로가 되물었다. 말투에서 희미한 반발심이 느껴졌다.

"유키는 이제 밤일을 내보낼 수 없게 됐잖아. 그러면 살려둘 이유가 없지 않겠어? 안 그런가요, 도련님?"

다나베의 질문에 기우라는 대답하지 않았다. 그러나 경찰의 강제수사가 시작되면 살아 있는 증인은 한 사람도 남겨두지 말아야 한다. 기우라의 표정은 그렇게 말하고 있었다.

사부로는 경련이 이는 얼굴로 따지듯 말했다.

"저에게 처리하라는 겁니까?"

"그동안 정이라도 들었나?"

기우라가 메마른 웃음을 지으며 말했다.

"사장님에겐 정이란 게 없습니까?"

사부로는 더 이상 참지 못하고 소리쳤다. 목이 메는 듯 목소리가 갈라졌다.

"나도 옛날에는 있었지…….."

기우라는 혼잣말처럼 중얼거렸다. 무거운 침묵이 공간을 지배했다.

"하고 싶지 않다면 할 수 없지. 내가 처리하는 수밖에."

기우라가 말했다. 다시 평소의 목소리로 돌아와 있었다.

"어쨌든 유키 씨는 죽는단 거군요."

"그래. 기왕 죽을 바에야 사랑하는 사람의 손에 죽는 편이 행복하지 않겠어?"

그 말을 듣자 사부로는 몸속에서 시뻘건 분노의 마그마가 끓어올랐다. 한편으로는 이상하기도 했다. 자신과 유키 사이에 일어난 미묘한 마음의 흔들림을 기우라가 언제 알아차린 것일까?

"생각해보겠습니다."

사부로는 억양이 없는 목소리로 말했다. 그리고 재빨리 발길을 돌리더니 문을 열고 밖으로 나갔다. 복도로 나간 사부로는 자기 방을 향해 성큼성큼 걸어갔다. 다나베가 뒤따라가 등을 툭

치자 사부로가 돌아보았다.

"유키와는 이미 했어?"

사부로는 자기도 모르게 쓴웃음을 지으며 고개를 옆으로 흔들었다. 이 노인도 미쳤다고 말하고 싶은 표정이었다.

"그렇다면 빨리 해. 도련님도 했을지 몰라."

사부로는 다나베를 무시하고 말없이 걷기 시작했다.

3

"도련님, 이 집 창고에 있는 비소를 사용하면 어떨까요? 원래 농사꾼의 집이라서 그런지 창고를 둘러보니 그런 게 있더군요. 사치에가 처음 발견했는데, 우리가 먹는 쌀포대 옆에 나란히 있다고 걱정을 하더라고요."

"비소라……."

다나베의 말을 듣고 기우라는 생각에 잠기며 나지막이 중얼거렸다. 마음이 내키지 않는 표정이었다.

기우라와 다나베는 여느 때처럼 새벽 3시가 지난 시각에 기우라의 방에서 이야기를 나누었다. 도코노마 옆의 검은색 대형 금고와 다다미 한가운데의 좌탁 말고는 가구가 거의 없는 황량한 일본식 방이었다. 이 밀담에 사부로는 당연히 없었다.

부지 안에는 상당히 큰 창고가 있었다. 하기노야의 헛간에 비하면 세 배나 되는 크기였다. 원래 농기구를 보관하는 곳이었지만, 농기구는 예전 주인이 가져가고 농약으로 사용한 것으로 보이는 비소 포대가 하나 남아 있었다.

"다나베 씨, 비소의 치사량을 알고 있나?"

"글쎄요, 내가 그런 과학적인 걸 어떻게 알겠어요?"

"나도 몰라. 효과가 확실하지 않은 건 사용하고 싶지 않아. 양이 어중간하면 죽지 않겠지. 그렇다고 음식에 많이 넣으면 눈치챌 가능성이 있고."

"하지만 사부로에게 처리하라고 한 지 벌써 한 달이 지났습니다. 사부로에게 맡기긴 어려울 것 같습니다. 그 두 사람은 완전히 그렇고 그런 사이가 됐으니까요."

3월 3일이었다. 기우라 일행이 하마마쓰를 떠난 지 딱 1년째 되는 날이었다.

유키를 살해하라는 지시는 왠지 흐지부지된 느낌이었다. 지난번에 사부로에게 유키를 처리하라고 한 이후, 기우라는 어떻게 되었냐고 재촉하지 않았다. 경찰의 수사가 생각만큼 진전되지 않았다는 이유도 있었다.

군마 현경의 필사적인 수색에도 불구하고 군마 현 산속에서 발견된 토막 시신의 머리는 아직 찾지 못했다.

이가라시의 정보에 따르면 마쓰나카는 야마카와 살해에 대해 묵비권을 관철한 끝에, 다른 건으로 확정 판결을 받고 이미 후추 교도소에서 복역하고 있었다. 하기노야 부근에서는 가끔 관할서 형사가 탐문수사를 벌이는 것 같지만, 그렇다고 경찰의 24시간 감시대상은 아니었다.

가와고에의 저택은 경찰에 신원이 드러나지 않은 에리의 본명으로 구입했기 때문에 경찰이 기우라의 본거지를 파악한 것 같지는 않았다. 다만 기우라는 하기노야의 강제수사를 경계하여 다나베와 우타를 하기노야까지 차로 데려다주는 것을 그만두라고 사부로에게 지시했다.

대신 다나베는 우타와 같이 하기노야를 오갈 때 새로 구입한 중고 도요타 카롤라를 이용했다. 더욱이 카롤라는 이케부쿠로의 월정액 주차장에 세워두고, 가와고에와 이케부쿠로 사이는 전철을 타고 왕복하는 용의주도함을 보였다.

"하지만 유키는 사부로가 처리해야 의미가 있어. 녀석은 우리 동료야. 하마마쓰 시절부터 말이야. 도쿄에서 한패가 된 고이치와는 다르지."

다나베는 대답하지 않았다. 기우라의 말을 이해한 것으로 보이지는 않았다.

"그나저나 다나베 씨, 이게 뭔지 알아?"

기우라는 뜬금없이 바지 주머니에서 무색의 액체가 들어 있는 투명한 용기를 꺼냈다.

"청산칼리야. 최근에 아는 도금공장 사장에게 얻었지."

"그래요? 용케 손에 넣었네요. 그걸로 유키를 처리하시려고요?"

"아니야, 이런 건 사용하지 않아. 이건 나를 위한 거야. 난 언제든지 죽을 각오가 돼 있어."

"도련님, 농담하지 마세요. 도련님은 오래 살아야지요."

"아니, 이미 충분히 살았어."

기우라는 자리에서 일어나 뒤쪽의 벽장문을 열었다. 그리고 검은 가방을 꺼내 다나베 앞에 놓았다.

"이건 뭐죠?"

다나베가 의아한 표정으로 물었다.

"3천만 엔이야. 당신 몫이지."

"필요 없습니다. 나 같은 늙은이에게 이런 거금은……."

"앞으로 살 수 있을 만큼만 넣었어. 함부로 쓰지 않으면 10년은 살 수 있을 거야."

"정 그러시면 받겠습니다. 그런데 앞으로 남은 수명을 보면, 돈을 제일 많이 줘야 할 사람은 우타가 아닌가요?"

다나베는 현금이 든 검은 가방을 앞으로 끌어당기면서 말했다.

"그건 그렇군."

기우라는 나지막하게 웃었다. 그리고 다나베에게서 시선을 옮겨 먼 곳을 바라보았다. 형광등의 연약한 불빛이 기우라의 옆얼굴을 비추며 야윈 뺨에 검은색과 흰색의 기묘한 경계선을 만들었다.

4

스이조 서의 4층 취조실에서 이부키는 마쓰나카와 대치했다. 시마무라는 옆에서 기록을 하고 있어서 책상을 사이에 두고 마쓰나카의 앞에 앉은 사람은 이부키뿐이었다.

이부키가 마쓰나카와 얼굴을 마주하는 것은 그날이 처음이었다. 그때까지 마쓰나카를 직접 취조한 적이 한 번도 없었다.

주어진 시간은 48시간이었다. 지금까지 별건 체포와 구류 연장을 반복한 이상, 인권 보호 측면에서 더 이상 구류 연장이 불가능하다는 것이 도쿄 지검의 판단이었다.

마쓰나카는 잡담에는 적당히 대꾸했지만, 막상 사건 속으로 들어가려고 하면 여전히 "난 할 말이 없어."라고 노래하듯 말하며 입을 다물었다. 구류 연장 시간이 끝나기를 기다리는 것임이 분명했다.

오후 2시쯤 취조가 시작되고 이미 한 시간이 지났다.

"마쓰나카, 장기 두나?"

이부키가 뜬금없이 물었다. 사건과 관계없는 잡담을 가장한 이상 마쓰나카가 거부하는 일은 없을 것이라고 생각했다. 예상한 대로 마쓰나카는 바로 대꾸했다.

"장기라……. 내기 장기라면 좋아하지. 참, 내기 장기가 불법이던가?"

"아니, 친구끼리 하는 사소한 내기라면 괜찮아. 나도 장기를 좋아하지. 당신도 4과의 이가라시 형사를 잘 알지? 그와 나는 장기 친구야."

"이가라시 형사? 요전에 4과에서 취조할 때 잠시 얼굴을 봤는데, 여전히 잘 지내는 것 같더군."

"그렇지도 않아."

이부키는 일부러 어두운 표정으로 말했다. 친구다운 분위기를 가장할 생각이었다.

"아내의 병 때문인가?"

"잘 아네."

이부키가 재빨리 파고들었다.

"예전에 언뜻 그런 얘기를 들은 적이 있어서……."

마쓰나카의 말에서 동요가 느껴졌다.

"그랬군. 그것도 그렇지만 실은 지금 경시청 경무부의 감찰담당 관리관에게 불려갔지. 나도 깜짝 놀랐어. 그 친구가 그럴 줄은 몰랐거든. 당신도 아는 기우라에게 돈을 받고 경찰 정보를 흘렸다더군. 난 이가라시와 친하기도 하고 절대 그럴 녀석이 아니라고 생각했지만, 아무래도 이미 털어놓은 것 같아. 그런데 내가 오늘 왜 왔냐면 말이지……."

이부키는 갑자기 목소리를 낮추고 몸을 조금 앞으로 내밀었다. 마쓰나카가 한순간 흠칫한 표정을 지으며 반사적으로 몸을 뒤로 뺐다.

"이가라시가 당신과 기우라의 약속을 말하지 않을 수 없었던 것 같더군. 기우라가 이가라시를 통해 별건으로 조사받고 있는 당신에게 말을 전해달라고 했나 보지? 야마카와 살해에 관해 쓸데없는 말을 하지 않으면 10년 후 감옥에서 나왔을 때 1억 엔을 주겠다고 말이야. 그런데 그 약속을 실행할 수 없게 됐지. 뭐 때문인지 아나?"

마쓰나카는 입을 꼭 다물고 있었다. 이부키는 마쓰나카의 침묵을 무시하고 계속 말을 이었다.

"이가라시가 당신 걱정을 하더군. 당신이 기우라 몫까지 죄를 뒤집어써도 그 돈을 받을 수 없게 됐으니까. 기우라에게 돈을 줄 생각이 있다 해도 말이야. 뭐 때문인지는 당신도 알지?"

그는 다시 말을 끊고 마쓰나카를 뚫어지게 쳐다보았다. 마쓰나카는 그 말의 신빙성을 판단하려는 듯 여전히 입을 다문 채 심각한 표정을 지었다. 사팔뜨기 같은 날카로운 눈길이 조금 흐려진 듯 보였다.

"하기노야 때문이야. 거긴 당신이 생각하는 것보다 훨씬 위험해졌어. 실은 1주일 전에 예전에 발견된 토막 시신의 머리 부분이 군마의 산속에서 발견되었지. 어제 치아 감정을 통해 하기노야 주인의 아내 히데노란 게 밝혀졌어. 어쩌면 생각보다 더 많은 사람이 살해되었을 가능성도 있는 것 같아. 그렇게 되면 사형수가 한둘이 아닐 게 불을 보듯 훤해. 당신은 유력한 후보 중한 사람이고."

"잠깐! 난 하기노야에선 아무도 안 죽였어. 단지 협박에 참여했을 뿐이야!"

마쓰나카가 갑자기 이성을 잃고 소리쳤다. 이제껏 평정을 유지하던 모습이 꼭 거짓말 같았다.

"그렇다면 솔직히 말하는 게 좋을 거야. 이대로 입을 다물고 있으면 당신은 야마카와 살해뿐 아니라 하기노야 일가족 살해까지 떠안고 사형을 받을 게 틀림없으니까. 잘 생각해봐. 야마카와 살해는 야쿠자끼리의 알력으로 볼 수 있으니까 사형을 받진 않을 거야. 고작해야 징역 10년 정도겠지. 하지만 하기노야 사건은 달라. 모두 성실하게 사는 평범한 사람들이지. 아무 죄도 없는 사람들을 죽이면 결과가 어떻게 될까? 당신도 생각해 보면 알겠지?"

"지금 말했잖아! 난 하기노야에선 아무도 안 죽였어. 전부 다 말할게. 전부 다!"

마쓰나카의 목소리가 뒤집어졌다.

"그보다 야마카와 사건이 먼저야. 그 사건에서 기우라가 무슨 역할을 했는지 말해줘. 당신이 솔직하게 증언해주면 우리도 하기노야 사건에 대해서 들어줄게. 어때?"

이부키의 진지한 눈길을 받고 마쓰나카는 힘없이 고개를 끄덕였다. 그리고 조금 전과 달리 힘없는 목소리로 중얼거리듯 말하기 시작했다.

"그건 원래 교쿠잔카이와 상관없이 야마카와와 기우라의 개인적인 대립이었어. 그런데 내가 워낙 야마카와를 싫어해서 기우라 편을 들고, 녀석을 살해할 때 협조한 거지."

멈춰 있던 시간이 흐르기 시작하고, 이부키의 눈앞에 지금까지 보이지 않았던 빛줄기가 보였다. 그는 옆에서 기록 중인 시마무라를 슬쩍 쳐다보고 작게 고개를 끄덕였다.

5

5월 1일이었다. 기우라와 여자들은 배달 온 초밥과 캔 맥주를 앞에 두고 기다란 나무 테이블에 나란히 앉았다. 모두 하마마쓰 시절부터 같이 있던 멤버들이었다.

기우라는 출입구와 가장 가까운 모서리에 앉았다. 평소에 그가 앉는 곳이었다. 기우라 외에 사치에, 에리, 레이코, 기리코, 란, 시오리, 나오코, 그리고 우타가 있었다. 여자들의 복장은 제각각 달라서 청바지에 스웨터를 입은 사람이 제일 많았지만 개중에는 잠옷 위에 재킷을 걸친 사람도 있었다.

저녁식사 시간이었다. 모두 남아도는 시간을 주체하지 못하는 듯했다. 기우라는 지난 한 달간 하기노야 이외의 모든 영업을 중지시켰다.

하기노야는 영업을 하고 있었지만, 다나베와 우타도 보내지 않고 모든 일을 여종업원들과 요리사에게 맡겼다. 기우라가 왜 그렇게 하는지 여자들 중에 이해하는 사람은 아무도 없었다.

그런 와중에 레이코가 사흘 전의 석간을 보고 소리를 질렀다. 군마 현의 산속에서 발견된 시신의 머리가 히데노의 것이라고 신문에 실린 것이다. 그 즉시 레이코는 다른 여자들에게 사실을 말해주었다.

전에 고마고메 서의 이즈이라는 형사가 하기노야에 탐문조사를 왔을 때 사치에는 기우라의 지시대로 대응한 일이 있었다. 또한 여자들 모두 히데노의 얼굴을 본 적이 있는 만큼 레이코의 이야기를 듣자마자 나름대로 충격을 받았다.

사부로가 들어왔다. 검은색 바지에 검은색 스웨터 차림이었다. 사부로는 우울한 표정으로 기리코의 옆자리에 앉았다.

사치에가 기우라를 쳐다보며 물었다.

"다나베 씨는 어디 있어요?"

"유키 방에 있어. 나중에 2인분을 가져다줘."

기우라는 사무적인 말투로 테이블의 맨 끝에 앉아 있는 우타에게 말했다.

테이블 위에 있는 초밥 통은 전부 여덟 개로 두 개는 부엌 식탁 위에 놓여 있었다. 우타는 말없이 고개를 끄덕였다.

최근 들어 사부로는 유키를 감시하는 역할에서 제외되었다. 우타가 없을 때는 사부로를 대신해 다나베가 유키의 방에 들어갔다.

다들 조용히 식사를 시작했다. 끼니는 원래 요리사인 사부로가 만들고 여자들이 당번제로 돌아가며 도와주었다. 그러나 그날은 사부로의 제안으로 가와고에 시내의 초밥집에서 초밥을 배달시켰다.

기우라와 사부로, 기리코와 사치에가 맥주를 마시고, 다른 여자들은 초밥을 먹기 시작했다. 말소리는 나지 않았다.

2주일쯤 전부터 기우라가 같이 식사하는 상황이 이어졌다. 평소에 식사할 때는 여자들의 시시한 농담과 말장난이 날아다니는 것이 보통이었다. 사부로와 다나베가 있어도 마찬가지였다. 그러나 지금은 무거운 침묵이 방 안 구석구석까지 침투되었다. 들리는 소리는 음식을 먹는 소리와 "간장 좀 줘."라는 무미건조한 말소리뿐이었다.

기우라는 캔 맥주를 마시고 나서 젓가락으로 초밥을 들었다. 가끔 사부로를 흘깃 쳐다보는 것 같았지만 말을 걸지는 않았다.

사부로는 기우라를 쳐다보려고 하지 않았다. 두 사람 사이의 어색한 분위기는 여자들도 눈치를 채고 있어 기우라 앞에서는 아무도 사부로 이야기를 꺼내지 않았다.

"우타 짱, 참치랑 연어알이랑 성게 줄게."

기리코가 대각선 앞쪽에 앉아 있는 우타에게 초밥 통을 내밀었다. 멋쟁이 기리코만이 평상복이 아니라 빨간색 바탕에 물방울무늬가 있는 미니 원피스를 입고 있었다.

기리코의 편식은 여자들 사이에서 유명했다. 우타는 부끄러운 표정을 지었지만, 젓가락으로 순순히 기리코의 초밥 통에서 세 개의 초밥을 들었다.

우타는 마른 것치고는 밥을 많이 먹었다. 어릴 때부터 가난해서 항상 배를 곯은 탓에 식욕을 억제하기 어려웠다. 그러나 다른 여자들이 음식을 나눠줄 때마다 자신의 가난한 출생을 떠올리는지 얼굴을 붉히곤 했다.

"세상에! 제일 맛있는 것만 우타를 주네. 기리코도 참, 음식을 가리면 못써."

란이 처음으로 가볍게 말했다. 란은 스물다섯 살로 나이가 비슷한 기리코와 자주 가벼운 농담을 주고받았다. 작은 웃음소리가 일었다.

그 웃음을 계기로 하얀 와이셔츠에 검은 카디건을 걸친 기우라가 불쑥 입을 열었다.

"다들 먹으면서 잘 들어. 하기노야에 경찰의 강제수사가 들어올 가능성이 있다."

전원이 젓가락 든 손을 일제히 멈추고 고개를 들었다. 긴장감이 팽창되었다.

"혐의는 매춘방지법 위반이야. 하나조노상회는 마사지사 파견업으로 정식 등록을 했지만, 실제론 불법 매춘조직이라고 경시청이 판단한 것 같다. 반박할 수는 있지만 상대는 국가권력이니까 우리 변명을 들어주지 않을 거야. 그래서 당분간 모습을 감추기로 했다. 우리 중에서 체포될 가능성이 없는 사람은 그런 일과 관련이 없는 미성년자인 우타뿐이지. 나는 물론 매춘알선업자로 가장 무거운 벌을 받을 거다. 하지만 매춘을 한 여자들도 벌을 받을 가능성이 있다. 매춘을 권한 게 인정되면 여자도 처벌의 대상이 되니까. 이 경우에 처벌받지 않는 건 손님뿐이다. 다만 매춘방지법의 시효는 그리 길지 않아. 매춘방지법에서 가장 무거운 형은 징역 10년이지만 시효는 그 절반인 5년이니까. 이것도 매춘알선 같은 죄질이 무거운 경우에만 해당돼. 매춘을 권한 여자는 보통 길어야 징역 2년 정도를 받으니까 시효는 그 절반인 1년이 될 거다."

"우린 길어야 1년 후에는 체포되지 않는단 건가요?"

사치에가 여자들을 대표해서 물었다. 하나조노상회의 여자들 중에서 가장 먼저 처벌의 대상이 될 사람은 관리와 영업을 담당한 그녀였다.

"그래. 그래서 다 같이 차를 타고 서쪽으로 도망칠까 한다. 대단한 죄가 아니라는 건 경찰도 알고 있으니까 끝까지 쫓아오는 일은 없을 거야. 따라서 도망칠 수 있는 건 확실하다. 여행 기분을 느끼면서 말이야. 그동안 일이 있든 없든 상관없이 월급은 지금처럼 주겠……."

기우라가 별안간 말을 끊었다. 다음 순간 몸이 밑으로 가라앉더니 기이한 신음 소리를 내며 의자에서 미끄러지듯 바닥에 주저앉았다. 얼굴은 창백하고 입술은 가늘게 떨렸다. 충격이 여자들의 온몸으로 달려들었다. 믿을 수 없는 광경이었다. 기우라의 그런 모습은 한 번도 본 적이 없었다.

입에서 하얀 거품이 뿜어져 나왔다. 옆에 있는 사치에가 기우라를 껴안았다. 사부로도 재빨리 기우라에게 뛰어왔다. 다른 여자들도 비명을 지르며 "기우라 씨, 괜찮아요?"라고 제각기 소리쳤다. 누군가가 "우타 짱, 다나베 씨를 불러와!"라고 큰 소리로 말했고, 잠깐 사이를 두고 우타가 밖으로 뛰어나갔다.

기우라는 잠시 몸을 웅크리고 있다가 이윽고 주변의 사람을 뿌리치면서 자기 힘으로 일어섰다. 그리고 거실 입구를 향해 비틀비틀 걸어갔다.

"도련님, 무슨 일입니까?"

다나베가 헐레벌떡 뛰어왔다.

"목욕탕……."

기우라는 혀가 제대로 돌아가지 않는 상태에서 복도 끝에 있는 목욕탕을 가리켰다.

"알겠습니다. 사치에, 목욕탕으로 따라와!"

다나베는 기우라를 부축하면서 뒤쪽에 있는 사치에를 향해 소리쳤다.

기우라와 다나베는 구르듯 목욕탕으로 들어갔다. 다나베가 대야에 넘칠 만큼 물을 받아 기우라에게 주었다. 기우라는 무릎을 꿇은 채 단숨에 대야의 물을 들이켰다. 그리고 격렬한 구토 소리와 함께 희고 노란 액체를 토해냈다.

뒤늦게 따라온 사치에가 다시 대야에 물을 받았다. 기우라는 그것도 벌컥벌컥 들이켜더니 헐떡거리며 위의 내용물을 토하기 시작했다. 구토물이 액체에서 고체로 바뀌었다. 기우라는 대야를 내던지고는 고개를 들고 신음하듯 말했다.

"비소야. 머리가 깨질 것 같아. 다나베 씨, 사부로를 감시해. 녀석이 유키에게 가까이 가게 하지 마."

"알겠습니다. 사치에, 다시 물을 부탁해."

다나베는 그렇게 말하고 밖으로 뛰어나갔다.

유키의 방 앞에 도착하자 문에 붙어 있던 자물쇠가 열려 있었다. 분명히 우타에게 잠그라고 했는데 왜 열려 있는 걸까? 다나베는 황급히 안으로 뛰어들었다.

그런데 안의 상황은 예상과 달랐다. 유키 혼자 멍하니 다다미 위에 앉아 있었다.

"안 도망쳤어?"

그는 자기도 모르게 중얼거리듯 말했다. 유키는 영문을 모르겠다는 표정으로 고개를 가로저었다.

그는 더 이상 아무 말도 하지 않고 밖으로 뛰어나가 다이얼식 자물쇠를 다시 채웠다. 3715. 문득 그의 머릿속에서 자물쇠의 비밀번호가 떠올랐다.

다시 욕실로 돌아가자 모든 여자들이 기우라를 걱정하며 욕실 안을 들여다보고 있었다. 안에서는 사부로가 걱정스러운 눈길로 무릎을 꿇은 기우라의 얼굴을 쳐다보았다.

사치에가 다나베를 돌아보며 물었다.

"다나베 씨. 의사를 불러야 하지 않을까요?"

"안 돼! 의사를 부를 필요 없어."

다나베가 대꾸하기 전에 기우라가 소리치며 비틀비틀 일어섰다. 욕실 안에서 기이한 냄새가 피어올랐다. 구토물의 악취에 섞여 마늘 냄새가 코를 찔렀다.

"방으로 갈게. 다나베 씨와 사부로는 내 방으로 따라와. 유키의 방에는 아무도 가지 말고."

분명치 않은 발음으로 말하면서 기우라는 불안한 발걸음을 내딛었다. 다나베가 기우라를 부축하고 사부로가 뒤를 따랐다. 여자들이 일제히 입을 다물자 기이한 정적이 주변을 감쌌다.

6

다나베는 기우라의 방으로 들어가자마자 벽장에서 이불을 꺼내 바닥에 깔았다. 사부로가 다나베를 도와주었다. 기우라는 왼손으로 머리를 누른 채 다다미 위에 웅크리고 앉았다. 잠시 후 그는 여전히 불안정한 발걸음으로 도코노마 옆에 있는 금고까지 걸어갔다. 그리고 다이얼을 맞추더니 안에서 검은 물체를 꺼내 바지 주머니에 넣었다.

다나베가 이불을 깔고 말했다.

"도련님, 일단 누우세요."

"그래. 그 전에 사부로에게 물어볼 게 있다."

기우라는 사부로를 향해 주머니에서 꺼낸 검은 물체를 겨누었다. 소형 권총이었다.

"예전에 야마카와가 준 총이다. 총알이 다섯 발 들어 있는데 아직 한 발도 사용하지 않았지."

기우라의 혀는 여전히 제대로 돌아가지 않았다. 하지만 알아들을 수 없을 정도는 아니었다.

사부로는 말없이 기우라를 쳐다보았다. 추궁당할 것을 어느 정도 각오한 듯이 보였다.

"오늘 왜 음식을 만들지 않고 배달시켰지?"

기우라의 질문에 사부로는 당혹한 표정을 지었다.

"특별한 이유는 없습니다. 그냥 그랬을 뿐입니다."

"평소처럼 음식을 만들었다면 네가 제일 먼저 의심을 받겠지. 그렇게 생각하고 음식을 배달시킨 것 아니냐? 네가 내 음식에 비소를 넣었지?"

"당치도 않습니다. 제가 왜 그런 짓을 하겠습니까?"

사부로는 절실한 표정을 지으며 강력하게 부정했다.

"다나베 씨, 오늘 배달 온 초밥을 받은 사람이 누군지 기억해?"

"사치에가 받아서 돈을 주고, 시오리와 나오코가 부엌으로 가져가서 저녁식사 때까지 부엌 식탁 위에 있었을 겁니다. 그런 다음에 누가 부엌에서 거실로 초밥을 가져왔는지는 기억나지 않는군요. 아마 여자들이 다 같이 가져오지 않았을까요?"

"그래, 초밥에 비소를 넣을 기회는 누구에게나 있었지. 그리고

난 오늘 이 건물 밖으로 한 발짝도 나가지 않았다."

기우라가 한층 힘을 주며 말을 이었다.

"하지만 다들 내가 어디에 앉는지 알 거야. 사부로, 너도 말이야. 그리고 비소는 오늘 창고에서 가져왔다고 할 수 없지. 오래 전 창고에서 비소를 가져와 어딘가에 숨겨두었을 가능성이 커. 어쨌든 사부로, 나도 누가 이런 짓을 했는지 몰라. 오늘 사건은 내 상상을 뛰어넘는 것이었으니까. 다만 네가 의심 받을 수밖에 없다는 건 알고 있지?"

기우라는 사부로에게 총구를 향한 채 말했다. 마지막 말은 특히 낮고 조용했다. 말을 하는 사이에 혀가 조금씩 회복되었다. 사부로는 깊은 생각에 잠긴 표정으로 작게 고개를 끄덕였다.

"좋아, 그럼 결론이 나올 때까지 얌전히 있어야겠다. 다나베 씨, 미안하지만 한 번 더 수고해줘. 벽장 밑단에 밧줄이 있을 거야. 그걸로 사부로의 손을 묶고 창고로 데려가 기둥에 묶어둬. 혼자서는 위험하니까 창고까지는 내가 따라가지."

"유키는 어떻게 할까요? 혼잡스러운 틈을 타서 도망칠지도 모릅니다. 우타로는 감시가 안 되니까요."

다나베는 벽장에서 꺼낸 밧줄로 사부로의 손을 뒤로 묶으면서 말했다. 다나베의 밧줄 사용법은 혀를 내두를 정도여서 사부로의 두 손은 순식간에 단단히 뒤로 묶였다.

"다나베 씨, 여자들 중에 제일 믿을 수 있는 사람이 누구지?"

"그야 물론 사치에지요. 내 여자니까요."

기우라가 희미하게 쓴웃음을 짓는 것처럼 보였다.

"그래? 그럼 유키 방에는 예전처럼 우타를 넣고, 자물쇠로 잠근 뒤에 사치에에게 밖에서 감시하라고 해. 단, 유키도 오늘 안으로 창고로 데려가서 감금해. 남자가 우리 둘밖에 없어서 두 사람을 따로 감금하는 건 무리야."

"그러면 지금 가서 유키를 보고 올게요. 그동안 도련님 혼자 계셔도 괜찮겠습니까?"

다나베는 어느새 사부로의 손을 다 묶었다.

"그래, 괜찮아. 이제 어느 정도 회복된 것 같아. 그리고 이 총은 진짜야. 사부로가 섣불리 움직이기라도 하면 가차 없이 쏘겠어. 그러니 사부로, 다나베 씨가 돌아올 때까지 얌전히 있어줘야겠어. 난 너를 쏘고 싶지 않아."

"제가 언제 당신 명령을 어긴 적이 있습니까?"

사부로가 비아냥거리며 말했다. 사부로의 말이 끝나기도 전에 다나베는 노인답지 않게 재빨리 방에서 뛰어나갔다.

7

무시무시한 폭력이었다. 어젯밤 이후 가해진 기우라와 다나베의 폭력은 사부로의 단정한 얼굴을 완전히 일그러뜨리고, 오른손 가운뎃손가락과 새끼손가락을 부러뜨렸다. 이를 보고 가장 놀란 사람은 다나베였다.

다나베는 기우라가 흥분해서 미친 듯이 주먹을 휘두르는 것을 지금까지 본 적이 없었다. 창고 한가운데의 커다란 기둥에 사부로를 꼼짝 못하게 묶자마자 기우라의 가차 없는 주먹이 사부로의 안면을 강타했다.

사부로를 때릴 때 기우라는 소리를 내지 않았다. 기우라가 연속해서 세 번 주먹을 날리면 다나베가 한 번 때리는 비율로 두 사람의 폭행은 한 시간 가까이 이어졌다.

기우라가 입을 연 것은 사부로의 손가락을 부러뜨릴 때뿐이었다.

"내가 그렇게 싫냐? 죽이고 싶을 만큼 증오스럽냐?"

기우라는 신음하듯 말하며 사부로의 새끼손가락을 부러뜨리고는 이어서 가운뎃손가락까지 부러뜨렸다. 창고 안에 사부로의 절규가 울려 퍼졌다. 그와 동시에 2미터쯤 떨어진 기둥에 묶여 있던 유키의 입에서도 비명이 터져 나왔다.

옷을 입은 사부로와 달리 유키는 알몸에 가까운 상태였다. 입은 것은 하반신의 새하얀 속옷뿐이고 상반신의 옷은 모두 벗겨져 있었다. 도주를 막기 위한 다나베의 생각이었다. 벗겨진 옷은 그녀의 발밑에 아무렇게나 나뒹굴고 있었다.

다나베는 유키의 손을 뒤로 돌려 묶은 뒤 그 밧줄을 기둥에 동여매고, 다시 다른 밧줄로 가슴에서 하반신까지를 묶었다. 가슴은 특히 단단히 조여서 핑크빛 유두가 더욱 눈에 띄었다. 다나베는 노인 특유의 잔인성을 유감없이 발휘하며 달인에 가까운 기술로 밧줄을 다뤘다.

유키는 사부로가 고문이나 다름없이 폭력을 당하자 수치스러움도 잊고 울음을 터트리며 목이 터져라 용서를 구했다.

"아니에요! 사부로 씨는 기우라 씨를 죽이려 하지 않았어요. 제가 도망치고 싶다고 했을 뿐이에요! 그러니까 제 잘못이에요! 벌을 주려면 저에게 주세요!"

"유키 씨, 쓸데없는 말 하지 마. 죽이려면 나를 죽여! 음식에 비소를 넣은 건 내가 아니야. 하지만 죽이고 싶다고 생각한 건 사실이야! 그러니까 당신 생각은 틀리지 않았어!"

사부로는 미친 듯이 소리쳤다. 그 소리가 듣기 싫었는지 기우라는 창고 안에 있던 1미터 정도의 몽둥이를 들고 사부로의 뒷머리를 내리쳤다. 둔탁한 신음 소리가 들렸다. 사부로는 고개를 앞으로 떨군 채 꼼짝도 하지 않았다.

"죽이지 마세요. 사부로 씨를 죽이지 마세요. 죽이려면 차라리 저를……."

"아직 죽이진 않을 거야."

다나베가 느긋하게 말했다. 그러나 왜 그렇게 말하는지는 알 수 없었다.

"다나베 씨, 그만 안채로 철수하자."

기우라가 조바심이 치미는 듯 불쑥 말했다.

"그러면 누가 감시하지요?"

"나중에 사치에라도 보내면 돼."

"도련님, 진심이세요? 사치에는 여자입니다. 위험하지 않을까요?"

"괜찮아. 사부로를 봐. 살아 있긴 하지만 혼자 걸어갈 수 있겠어? 유키도 밧줄을 풀 수 있을 리가 없잖아. 사치에를 안에 넣고 밖에서 자물쇠를 채우면 괜찮아. 걱정되면 다나베 씨가 가끔 보러 오면 되고. 내일 여기를 떠나니까 안에 가서 이것저것 준비해야지. 다른 여자들도 제대로 단속하지 않으면 도망칠지 모르고."

기우라는 말이 끝나기도 전에 움직이기 시작했다. 다나베는 찜찜한 표정을 지었지만 이내 체념하고 기우라의 뒤를 따랐다. 유키의 흐느낌만이 길게 꼬리를 끌었다.

노크 소리가 들렸다. 사치에는 깜빡 잠이 들었다가 흠칫 눈을 떴다. 눈앞에서는 석유난로가 활활 타오르고 있었지만 커다란 창고 안을 따뜻하게 만들지는 못했다. 그녀는 창고 한쪽 구석에 오도카니 놓인 철제 의자에 앉아 있었다.

"누구야?"

그녀는 가볍게 몸을 떨면서 뒷문을 향해 말했다.

"우타예요. 기우라 씨가 사치에 아주머니와 교대하라고 해서 왔어요."

"기우라 씨가 그랬어? 너 혼자 괜찮을까?"

사치에는 손목시계를 쳐다보았다. 새벽 3시였다. 이부자리로 들어가서 자고 싶은 시간이었다.

"어쨌든 들어와."

사치에는 선하품을 하면서 다정하게 말했다.

"그런데 번호가……?"

우타의 가냘픈 목소리가 들렸다. 다이얼식 자물쇠라서 번호를 모르면 열 수 없었다.

"아참, 오늘 번호를 바꿨지. 3468이야."

잠시 후 창고 문이 열리고 우타가 고개를 내밀었다.

"그럼 우타 짱 부탁해. 저 두 사람과 말하면 안 돼. 그런데 유키 씨, 아까부터 추워서 덜덜 떨고 있으니까 위에 옷을 입혀줘. 내가 입혀주고 싶지만 그랬다간 나중에 다나베 씨가 뭐라고 할 거야. 그런데 이유는 잘 모르지만 기우라 씨가 너에겐 너그럽잖아. 아마 네가 그랬다면 야단치지 않을 거야. 그래도 일단 밖에서 자물쇠를 잠글게. 번호를 알고 있어도 밖에서만 문을 열 수 있으니까 너도 안에 감금되는 거나 마찬가지야. 세 시간쯤 지나면 나나 다나베 씨가 데리러 올 거야."

사치에가 밖으로 나가고 문을 잠그는 소리가 들렸다. 그녀의 발소리가 멀어졌다.

우타는 즉시 한가운데의 기둥을 향해 달려갔다. 천장의 알전구는 켜져 있지 않아서 석유난로 불에 의지해 가까스로 시야를 확보할 수 있었다.

"우타 짱……."

유키는 우타를 보자마자 눈물을 머금었다. 그리고 갈라진 목
소리로 덧붙였다.

"네가 올 줄 알았어."

우타는 말없이 입고 있던 면바지 뒷주머니에서 가위를 꺼
내 단호한 표정으로 유키의 상반신 쪽 밧줄을 잘랐다. 그러더
니 가위를 바닥에 내던지고 뒤로 묶여 있던 손의 밧줄을 풀기
시작했다.

"우타 짱, 안 돼. 이러면 너까지 묶일지도 몰라."

"괜찮아요. 어차피 기우라 씨가 교대하라고 했다는 것도 거짓
말이에요. 사치에 아줌마를 속인 거예요."

"그러면 금방 다나베 씨가 알 텐데……."

"그럴 거예요. 그러니까 서둘러야 해요. 어서 도망치세요."

유키의 손을 묶었던 밧줄이 겨우 풀렸다. 우타는 바닥에 떨어
져 있던 유키의 옷을 집어들었다. 유키는 옷을 입기 전에 감정
이 북받친 듯 눈물을 흘리며 우타를 꼭 껴안았다.

우타는 다시 유키의 달콤한 향기를 느꼈다. 부드러운 젖가슴
의 기분 좋은 감촉. 언젠가 이불 속에서 알몸으로 껴안았을 때
가 떠올랐다.

그러나 지금은 그러고 있을 때가 아니었다. 우타는 흠칫 정신
을 차리고는 손에 들고 있던 하얀색과 핑크색의 줄무늬 티셔츠
를 유키에게 건네주었다. 그리고 유키의 발밑에 웅크리고 앉아

바닥에 떨어진 가위를 주워 발목과 무릎을 묶은 밧줄을 잘게 잘랐다. 유키의 발이 자유로워졌다.

유키는 티셔츠와 감색 치마바지를 입었다. 샌들도 신었다.

"어서 도망치세요. 몸으로 세게 부딪치면 문이 부서질 거예요. 별로 튼튼하지 않으니까요."

"하지만 사부로 씨를 두고 도망칠 수는 없어."

그 말을 듣고 우타는 재빨리 사부로에게 다가가서 가위로 밧줄을 자르려고 했다. 다음 순간 사부로의 가느다란 목소리가 우타의 귀로 들어왔다.

"우타, 그만해……. 난 이제 틀렸어. 아까부터 눈앞이 희미하고 모든 게 일그러져 보여. 몽둥이로 얻어맞았을 때 뭔가 잘못됐나 봐. 아마 혼자 걸을 수 없을 거야. 우타, 유키 씨를 데리고 도망쳐. 어서……."

마지막 말이 끊어질 듯 이어졌다.

"우타 짱, 사부로 씨 말 듣지 마. 사부로 씨도 같이 도망쳐야 돼. 어서 밧줄을 자르자."

유키도 사부로에게 다가갔다.

"안 돼, 어서 도망쳐. 난 도망칠 자격이 없어. 난 고이치를 죽였어. 그리고 당신 고모부도. 여기서 이렇게 얻어맞고 죽어야 마땅한 인간이야. 미래가 있으면 얼마든지 도망치지. 그런데 내겐 미래가 없어. 내가 어디로 도망칠 수 있겠어."

사부로의 말을 듣고 우타와 유키는 한순간 망연히 서 있었다. 그때 밖에서 발소리가 들리고, 자물쇠 번호를 돌리는 소리가 나기 시작했다. 남자들의 목소리가 들리는 것을 보면 기우라와 다나베가 뛰어온 듯했다. 사부로의 밧줄은 아직 풀지 못했다. 만사 끝장이었다.

"유키 씨, 청산칼리예요. 도망칠 때 사용하세요."

우타는 바지 앞주머니에서 수용액이 든 반투명 용기를 꺼내 재빨리 유키에게 내밀었다.

"자살에는 절대로 사용하지 마세요."

우타는 그렇게 말하면서 간절한 눈길로 유키를 바라보았다.

"알았어."

유키는 그것을 받자마자 재빨리 속옷 안에 숨겼다.

그 직후에 문이 열리고 다나베와 기우라, 사치에가 밀물처럼 들어왔다.

다나베가 어이없다는 듯이 말했다.

"이럴 줄 알았어."

"우타 너, 날 속였지? 유키 씨를 풀어줄 생각이었지?"

사치에가 애교를 부리듯 다나베를 쳐다본 뒤 날카로운 목소리로 우타를 비난했다.

"아니에요. 우타 짱은 내가 추워서 떠는 걸 보고 불쌍하게 여겨서 옷을 입혀주려고 밧줄을 자른 것뿐이에요."

"그런 변명이 통할 것 같아?"

다나베가 토해내듯 말하자 기우라가 재빨리 가로막았다.

"다나베 씨, 지금은 쓸데없는 말을 할 시간이 없어. 다시 유키를 묶어. 사치에, 선반에 있는 밧줄을 가져와."

사치에가 입구에 있는 선반으로 뛰어가서 거친 밧줄 다발을 들고 돌아왔다.

"기우라 씨, 부탁이 있어요. 저를 사부로 씨와 같이 묶어주세요. 어차피 죽을 바에야 같이 죽고 싶어요."

유키는 기우라의 얼굴을 똑바로 쳐다보았다. 기우라는 유키의 눈에서 살의라도 느낀 것처럼 시선을 피했다. 그는 유키에게서 얼굴을 돌린 채 말했다.

"소원대로 해주지. 다나베 씨, 유키를 사부로와 같은 기둥에 묶어. 서로 등지게 묶으면 돼."

"도련님, 우타는 어떡할까요? 우타도 묶어서 창고에 가두는 편이 좋을 것 같은데요."

다나베가 기우라의 의견을 구하듯 조심스럽게 물었다.

"그럴 필요 없어. 우타는 도망치고 싶으면 도망쳐."

기우라는 그렇게 말하더니 희미하게 웃는 듯했다.

"너, 도망치고 싶어?"

사치에가 진지한 표정으로 옆에 서 있는 우타에게 물었다. 우타는 말없이 고개를 옆으로 흔들었다.

"이해할 수 없군."

다나베가 연신 고개를 가로저었다. 그는 기우라가 무슨 생각을 하는지 알 수 없었다. 그러나 다행인지 불행인지 그에게는 기우라의 생각을 알고 싶다는 생각도 없었다.

"이해할 수 없군."

그는 다시 주문처럼 그 말을 반복했다.

8

시마무라와 이즈이는 하기노야 정문 근처에 주차한 검은색 차량 안에서 하기노야에 드나드는 사람을 감시하고 있었다. 뒷문에도 순찰차가 대기했으며, 또한 무전기를 든 사복형사 다섯 명이 하기노야 주변에 잠복하고 있었다.

이제야 겨우 수사본부에서 하기노야를 24시간 감시하라는 지시가 떨어졌다. 법원에서 가택수색영장을 받는 것도 불가능하지는 않았지만 수사본부에서 일부러 피했다.

뒷좌석 문을 노크하는 소리가 들렸다. 시마무라가 문을 열자 이부키가 서 있었다. 시마무라는 안쪽 자리로 들어가고 이부키가 비닐봉지를 든 채 차에 올라탔다. 운전석에는 스이조 서 형사과 형사가 앉았고, 옆의 조수석에는 이즈이가 앉아 있었다. 이즈이도 1주일 전부터 특별수사본부 요원으로 합류했다.

"먹어. 세이유의 주먹밥이야."

이부키가 옆에 있는 시마무라에게 비닐봉지를 내밀었다.

"감사합니다."

시마무라는 대답하면서 비닐봉지를 그대로 앞좌석의 이즈이에게 넘겼다.

"잘 먹겠습니다."

앞좌석의 두 사람이 입을 맞추어 말했다.

"움직임이 전혀 없습니다. 애초 하기노야에 드나드는 사람은 손님을 제외하면 최근 몇 달 사이에 새로 고용된 여종업원과 요리사뿐인데, 기우라의 얼굴조차 모르는 사람이 대부분입니다. 지배인인 다나베는 다들 알고 있지만, 다나베도 최근에는 나타나지 않는다고 합니다."

이즈이가 주먹밥 포장지를 벗기며 말했다. 최근에 하기노야 종업원들과 직접 이야기를 나눈 사람은 이즈이였다.

"그나저나 직접 가택수색을 하는 편이 빠르지 않을까요?"

시마무라가 이부키의 얼굴을 쳐다보며 말했다. 그리고 이즈이에게서 돌아온 비닐봉투에서 자신도 주먹밥을 하나 꺼냈다.

"음, 그건 그렇지만 과장님과 관리관은 어디까지나 녀석들의 은신처를 알아내는 게 먼저라고 하더군. 적어도 다나베는 다시 여기로 올 가능성이 충분히 있어."

"모두 가와고에에 사는 것 같다고 한 여종업원이 그러더군요."

이즈이가 다시 설명을 덧붙였다.

"하지만 가와고에가 손바닥만 한 곳도 아니고 전부 뒤질 순 없잖습니까?"

시마무라의 이 말에 이부키가 대꾸했다.

"그래서 지금 지난 1, 2년 사이에 새로 주민등록을 옮긴 가구 중에 동거인이 열 명쯤 되는 곳이 없는지 가와고에 시청에 알아봐달라고 했어. 기우라의 수법으로 보면 우리에게 이름과 얼굴이 알려지지 않은 사람의 주민등록을 옮겨놓고, 그곳에서 모두 같이 지내고 있을 가능성이 있으니까. 주거지의 크기와 거주자 수에 부자연스러운 점이 없는지 조사하는 중이야."

"그런데 지금까지 전부 같이 살고 있을까요? 기우라도 위험하다는 걸 알고 이미 하나조노상회를 해산해버린 게 아닐까요?"

시마무라의 목소리에 불안함이 배어 있었다.

"음, 그럴 가능성도 없진 않아. 수사본부 간부들이 걱정하는 건 하나조노상회 여자들이야. 하기노야의 일반 종업원과 달리 그들은 기우라와 항상 같이 다녔으니까 적어도 그의 범죄를 어느 정도는 알고 있을지 몰라. 그래서 개중에는 없애버린 여자도 있지 않을까 우려하는 목소리가 있어."

이부키의 말을 듣고 이번에는 이즈이가 끼어들었다.

"그게 말인데요, 예전에 유키의 애인인 이시노라는 은행원과 얘기했을 때 좀 마음에 걸리는 말을 들었거든요. 유키와 연락이 안 돼서 하기노야에 몇 번 전화를 걸었을 때 대부분 목소리를 들어본 적 없는 남자가 받아서 '유키 씨는 지금 없습니다.'라고 대꾸했는데, 한 번은 중학생 같은 여자가 받았다고 합니다. 그래서 하기노야 종업원에게 넌지시 물어보았더니, 분명히 한 달 전까지 중학생 정도의 소녀가 일했다고 하더군요. 소녀의 이름은 우타로 원래부터 하나조노상회 그룹이었다고 합니다."

"우타라⋯⋯. 설마 중학생이 매춘이라도 한 건가?"

"제가 듣기로 그런 느낌은 아니었습니다. 여종업원들 말로는 착하고 얌전하고 머리도 좋아서 다들 '우타 짱'이라고 부르며 좋아했다고 하더군요. 그런 걸 보면 하나조노상회에 있는 누군가의 딸이 아닐까요? 그 애의 성을 아는 사람이 아무도 없어서 누구 딸인지는 확실하지 않지만요. 지난번 고발 편지가 히라가나로 쓰였다는 걸 알고 있었던 여성도 40대로 보였으니까 중학생 정도의 딸이 있어도 이상하지 않겠지요."

이부키가 고개를 끄덕였다.

"그렇군. 하긴 기우라처럼 법을 잘 아는 사람이 미성년자를 매춘에 이용했을 리 없지."

"네, 방범부에서도 그런 정보가 올라오지 않은 걸 보면 그런 일은 없었을 겁니다."

그때 핸들을 쥔 스이조 서 형사가 작은 목소리로 이부키를 불렀다.

"이부키 씨, 저기를 보십시오."

하기노야 정문으로 카롤라가 들어가고 있었다. 운전석에는 회색 점퍼를 입은 노인이, 조수석에는 사치에가 앉아 있었다.

이즈이가 재빨리 설명했다.

"다나베군요. 오랜만에 온 것 같습니다. 옆에 있는 사람은 예전에 탐문을 했을 때 고발 편지에 대해 말해준 여자입니다."

이부키는 말없이 고개를 끄덕이며 손목시계를 쳐다보았다. 정
오 조금 전이었다.

시마무라가 물었다.

"당장 쫓아가서 캐물을까요?"

"아니, 녀석을 미행해서 현재 은신처를 알아내라는 게 수사본
부의 지시야. 다만 사정이 여의치 않으면 매춘방지법 위반으로
다나베를 체포할 준비가 돼 있어."

차 안에 긴장감이 퍼지기 시작했다. 기우라를 제외하면 이
번 사건의 최대 열쇠가 다나베라는 사실을 수사본부도 알고
있었다.

9

"긴급, 긴급! 수사본부의 전달 사항이다! 가와고에 시 우시누
마 3번가 농가의 창고에서 오늘 아침 화재가 발생했는데, 그곳
에서 남녀 두 구의 시신이 발견되었다. 안채에서 행방불명으로
추정되는 유키의 운전면허증을 입수했다. 현재 현장검증을 하고
있으니 새로운 지시를 기다리기 바란다."

경찰의 잠복 차량 안에 무전 내용이 흘러나왔다. 이부키와 시
마무라는 서로 얼굴을 마주 보았다. 운전을 하는 스이조 서의
형사는 앞에서 달려가는 카롤라에서 시선을 떼지 않았다. 다나

베와 사치에가 하기노야에 온 것은 낮 12시쯤이고, 다시 하기노야 밖으로 나온 것은 오후 7시경이었다.

저녁 8시가 지났다. 교통체증으로 악명이 높은 수도고속도로지만 이 시간에는 적당히 차가 흘러가고 있었다. 잠시만 방심하면 다른 차가 끼어들 수 있어 운전에 상당히 신경을 써야 했다.

"시신 한 구는 모토하타 유키일까요?"

조수석에 있던 시마무라가 뒷좌석을 돌아보면서 물었다.

"모르지. 하지만 그럴 가능성을 부정할 수 없어."

"이부키 반(班), 여기는 수사본부의 노미입니다."

다시 무전기에서 소리가 흘러나왔다. 시마무라가 무전기의 마이크를 뒷좌석의 이부키에게 넘겨주었다. 이부키가 몸을 앞으로 내밀며 무전기를 잡았다.

"네, 이부키입니다. 말씀하세요."

"발견된 시신 두 구 중 하나는 모토하타 유키일 가능성이 높습니다. 정확한 건 정식으로 부검해봐야 알 수 있지만, 두 구 모두 연기를 마시지 않은 것으로 보아 살해한 후 불을 지른 것 같습니다. 이웃 사람이 빨리 신고한 덕분에 불이 커지기 전에 꺼서 여자의 얼굴도 심하게 변형되지 않았습니다. 남자의 얼굴은 화재 때문이 아니라 심하게 얻어맞아서 상당히 변형되었지만요. 두 사람 모두 젊습니다. 남자는 기우라의 왼팔이었던 후지키 사부로인 것 같습니다. 여자는 나이와 체형 모두 모토하타 유키에 가까워 현재 그녀의 애인인 이시노 유스케 씨에게 확인해달라고 의뢰한 상태입니다. 두 사람의 몸에서 아몬드 냄새가 났다고 하니 청산칼리 계통의 독극물을 마셨을 가능성이 있습니다. 다만 두 사람은 서로 등을 댄 채 기둥에 묶여 있었던 만큼 동반자살이라고는 볼 수 없습니다. 누군가가 살해했을 가능성이 큽니다. 또한 안채에 아무도 없고 이동에 사용한 왜건도 없는 걸 보면 이미 도주한 것으로 보입니다. 다나베에게는 매춘방지법 위반으로 체포영장이 나왔습니다. 이즈이 형사가 지금 영장을 가지러 갔으니까 돌아오는 대로 합류하라고 하겠습니다. 그 전에 이부키 반의 판단으로 다나베의 신병을 확보하면, 처음에는 불심검문을 해서 적당히 시간을 벌어주십시오. 그 사이에 이즈이 형사를 그쪽으로 보내겠습니다."

무전의 성격상 대답이나 반문은 최대한 생략하고, 노미가 일방적으로 하는 말을 들었다. 오전에 그들과 같이 하기노야를 감시했던 이즈이는 보고도 할 겸 일단 수사본부로 철수한 터였다.

지금 쫓고 있는 다나베와 사치에가 탄 차가 어디로 가는지는 판단하기 힘들었다. 만약 이미 경찰과 소방서가 가 있는 가와고에의 민가라면 이 추격에는 아무런 의미가 없었다. 불이 난 시각은 오전 11시 정도로 다나베가 하기노야를 향해 출발한 이후였다. 따라서 불이 났다는 사실을 모를 가능성도 있었다.

단지 지금 달리는 수도고속도로는 가와고에로 가는 직접 경로가 아니었다. 다나베와 기우라가 다른 곳에서 만나기로 했을 가능성도 있는 것이다. 따라서 당분간은 계속 추격하는 수밖에 없었다. 어디에서 다나베의 차를 세우고 불심검문할지는 이부키가 알아서 판단해야 했다.

"알겠습니다."

이부키는 짧게 대답하고 무전기의 마이크를 시마무라에게 돌려주었다.

시마무라가 이부키를 돌아보며 물었다.

"두 사람 모두 묶인 상태에서 청산칼리를 먹었을까요?"

이부키가 혼잣말처럼 대꾸했다.

"아니면 먹였겠지……."

"그런데 뭔가 뒤죽박죽이군요. 청산칼리 같은 걸 먹여서 죽이려 했다면 왜 귀찮게 묶어두었을까요? 더구나 두 사람을 같은 기둥에 묶다니."

"그러게 말이야. 이번 사건은 모든 게 뒤죽박죽이야."

이부키는 시마무라에게 말한다기보다 자기 자신에게 말하는 것처럼 보였다.

"유키도 단순히 피해자이기만 한 게 아니라 가해자일 가능성도 있지 않을까요? 유키와 고이치는 부모가 사라진 다음에도 하기노야에서 일했으니까요. 초기에는 기우라에게 가담했을 가능성이 충분히 있지요."

"그렇진 않은 것 같아. 마쓰나카의 자백을 보면 기우라에게 가담한 건 고이치뿐이고, 유키는 오히려 격렬하게 저항한 것 같더군."

"마쓰나카의 말을 백 퍼센트 믿을 수 있을까요? 그 녀석도 하기노야에서 누군가를 살해하는 데 가담했다면 그렇게 해두는 편이 유리해서 그런 것 아닐까요? 어쨌든 주범이 기우라냐 마쓰나카냐는 차치하더라도 마쓰나카가 야마카와 살해에 관여한 건 분명하니까요. 만약 마쓰나카가 하기노야 사건으로 한 사람이라도 더 죽였다면 저세상과 상당히 가까워지겠군요."

"자네도 꽤 의심이 많군. 내 느낌에 하기노야 사건에 관해선 마쓰나카의 말이 틀리지 않을 거야. 애초에 기우라 같은 인텔리가 마쓰나카 따위를 믿었을까? 녀석의 말대로 아마 기우라는 녀석을 협박에 이용했을 뿐 중요한 부분은 거의 보여주지 않았을 거야. 이즈이가 탐문수사를 했던 여자들도 마쓰나카에 대한 기우라의 태도가 그런 느낌이었다고 했다니까."

"요컨대 기우라는 마쓰나카를 교묘하게 이용했다……. 기우라가 마쓰나카보다 한 수 위라는 건가요?"

"그렇겠지. 기우라는 마쓰나카를 이용해 야마카와 살해를 야쿠자의 알력으로 보이게 만들었어. 다만 하기노야 사건에서는 마쓰나카의 역할이 한정되어 있었지."

"이건 다른 이야기인데, 어제 본청에 잠시 들렀더니 이가라시 씨의 아내가 돌아가셨다고 하더군요. 장례식 일정은 아직 정해지지 않은 것 같습니다."

이부키가 복잡한 표정으로 입을 열려는 순간 핸들을 쥔 스이조 서의 형사가 말했다.

"아, 다카이도 인터체인지에서 빠집니다."

그는 하려던 말을 집어삼키고 앞 차량의 후미등을 뚫어지게 쳐다보았다.

10

연지색 크라운 스테이션왜건이 도메이 고속도로로 들어갔다. 핸들은 비소의 영향에서 거의 회복된 기우라가 직접 잡았다. 조수석에는 우타가 앉고, 뒷좌석에 에리와 레이코, 기리코, 란, 시오리, 나오코가 앉아 있었다. 기우라를 포함해 전부 여덟 명이었다.

여기에 사부로와 다나베, 사치에가 있으면 열한 명이 되어 하마마쓰에서 출발할 때의 멤버와 일치한다. 그러나 사부로는 이미 세상을 떠났고, 다나베와 사치에가 합류하는 것은 불가능해졌다.

오전 10시, 하기노야에 수금을 하러 다나베와 사치에를 보낸 직후 기우라는 창고 안에서 흙빛 얼굴로 사망한 사부로와 유키를 발견했다. 바닥에는 텅 빈 반투명 용기가 굴러다녔다.

기우라는 즉시 창고에 불을 지르고 출발하기로 했다.

"다나베 씨와 사치에 씨는 어떡하고요?"

사치에와 친한 에리가 머뭇거리며 물었다.

"더 이상 기다릴 수 없어. 그들은 아직 차 안에 있을 테니까 연락할 방법도 없고. 다나베 씨는 오는 길에 돈을 들고 시모타카이도에 사는 딸네 집에 들른다고 했어. 아마 사치에도 같이 갈 거야. 경찰이 하기노야를 가택수색하지 않는 게 마음에 걸려. 내 예상이 맞는다면 그들은 하기노야에서 오는 길에 미행을 당할 거야. 그러니까 여긴 위험해. 유감스럽지만 그들을 기다릴 수 없어."

그런 상황에서 기우라가 왜 다나베와 사치에를 하기노야에 보냈는지는 밝혀지지 않았다. 어쩌면 그런 위험을 저지르면서까지 다나베가 딸에게 돈을 줄 수 있도록 배려한 게 아닐까. 또한 사치에까지 딸려 보낸 것은 두 사람을 일부러 그룹에서 제외해, 그때까지 최선을 다해 자신을 섬긴 다나베가 여생을 즐길 수 있도록 한 게 아닐까.

어쨌든 다른 여자들은 다나베와 사치에를 생각할 여유가 없었다. 이 시점에 이르자 자신들의 혐의가 단지 매춘에 관한 법률 위반만이 아니라는 사실을 모두 알고 있었다. 기우라와 행동을 같이한 이상 경찰이 하기노야 부부의 살해나 사부로, 유키의 죽음에 그녀들이 관여했다고 생각하는 것은 당연했다.

그러나 기우라는 출발하기 전에 여자들을 모아놓고 이렇게 말했다.

"지금 내 곁을 떠나 독자적으로 행동하고 싶은 사람은 그렇게 해도 상관없어. 각자 사정이 있을 테니까 그런다고 원망할 생각은 없다. 하지만 당분간 나와 같이 도망치는 편이 좋을 거다. 6개월쯤 지나서 세상이 조용해지면 그때 해산한다. 나는 그때 죽을 생각이지만, 너희들은 마음대로 해도 좋다."

그 말을 듣고 왜 당분간 기우라와 같이 도망치는 편이 좋은지 여자들이 이해했다고 생각하기는 힘들다. 유키와 사부로의 죽음에 대한 설명도 없었다. 불길이 솟구치는 와중에 말했기 때문에 다들 당황해서 두 사람에 대해 물어보는 사람도 없었다.

다만 기우라의 곁을 떠나려는 사람은 아무도 없었다. 오랜 집단생활 속에서 스스로 생각하는 의식이 멈추었기 때문일지도 모른다. 자신도 모르는 사이 기우라의 지시에 따르는 습관이 생긴 것이다.

동시에 기묘한 의혹이 작용한 것도 부정할 수 없다. 그 말을 진심으로 받아들여 그의 곁을 떠나려고 한 순간 혹시 살해당하지 않을까 생각한 여자도 틀림없이 있었을 것이다.

"우타, 라디오를 켜."

기우라가 조수석에 있는 우타에게 말했다. 우타는 어두운 표정으로 멍하니 앉아 있었다. 자신이 우연히 손에 넣은 청산칼리를 이용해 사부로와 유키가 자살했다는 사실은 알고 있었다. 겉으로 보기엔 자살이었지만 내용은 살인과 다름없었다. 두 사람은 더 이상 괴로워하지 않기 위해 같이 죽는 길을 선택했다.

유키와 사부로가 어떻게 한 용기에 든 청산칼리를 동시에 마셨는지는 알 수 없었다. 일단 유키가 절반을 입에 머금고, 뒤로 묶인 손으로 사부로에게 용기를 전해주었으면 불가능하지는 않았으리라.

우타는 비소 때문에 한바탕 소동이 벌어졌을 때 그 혼란 속에서 청산칼리 용기를 손에 넣었다. 기우라가 쓰러졌을 때 그의 오른쪽 바지 주머니에서 용기가 떨어진 것을 본 사람은 그녀뿐이었다. 그녀는 재빨리 청산칼리 용기를 자신의 바지 주머니에 넣었다. 순간적인 판단이었다.

실은 예전에 다나베가 사치에게 기우라가 항상 청산칼리 용액을 가지고 다닌다고 한 말을 슬쩍 들은 적이 있었다. 그래서 그 용기를 본 순간 즉시 청산칼리란 사실을 알았다. 그리고 유키를 풀어줄 때 도움이 될지도 모른다는 생각이 한순간 뇌리를 스쳤다.

우타는 그런 다음에 다나베를 부르러 유키의 방으로 달려갔다. 다나베 역시 당황해서 우타에게 자물쇠를 채우라고 지시했을 뿐 우타가 자물쇠를 채웠는지 확인하지 않고 기우라에게 달려갔다.

우타는 일단 안으로 들어가 유키에게 눈짓을 했다. 도망치라고 신호를 보낸 셈이었다. 그러나 유키는 고개를 가로저었다. 뒤에 남겨질 우타와 사부로 때문이었을까? 어쩌면 오래 감금되어 있는 사이에 도망치고 싶다는 마음이 희미해졌을지도 모른다고 우타는 생각했다.

그녀는 유키에게 도망치라고 강력하게 주장하지는 않았다. 일부러 문을 잠그지 않고 유키의 의사에 맡겼을 따름이다. 비소를 먹었으니 기우라는 죽을 수도 있다. 그러면 유키가 풀려날 가능성이 높다. 젊은 사부로가 늙은 다나베에게 질 리는 없으니까. 우타는 그렇게 생각했다.

그러나 실제로 기우라는 회복되었고, 유키와 사부로는 창고에 감금되었다. 그러자 유키에게 적극적으로 도망치라고 하지 않은 것이 후회되었다. 그때는 청산칼리 용기도 유키에게 보여주지 않았다. 유키가 자살할까 봐 두려웠던 것이다.

그런데 그런 절박한 상황에서 넘겨주게 되다니……. 우타는 너무도 분하고 화가 나서 끊임없이 눈물을 흘렸다. 기회가 있으면 청산칼리를 사용해 기우라와 다나베를 죽이고라도 도망치라고 하고 싶었던 건데…….

하지만 그런 상황에서 청산칼리를 준 것은 마치 그걸 먹고 죽으라는 뜻이 아닌가. 그녀의 마음 깊은 곳에 유키와 사부로가 괴로움에 발버둥치기보다 차라리 자살하게 해주고 싶다는 마음이 있었던 것은 부정할 수 없다.

시간이 지날수록 그녀의 죄책감은 깊어졌다. 두 사람은 자신이 죽인 것이나 마찬가지라는 생각이 들었다.

그런데 여전히 이해할 수 없는 것은 우타에 대한 기우라의 태도였다. 우타가 유키의 밧줄을 끊어 도망치게 해주려던 것을 기우라는 자기 눈으로 똑똑히 보았다. 그럼에도 그의 반응은 예전과 똑같았다. 우타도 유키처럼 묶어두자는 다나베의 말을 무시했을 뿐만 아니라 그런 이야기가 나오지 못하게 한 것이다.

유키와 사부로의 죽음이 청산칼리 때문이라는 사실은 기우라도 알고 있었으리라. 그것을 두 사람의 손에 전해줄 사람은 아무리 생각해도 우타밖에 없었다. 그러나 그에 대해서도 기우라는 계속 침묵을 지키고 있었다.

라디오에서 노래가 흘러나왔다. 야쿠시마루 히로코의 〈세일러복과 기관총〉이었다. 여자들 중에는 같이 흥얼거리는 사람도 있었다.

노래를 좋아하는 나오코가 말했다.

"이 노래는 제목이 두 가지야. 〈세일러복과 기관총〉, 그리고 〈꿈의 도중〉."

"〈세일러복과 기관총〉과 〈꿈의 도중〉이라……."

시오리의 목소리에는 애절함이 잔뜩 묻어 있었다. 두 사람은 20대 중반으로 사이가 좋았다. 그날도 하얀 바탕에 핑크색 격자무늬가 들어간 똑같은 스웨터를 입고 있었다.

실제로 그녀들에게 지금 일어나는 일은 '꿈의 도중'이라고밖에 생각할 수 없었다. 구체적이고 부분적인 정보는 알지만 전체의 모습은 이해할 수 없었다. 그야말로 어젯밤에 꾼 꿈과 똑같지 않은가?

가요 프로그램이 끝나고 뉴스가 나왔다. 처음에는 국회에 관한 뉴스였다. 그러다 다음 뉴스가 나오자마자 차 안은 긴장감으로 가득 찼다.

오늘 오후 7시쯤 경시청은 주소가 일정하지 않은 74세의 다나베 지카요 시를 체포했습니다. 혐의는 매춘방지법 위반이지만 다나베는 도쿄 도 분쿄 구의 노포 여관 하기노야의 일가족 행방불명 사건에 관여한 것으로 보여. 경찰에서는 매춘방지법 위반을 근거로 하기노야 일가족의 행방을 추궁할 예정이라고 합니다. 하기노야 주인의 아내인 모토하타 히데노 씨의 시신 중 머리 부분이 군마 현 산속에서 발견되었고 오늘 장녀 유키 씨로 보이는 시신이 발견되었지만, 남편인 세이지 씨와 장남인 고이치 씨, 세이지 씨의 여동생 부부와 장남은 여전히 행방불명 상태입니다. 경시청에서는 이들이 모두 살해되었을 가능성이 있다고 보고 주범으로 보이는 48세의 기우라 겐조에 대해 전국에 지명수배를 내렸습니다. 기우라의 혐의는······.

갑자기 소리가 사라졌다. 기우라가 라디오를 끈 것이다.

밤 9시가 지난 시각, 비교적 한적한 도메이 고속도로를 크라운 스테이션왜건이 조용히 질주했다.

11

기우라와 야마카와가 처음 충돌한 원인은 수익 분배 문제였다. 그런데 조직 내에서 야마카와와 대립하던 마쓰나카가 기우라에게 붙으면서 결국 기우라와 마쓰나카는 야마카와를 하루미 부두의 빈 창고 안에서 때려죽이고, 그대로 배에 태운 뒤 야마카와의 몸에 아령을 매달아 바다에 가라앉혔다.

조금 복잡했던 것은 야마카와가 자신의 몫을 교쿠잔카이 간부에게 정확히 보고하지 않고 일부를 착복했다는 점이었다.

그 와중에 기우라와 류진연합의 관계가 특별하지 않다는 사실이 밝혀졌다. 교쿠잔카이 간부가 연줄을 이용해 류진연합에 문의했던 것이다.

야마카와가 아무리 조직을 배신하고 개인적으로 돈을 착복했다고 해도, 조직의 체면이 걸린 이상 교쿠잔카이는 마쓰나카와 기우라에게 보복하지 않을 수 없게 되었다. 하지만 마쓰나카는 이미 살인죄로 기소되었고, 기우라는 경찰에 쫓기고 있었다.

마쓰나카가 살인으로 유죄를 받으면 당분간 교쿠잔카이에서 손을 대는 것은 불가능하다. 따라서 눈앞의 목표는 기우라가 될 수밖에 없었다.

체포된 다나베는 순순히 취조에 응했다. 그 결과 하기노야 사건의 진상이 어느 정도 밝혀졌다. 그러나 다나베의 어휘와 표현력 부족으로 인해 중요한 부분에서는 여전히 모호한 점이 많았다.

같이 체포된 사치에는 사부로와 유키의 감금에 어느 정도 관여했다고 인정했다. 다만 고이치 살해에 관해 사부로에게 들은 것 말고 다른 살인에 대해서는 거의 몰랐기 때문에 다나베의 모호한 증언을 보충하는 증인으로서는 한계가 있었다.

더구나 유키와 사부로를 감금한 일도 기우라나 다나베의 명령을 따른 것으로 추측되는 만큼 그것을 이유로 오랫동안 신병을 구속하기는 어려웠다. 이에 수사본부는 매춘방지법 위반과 감금죄로 두 번 체포해 신병 구속을 연장하는 것이 고작이었다.

다나베의 진술에서 특히 이해가 되지 않는 것은 하기노야 사람들이 잇달아 기우라의 독이빨에 걸리는 과정이었다. 다나베의 어설픈 설명으로는 기우라의 전술이 그렇게 교묘하다고 여겨지지 않았다.

한편 세이지를 죽인 원인이 되었던 하기노야의 권리증은 세이지가 다른 금융업자로부터 1천만 엔을 빌릴 때 담보로 맡겼다는 사실이 밝혀졌다. 하지만 그 금융업자는 앞에 나타나지 않고 조용히 사태의 추이를 지켜보았다. 하기노야를 강탈한 기우라의 배후에 폭력단이 존재할 가능성이 있다는 소문을 들었기 때문이다.

그렇다면 기우라는 원래 없는 권리증을 있다고 착각해서 세이지를 고문한 것인가. 세이지는 처음에 권리증을 어딘가에 감춘 척했지만, 나중에는 거의 의사표현을 할 수 없을 만큼 쇠약해지고 결국 권리증에 대한 사실을 말하지 못한 채 사망한 것으로 보인다.

형사들 중에는 더 끔찍한 상상을 하는 사람도 있었다. 기우라가 처음부터 그 사실을 알면서 세이지를 고문하고, 시노다 부부와 겐타로를 살해하는 구실로 삼았을 수도 있다는 것이다.

실제로 기우라와 금융업자는 면식이 있는 만큼 일종의 거래가 있었을 가능성도 부정할 수 없다. 그러나 자신에게 피해가 미칠 것이 두려워서인지 금융업자는 그런 거래를 강력하게 부인했다.

어쨌든 다나베는 그런 사실조차 몰랐다. 따라서 수사본부 형사들은 다나베의 진술을 큰 줄기에서는 인정하면서도 정보 자체는 정확하지 않을 수 있다고 판단했다.

감금에 대해서도 마찬가지였다. 그들 모두가 절대로 도망칠 수 없는 상황에 있었던 것은 아니었다. 그럼에도 무기력한 태도를 보이며 질질 끌려다니다 결국 살해되기에 이르렀다는 느낌을 씻을 수 없었다.

다나베의 증언으로 확실해진 것은 하기노야 주인 부부는 아들인 고이치가 살해했고, 고이치를 살해한 사람은 사부로와 다나베 자신이었다는 점이다. 다만 유키와 사부로는 동반자살이라고 주장했다. 이것은 사치에의 진술과도 일치했다. 다나베는 동반자살에 사용한 청산칼리가 원래 기우라의 것이었다는 사실은 인정했지만, 그것이 어떻게 두 사람의 손에 넘어갔는지는 모르는 듯했다.

시노다 부부와 겐타로 살해에 관해서는 한층 모호한 표현으로 일관했다. 듣기에 따라서는 기우라와 다나베, 사부로, 고이치가 전부 살해에 관여한 것으로 보였지만, 누가 누구를 살해했는지는 몇 번을 물어도 확실하지 않았다.

거짓말을 하는 것처럼 보이지는 않았다. 어쨌든 다나베는 거의 모든 살인에 관여했다고 인정했다.

기우라에 대해서는 "도련님은 거의 손을 대지 않았습니다."라는 말만 반복했다. "그러면 명령만 했나?"라는 취조관의 질문에는 "그런 건 아니지만⋯⋯." 하고 말한 다음 입을 다물었다.

다나베가 살인을 인정한 사람들 중에 동반자살이라고 주장하는 유키와 사부로의 경우를 별도로 치면, 시신이 발견되고 신원이 확인된 사람은 히데노뿐이었다. 군마 현 산속에서 발견된 토막 시신은 두 사람의 것으로 추정되며, 한쪽은 세이지의 시신일 가능성이 높았다. 다만 아직 머리가 발견되지 않아서 백 퍼센트 단정할 수는 없었다. 고이치와 시노다 부부, 겐타로의 시신은 끝내 발견되지 않았다.

다나베는 시신 버린 곳을 숨기지 않고, 세이지 부부 이외의 토막 시신은 가나가와에서 나고야 방면의 산속이나 도쿄 만에 버렸다고 진술했다.

다만 자신의 역할은 시신을 토막 내는 것이었고 실제로 시신을 운반한 사람은 사부로나 고이치, 또는 기우라여서 시신을 버린 정확한 위치는 모른다고 했다.

유키와 사부로의 관계를 두고는 "두 사람은 그렇고 그런 사이지요."라는 말만 되풀이했다. 이 진술이 일부 매스컴에 새어 나가면서 처음에는 유키도 고이치처럼 기우라 편에 선 게 아닐까 하는 당치도 않은 억측이 날아다녔다.

사치에는 그런 억측을 부정했지만, 무슨 이유인지 매스컴에서는 사치에의 진술에 주목하지 않았다. 이 억측이 바로잡힌 것은 집단자살이 밝혀지고 우타의 진술과 니가타에 사는 전 병원장의 증언 등이 세상에 알려진 이후였다.

다나베를 체포했을 당시 그의 가방에는 하기노야에서 수금한 돈 이외에 3천만 엔이라는 거금이 들어 있었다. 형사의 질문에 그는 그 돈을 시모타카이도에 사는 딸에게 줄 생각이었다고 했다.

그러나 중학교 교사와 결혼해 소박하고 성실하게 사는 딸은 그 돈을 거부했다. 다나베의 전처 문제로 부녀 사이에 복잡한 속사정이 있는 것 같았지만, 그 점에 관해서는 말을 하지 않았다.

"이제 그 돈은 필요 없습니다. 알아서 적당히 처리해주십시오."

다나베는 취조관을 향해 진지하게 말했다.

"그럴 수는 없습니다. 일단 경찰에서 영치하겠지만 문제가 없는 돈이란 게 밝혀지면 다시 당신에게 돌려주어야 합니다."

"이거 골치 아프게 됐군요. 돈이 있어도 쓸 데가 없거든요."

"변호사 비용이 필요하잖습니까?"

"변호사 같은 건 필요 없습니다. 어차피 사형일 텐데 변호사를 붙여서 뭐하겠어요?"

"꼭 그렇다곤 할 수 없지요. 그리고 변호사를 붙이지 않으면 형사재판을 열 수 없습니다. 사치에에게도 변호사가 필요하잖아요. 당신 여자지요?"

취조관은 미소를 지으며 부드럽게 말했다. 사치에가 다나베의 딸 집에 따라간 것은 3천만 엔이란 거금을 전부 딸에게 줄까 봐 걱정해서가 아닐까 추측된다.

"그렇긴 하지만 내가 왜 그 여자에게 돈을 줘야 하지요?"

취조관의 말에 다나베가 고개를 갸웃하며 이상하다는 표정을 지었다. 그러나 고개를 갸웃하고 싶은 것은 오히려 취조관 쪽이었다. 다나베의 속마음을 이해할 수 없었다.

12

6월 3일 밤, 간사이 방면을 향해 달리던 크라운 스테이션왜건이 나고야 시에서 동쪽으로 10킬로미터쯤 떨어진 도메이 고속도로 부근의 카사블랑카라는 비즈니스호텔 주차장에 멈춰섰다.

기우라 일행이 프런트에서 체크인을 한 것은 밤 9시가 지나서였다. 트윈 룸을 네 개 빌렸다. 전부 여덟 명이므로 두 명씩 각

방으로 들어갔다.

기우라는 우타와 같은 방을 사용했다. 그러나 방에서 쉴 틈도 없이 다시 차를 타고 1킬로미터쯤 떨어진 패밀리 레스토랑으로 식사를 하러 갔다가 11시 무렵에 호텔로 돌아왔다.

그런 다음 기우라는 전원을 자기 방으로 소집했다. 그는 몹시 기분이 좋아 보였다. 패밀리 레스토랑에서 생맥주를 한 잔 마시긴 했지만, 워낙 술에 강하기 때문에 그 정도 알코올로 취할 리는 없었다.

우타는 가와고에에서 도주한 이후 기우라가 변한 것을 느꼈다. 온몸에서 뿜어 나오던 얼음 같은 차가움이 사라지고, 예전에는 볼 수 없었던 온화함이 찾아온 것이다.

그는 현재 지명수배 상태로 맨얼굴로 밖을 돌아다니는 것은 매우 위험했다. 그러나 변장은 하지 않았다. 그럼에도 사람들이 알아보지 못한 것은 온화한 표정이 지명수배 사진의 날카로운 인상과 180도로 달랐기 때문일지 모른다. 그는 고속도로 요금소에서도 유유히 요금을 냈지만, 요금소 직원은 수상쩍은 표정을 짓지 않았다.

그렇다고 그에 대한 여자들의 공포심이 사라진 것은 아니었다. 여자들은 유키와 사부로를 살해한 사람은 기우라와 다나베라고 생각했고, 실제로 차 안의 라디오를 통해 기우라에 관한 뉴스를 듣기도 했다.

그러나 그에게 직접 진상을 캐물으려는 사람은 아무도 없었다. 그도 어디까지나 매춘방지법 혐의를 피하기 위해 도주하는 것처럼 행동했고, 살인에 관해서는 변명을 포함해 입도 벙긋하지 않았다.

따라서 기우라의 기분 좋은 모습은 아무리 봐도 이해할 수 없었다. 실은 그날 오후 1시경, 그는 나고야 항구의 남자 화장실 안에서 습격을 받고 폭력배 한 명을 총으로 쏘아 죽였다.

그 사건의 자세한 상황은 알려지지 않았다. 아무래도 교쿠잔카이와 우호관계에 있는 현지 폭력단 조직원 세 명이 그가 운전하는 연지색 크라운 스테이션왜건을 발견하고 쫓아가, 잠시 쉬기 위해 들른 나고야 항구에서 그를 습격한 모양이었다. 그 이후 그는 차를 바꾸려고 근처의 중고차 판매점에 들른 흔적이 있지만, 적당한 크기의 왜건이 없었는지 그대로 예전 차를 타고 간사이 방면으로 도주했다.

그는 결국 마지막까지 크라운 스테이션왜건을 버리지 않았다. 그런데 차종은 물론이고 차 색깔과 차량번호까지 밝혀졌음에도 나고야 항구의 습격 사건을 제외하면 경찰과 교쿠잔카이가 왜 그들을 발견하지 못했는지 지금도 의문이다.

우타를 비롯해 기우라와 같이 다닌 여자들은 당시 습격이 있었다는 사실조차 몰랐다.

우타의 기억으로는 폭력단원을 사살하고 화장실에서 돌아왔을 때도 기우라는 몹시 침착했다. 그는 여자들이 모두 돌아온 것을 확인하고 나서 천천히 차를 출발시켰다. 그가 사건에 대해 말한 것은 차가 나고야 항구를 벗어나 일반도로를 달리기 시작했을 때였다.

어쨌든 그날 밤 그가 자기 방으로 여자들을 모두 소집한 것은 역시 습격 사건과 관계가 있다고 대부분의 여자들은 생각했다.

우타는 망연자실하여 기우라의 이야기에 관심을 두지 않았다. 유키와 사부로의 죽음의 충격에서 여전히 벗어나지 못한 것이다. 그녀는 가능하면 그곳에 있고 싶지 않았다. 그러나 그곳은 그녀의 방이기도 해서 다른 곳으로 도망칠 수도 없었다.

17제곱미터쯤 되는 방에 여덟 명이 옹기종기 모였다. 좁아서 몸을 움직일 수 없을 정도였다.

기우라가 TV 앞에 섰다. 여자들은 제각기 침대 위에 앉기도 하고 그냥 서 있기도 했다. 우타는 욕실 문에 기대듯이 서서 멍하니 기우라의 이야기를 들었다.

"나는 늦어도 석 달 안에 죽을 작정이니까 지금까지 번 돈은 아무 필요가 없어졌어."

그는 기묘하리만큼 밝은 목소리로 말을 꺼냈다. 얼굴에는 신비한 미소마저 감돌았다.

"그래서 당분간 필요한 도주 자금을 제외하고 지금까지 번 돈을 모두에게 나눠주기로 결심했다."

갑자기 주위가 소란스러워졌다. 실내를 가득 메운 긴장감이 무너지고 잠시 소란스러움이 이어졌다.

"금액은 전부 달라요?"

기리코가 농담처럼 물었다. 긴장이 풀렸다는 증거였다.

"물론 전부 달라. 앞으로 살아갈 날에 따라서 나눴으니까."

"어릴수록 많이 주는 거예요?"

이번에는 란이 물었다. 그녀의 목소리도 들떠 있었다.

"바로 그거지!"

기우라가 평소와 달리 추임새를 넣듯 가볍게 대꾸했다.

"만세! 그럼 난 우타 짱 다음으로 많겠네?"

기리코가 환호성을 지르자 에리가 실망한 듯 말했다.

"에이, 뭐야? 그럼 내가 제일 적잖아."

여자들이 한꺼번에 웃음을 터트렸다. 웃지 않은 사람은 우타 뿐이었다.

기우라는 옷장에서 미리 준비해둔 현금이 든 종이봉투를 꺼내 여자들에게 나눠주었다. 백화점이나 슈퍼마켓 봉투 등 종이봉투는 제각기 달랐지만, 겉에는 검은 매직으로 여자들의 이름이 큼지막하게 쓰여 있었다. 그 자리에서 내용물을 확인한 사람은 아무도 없었기에 금액에 관해 기우라가 한 말이 사실인지 아닌지는 알 수 없었다.

돈을 다 나눠주자 기우라의 얼굴이 다시 진지하게 바뀌었다.

"내 말 잘 들어. 그 돈은 우리가 번 정당한 돈이지만 경찰에 잡히면 압수될 가능성이 높다. 그러니까 즉시 남들이 모르는 은행계좌에 넣어두든지 믿을 수 있는 사람에게 맡기든지 해. 내 생각엔 믿을 수 있는 사람에게 맡기는 게 제일 좋을 것 같아. 은행계좌는 경찰에게 들키면 압수될 수도 있으니까."

그리고 불현듯 기묘한 미소를 지으며 덧붙였다.

"뭐 나와 같이 죽고 싶은 사람은 주고 싶은 사람에게 줘도 되고……"

여자들이 일제히 심각한 표정을 지으며 조용히 입을 다물었다. 그러나 우타는 죽음을 강요하는 것처럼 느끼지는 않았다. 기우라는 다시 "부모 형제나 친한 사람에게 맡기고 싶은 사람은 내일 차로 근처까지 데려다줄게."라고 말했다.

다음 날 그는 그 약속을 실행했다. 우타는 기우라가 운전하는 차를 타고 하루 종일 나고야와 하마마쓰, 또는 그 근처의 작은 마을까지 간 것을 기억했다.

기우라는 여자들이 원하는 집 근처의 길가에 차를 세우고, 여자들이 돈을 맡기고 돌아올 때까지 기다렸다. 그때마다 그는 "이대로 그 집에 있고 싶으면 그렇게 해도 좋아."라고 덧붙였다. 그러나 실제로 그렇게 하는 사람은 아무도 없었다.

여자들에게도 매춘방지법 위반 혐의로 쫓기는 신세라는 자각이 있었던 것이리라. 부모 형제나 친구에게 신세를 지고 싶지 않다는 마음이 작용했는지, 결국 다들 돈만 맡기고 기우라가 운전하는 차로 돌아왔다.

물론 자기 명의의 은행계좌에 돈을 넣은 여자도 몇 명 있었다. 그런 경우에 기우라는 은행 앞에 차를 세우고 여자들이 돌아오기를 기다렸다. 그것도 도주를 막기 위해서라기보다 여자들에 대한 배려로 보였다.

가장 난처한 사람은 우타였다. 은행계좌도 없고, 하기노야의 월급도 전부 현금으로 받았다. 일반적으로 생각하면 하마마쓰에 있는 어머니에게 맡기는 것이 가장 좋았지만, 그녀는 어머니를 만나고 싶지 않았다.

어머니에게 버림받았다는 마음이 어딘가에 남아 있었을지도 모른다. 그런 마음을 꿰뚫어본 것처럼 운전석의 기우라가 조수석에 앉은 그녀에게 말을 걸었다. 마침 가마고리 근처를 달릴 때였다.

"우타는 어떻게 할래?"

이때 우타 이외의 여자들은 모두 친척에게 맡기거나 은행에 입금해 현금이 손에 없는 상태였다.

우타는 기우라의 말을 묵살했다. 유키와 사부로가 죽은 이후 그녀의 눈에는 기우라에 대한 노골적인 증오가 깃들게 되었다. 기우라는 우타의 대답이 무엇이든 상관없다는 식으로 다시 말했다.

"넌 내가 제일 믿는 사람에게 데려다줄 테니까 그 사람에게 맡겨."

우타는 가슴이 덜컹 내려앉았다. 혹시 하마마쓰의 어머니에게 데려가려는 게 아닐까? 그러나 딱히 저항할 생각은 없었다. 돈은 아무래도 상관없었다.

언제였는지 기억나지 않지만 그녀는 백화점 종이봉투를 열어보았다. 백만 엔짜리 다발이 50개 들어 있었다. 5천만 엔이었다.

기이한 것은 당시 그녀는 그런 거금을 받았다는 인식이 없었고, 50이라는 숫자만 기억의 잔재로서 흐릿하게 남아 있었다.

30분쯤 달리자 수족관을 지나 항구의 부두가 보였다. 차는 '나가하마 해산물'이라는 간판이 걸린 커다란 창고 같은 건물 앞에서 멈추었다.

기우라의 재촉을 받고 우타는 차에서 내렸다. 바람에서 바다 내음이 느껴졌다. 부두를 때리는 파도 소리가 크게 들렸다.

다른 여자들을 차 안에 남기고 기우라와 우타는 건물을 향해 걸어갔다. 누구의 집인지는 알 수 없었다. 다만 어머니 집이 아니라는 것에 그녀는 가벼운 안도를 느꼈다.

13

나고야 항구에서 기우라가 습격당한 사건이 벌어진 지 열흘이 지난 6월 13일 오후 1시, 이부키는 경시청 본청사 6층에 있는 수사1과장의 방으로 오라는 호출을 받았다. 1과가 있는 층에서 개인 사무실을 가지고 있는 사람은 1과장뿐이었다.

이제껏 과장실에 불려간 적은 그리 많지 않았다. 아마 도주 중인 기우라에 대한 수사 상황을 알고 싶은 것이리라. 지금 이부키와 시마무라를 포함한 형사 네 명은 다나베 취조에서 벗어나 기우라의 행방을 쫓는 데 전념하고 있었다.

이부키는 짙은 갈색 응접세트에 앉아 도노무라 1과장과 마주했다. 도노무라는 50세로 논 커리어이지만 형사로서 순조롭게 승진한 경시정(警視正)이었다. 은테 안경을 낀 온화한 표정의 남자지만, 막상 일이 터지면 거침없이 독설을 내뿜는 것으로 유명했다.

"이부키, 기우라의 종적은 파악했나?"

"아뇨, 그게 아직……."

"왜 이리 늦어?"

도노무라는 차갑게 말했다. 베테랑 형사에 대한 배려는 눈곱만큼도 보이지 않았다. 이부키는 고개를 숙이는 수밖에 없었다. 잠시 어색한 침묵이 이어졌다.

도노무라가 목소리를 조금 가라앉히더니 다시 말을 꺼냈다.

"실은 오늘 아침에 형사부장이 부르더군. 기우라 사건에 대해 추궁을 당했어. 모든 인간관계를 다 이용하라고 하더군. 지금 우리 경찰 외에 교쿠잔카이도 기우라의 목숨을 노리고 있으니까. 나고야에서 녀석들에게 선수를 빼앗겼다고 펄펄 뛰고 난리도 아니었지. 실패로 끝나서 다행이지, 안 그랬으면 된통 당할 뻔했어. 녀석들이 기우라를 죽였다면 경찰 체면이 처참하게 구겨졌을 테니까. 그래서 4과장을 불러 1과 수사에 전면적으로 협조하도록 했다더군. 지난번 정보누설 건으로 부장이 4과장을 따끔하게 혼냈나 봐. 작금의 사태를 초래한 가장 큰 원인은 역시 기우라에게 수사정보가 새 나간 거니까. 그러니까 이제부터는 4과 형사들에게 당당하게 정보를 요구할 수 있어. 4과장이 말단 형사에게까지 철저하게 지시해놓았을 거야. 또한 교쿠잔카이 조직원이 기우라를 없애려는 움직임을 감지하면 별건이라도 좋으니까 당장 잡아넣으라고 부장이 엄명을 내렸지."

말을 마치자 그는 온화한 표정으로 돌아가서 이부키를 똑바로 쳐다보았다.

"알겠습니다. 저도 이제 적극적으로 4과에 협조를 구할 생각입니다. 그런데 기우라에 대한 가장 핵심적인 정보를 가지고 있는 사람은 뭐니 뭐니 해도 이가라시 형사입니다. 과장님, 부탁이 있는데요. 현재 근신 중인 이가라시 형사를 한번 만나게 해주실 수 있습니까?"

잠시 어색한 침묵이 흘렀다. 도노무라가 가볍게 눈을 감았다.

"유감스럽지만 그럴 수 없어."

"왜죠?"

"그는 오늘 아침에 죽었어. 권총으로 자신의 관자놀이를 쏘았네."

이부키는 아연실색했다. 덩치 큰 빡빡머리의 얼굴이 떠올랐다. 자살과는 전혀 인연이 없는 사람으로 보였다. 그러나 그런 사람일수록 자살하는 법이라는 실감이 들었다.

"정보누설 건으로 책임을 진 건가요?"

이부키의 목소리가 갈라졌다.

"그건 아니야. 아내의 죽음에 낙담해서 죽음을 선택한 거야. 경시청 형사 중에 의미 없이 폭력단에 경찰 정보를 누설하는 자는 없어. 이게 형사부장의, 아니 그 위쪽의 판단이지. 그의 장례식에는 경시청 간부들이 다수 참석할 거야. 경무부 감찰담당 관리관도 무혐의 판단을 내렸고, 자네도 그 점을 이해해줬으면 좋겠어."

도노무라는 그렇게 말하고 먼 곳을 바라보듯 창 쪽으로 시선을 돌렸다. 하늘에는 어느 회사의 광고용 비행선이 떠 있었다.

14

가고시마로 들어간 크라운 스테이션왜건이 시로야마로 향했다. 가와고에에서 도주한 지 두 달이 넘었다. 8인승 차에 여덟 명이 빼곡히 타고 있어서 차 안은 좁고 답답했다.

여자들도 다들 지치지 않았을까? 그러나 우타의 기억으로는 마지막 허세인지 다들 기이하리만큼 밝은 목소리로 노래를 불렀다.

그 이유 중 하나는 기우라와 우타를 제외한 모두가 식사할 때 술을 마셔서 상당히 취한 탓이기도 했다. 기우라가 하카타에서 맥주와 위스키, 토주(土酒) 몇 병과 초밥, 꼬치구이, 샌드위치 등을 산 것이다.

차에 붙어 있는 카세트테이프 오디오에서는 야쿠시마루 히로코의 〈세일러복과 기관총〉이 흘러나왔다. 무슨 이유인지 그 카세트테이프에는 그 노래밖에 들어 있지 않아서 다 들으면 누군가가 되감아 처음부터 다시 듣곤 했다.

여자들은 입을 모아 노래를 흥얼거렸다. 좋아하는 것에 비해 가사를 정확히 기억하는 사람은 별로 없어서 다들 "그대 앞에 다가온 사랑에 지치면 다시 내게로 돌아오세요."라는 부분만 따라했다.

그 대목에 접어들면 소리를 높여 대합창을 하고, 일제히 배를 잡고 웃음을 터트렸다. 마치 소풍을 가는 듯한 분위기로, 여자들 중에 우울한 표정을 지은 사람은 우타뿐이었다.

7월 15일 월요일이었다. 하카타에 들어선 것이 일요일이고, 다음 날 가고시마에 도착했다. 그런 식으로 여행을 하니 요일 감각이 없어졌지만, 길거리 풍경을 보고 일요일이란 걸 알 수 있었고 그에 따라 월요일도 기억에 남았다.

날씨는 쾌청했지만 유달리 더워서 최고 기온이 30도가 넘었다. 오후 3시경, 크라운 스테이션왜건은 가고시마로 들어가 시내를 빠져나간 다음 산길을 올라가 시로야마로 향했다.

시로야마는 세이난 전쟁(西南戰爭, 메이지유신을 주도했던 사이고 다카모리西鄕隆盛를 옹립하기 위해 무사들이 일으킨 반란. 일본의 마지막 내전) 때 사이고 다카모리가 자결한 장소로 유명한 관광지다. 그러나 그들 중에 역사에 관심이 있는 사람은 아무도 없었으므로 전망대까지 가서 멋진 경치를 보고 싶다고 생각했을 뿐이다.

실제로 전망대에 도착하자 점점 소풍 온 기분이 들어 전망대 망원경을 들여다보는 사람도 있고, 근처의 숲속을 뛰어다니는 사람, 술을 마시는 사람도 있었다. 지명수배자인 기우라까지 태연히 돌아다니는 것을 보고 우타는 적잖이 놀랐다.

날씨가 좋은 것에 비해 관광객은 그리 많지 않았다. 아직 여름휴가가 시작되지 않은 데다 월요일인 탓도 있었으리라. 드문드문 보이는 관광객들 속에서 그들의 존재는 몹시 눈에 띄었다.

밤 9시까지 전망대 부근에 있었다. 문득 정신을 차려보니 주위에 깊은 어둠이 내려앉아 있었다. 우타는 왠지 무대가 암전하는 듯한 불길한 예감에 사로잡혔다.

다른 관광객들은 거의 모습을 감추었다. 관광객을 위해 시로야마 일대를 순회하던 버스도 이미 운행을 멈췄다. 그들은 차를 가져왔기 때문에 버스가 보이지 않는 것에 신경 쓸 필요는 없었다.

기우라가 운전하는 차를 타고 어두운 산길을 내려가기 시작했다. 올 때와 반대로 분위기가 어둡게 가라앉았다. 우타는 술을 마셔본 적이 없어서 몰랐지만, 누군가 "술이 깨서 현실로 돌아올 때 이렇게 쓸쓸하고 불안해지는 법이지."라고 말한 것을 기억했다.

비탈길을 내려가는 도중에 '사이고 동굴 앞'이라는 버스 정류

장에 도착하자 기우라가 말했다.

"여기에 사이고 다카모리가 자결하기 전에 머물렀던 동굴이 있어."

그는 동굴 앞의 넓은 공간에 차를 세웠다. 우타와 여자들이 모두 밖으로 나왔다. 앞쪽에 '사적(史蹟) 사이고 다카모리 동굴'이라는 나무 팻말이 서 있었다.

그 너머에 나무 울타리가 있었다. 울타리까지 가서 안을 들여다보자 겨우 서너 명이 들어갈 만한 구멍이 있을 뿐이었다.

그때 란의 목소리가 들렸다.

"여기 봐. 왼쪽에 더 큰 동굴이 있어."

그 말을 듣고 전부 그쪽으로 가보았다.

그 동굴은 상당히 커서 여덟 명이 전부 들어갈 수 있었다. 주변이 캄캄했지만 동굴 안은 더 어두워서 아무도 안으로 들어가려고 하지 않았다.

그때 기우라가 숨죽인 목소리로 말했다.

"여기가 좋겠군. 난 여기서 죽겠어."

순간 여자들 모두가 얼어붙은 것처럼 일시에 입을 다물었다.

기우라가 죽을 준비를 하고 있다는 것은 모두 알고 있었다. 그가 교토에서 연탄을 구입한 것도 보았다. 물론 기우라는 그때도 "난 여기서 죽겠어."라고 말했을 뿐 다른 사람에게 죽음을 강요하지는 않았다. 그 말을 다른 여자들이 어떻게 해석했는지는 모르지만, 적어도 우타는 죽음을 강요받는다는 느낌이

들지 않았다.

우타는 죽고 싶지도, 살고 싶지도 않았다. 유키와 사부로의 죽음에 대한 충격이 너무도 커서 자신의 생사를 포함해 다른 일은 아무래도 상관없었다.

기우라를 제외하면 여자들 중에 가장 죽음을 두려워하지 않은 사람이 우타였다는 말은 틀림없으리라. 그럼에도 왜 우타만 살아남았는지 설명하는 것은 그렇게 간단하지 않다. 우연이 몇 가지 겹친 탓도 있었다.

다만 기우라가 "난 여기서 죽겠어."라고 말했을 때, 여자들이 "난 죽기 싫어."라고 말하기 힘든 분위기였던 것은 분명하다. 그것은 기우라와의 관계 때문이 아니라 여자들의 심리적 문제 때문이었을지 모른다.

지금까지 신세를 져놓고 기우라 혼자 죽게 하는 건 너무도 야박하다는 의식이 여자들 사이에 작용했을 수 있다. 나아가 알코올의 작용으로 정상적인 판단을 할 수 없었던 여자도 있었으리라.

어쨌든 그 후에 어쩌다 그렇게 되었는지 우타는 기억하지 못했지만, 넓은 쪽 동굴에 술과 음식을 가지고 들어가 캄캄한 어둠 속에서 기묘한 파티를 시작했다. 그때 기우라가 연탄을 비롯해 틈새를 막는 비닐시트, 검 테이프 등을 가져간 듯하지만, 그 부분의 기억은 선명하지 않았다. 하지만 처음에는 두려워하던 여자들도 조금씩 어둠에 익숙해지자 웃음을 터트리고 시끌

벅적 떠들면서 술을 마시기 시작했다는 것은 똑똑히 기억했다.

이미 밤 11시가 가까웠다. 도로에는 사람은 물론이고 지나가는 차도 없었다. 만약 누군가가 동굴 안의 파티를 보았다면 도저히 믿기지 않아서 자기 눈을 의심했으리라.

한 시간쯤 지나자 여자들은 모두 술에 취했다. 맨 정신으로 있었던 사람은 우타뿐이었다. 기우라는 혼자 맥주가 아니라 위스키를 마셨다.

밤 12시가 지났을 때 기우라가 불쑥 말했다.

"자아, 이제 시간이 됐다. 죽을 마음이 없는 사람은 지금 산을 내려가. 두 시간쯤 걸으면 산기슭에 도착할 거야. 도중에 차가 지나가면 손을 들어 태워달라고 하고."

침묵이 어두운 동굴 안을 지배했다. 그때 어디선가 흐느끼는 소리가 들렸다. 그러자 순식간에 흐느낌이 전염되어 동굴 전체가 눈물바다로 변했다.

어두운 눈물바다 속에서 누군가의 목소리가 울려 퍼졌다.

"난 기우라 씨와 같이 죽을래. 살아 있어도 경찰에 잡혀 감옥에 가는 신세가 될 테니까."

맨 처음 그 말을 한 사람이 누구였는지 우타는 아무리 기억을 헤집어봐도 생각나지 않았다. 어쨌든 혀가 잘 돌아가지 않는 느낌이었으므로 그녀가 술에 취한 것만은 틀림없었다.

그 말은 집단 심리에 결정적인 영향을 미쳤다. 여기저기서 똑같은 말이 튀어나왔다. 흐느끼는 소리도 점점 더 커졌다.

기리코가 목을 놓아 울면서 말했다.

"기우라 씨, 우리를 천국에 데려가주세요."

제일 냉정하다고 생각했던 기리코가 그렇게 말했다는 게 너무도 의외였다. 어쩌면 긴 도피 생활로 인한 피로 탓에 돌발적으로 일어난 집단 히스테리였을지도 모른다.

당시 열다섯 살이었던 우타에게는 눈앞에서 일어나는 일이 이해되지 않았고, 단지 신기한 광경으로 보일 뿐이었다. 어쨌든 "천국에 데려가주세요."라는 기리코의 말에는 기우라도 쓴웃음을 지을 수밖에 없었다. 기우라만큼 천국과 어울리지 않는 사람도 없었기 때문이다.

우타는 이때도 별로 흥분하지 않았다. 진심으로 자신 역시 지금 죽어도 상관없다고 생각했다. 살아봐야 좋은 일이 있을 것 같지 않았다. 앞으로 남은 삶에 지옥이 기다리고 있다면 여기서 사람들과 같이 죽는 편이 훨씬 행복할 것 같다는 생각이 들었다.

그러나 그때 누군가의 말로 상황이 바뀌었다.

"그건 안 돼. 아무리 그래도 우타가 여기서 죽는 건 너무 가엾잖아."

누군가 분명히 그렇게 말했다. 그런데 여기서 우타의 기억이 혼란스러워졌다. 그 목소리의 주인을 사치에라고 여긴 것이다. 그러나 사치에가 그 자리에 있을 리 없지 않은가? 이것은 우타의 착각에 불과하리라.

젊은 여자의 목소리가 아니었던 걸 보면, 어쩌면 에리의 목소리를 사치에의 목소리라고 착각했을지도 모른다. 어쨌든 그 말에 기묘한 연쇄반응이 일어나서 "그래, 맞아.", "우타는 죽기에 너무 어려."라는 말이 여기저기서 튀어나왔다.

정도의 차이는 있을지라도 대부분의 목소리는 술에 취해 있었다. 우타는 어떻게 대꾸해야 좋을지 몰라 입을 다물었다. 이 상황에 종지부를 찍은 사람은 역시 기우라였다.

"우타, 네가 여기서 죽는 건 허락 못해. 지금 당장 산을 내려가도록 해. 그리고 가고시마 중앙경찰서로 가서 사이고 동굴 안에서 기우라 겐조가 죽었다고 말해. 그게 너에게 주어진 마지막 일이야."

이때도 기우라가 "허락 못해."라고 말하는 걸 보고 우타는 그가 다른 여자들도 길동무 삼을 생각이 없음을 느꼈다. "허락 못해."란 말은 죽고 싶은 사람은 죽어도 좋지만, 우타가 죽는 것만은 허락할 수 없다는 뜻으로 들렸기 때문이다.

한편 기우라는 무슨 일이 있어도 여기서 죽을 작정인 듯싶었다. 그렇다면 우타 자신이 대표로 경찰서에 가서 기우라의 죽음을 말해주어도 상관없겠다, 그런 역할 정도는 해줘도 좋을 것 같다는 생각이 들었다.

여자들은 제각기 "잘 가.", "행복해.", "건강해야 돼." 같은 이별의 말을 해주었다. 그런 말을 등 뒤에 남기고 우타는 동굴 밖으로 나왔다. 누가 뭐라고 했는지는 거의 기억나지 않았다. 마치 꿈을 꾸는 듯한 심정이었다. 에리가 "이거 가져가."라며 손전등을 건네주었다.

동굴 밖으로 나오자 의외로 후덥지근해 동굴 안이 훨씬 시원하게 느껴졌다. 어두운 하늘에서 초승달이 희미하게 빛나고 있었다. 도로로 나와 10미터쯤 걸어갔을 때 동굴 안에서 노랫소리가 들렸다.

"그대 앞에 다가온 사랑에 지치면 다시 내게로 돌아오세요."

그 가사가 들리는 순간, 불현듯 그녀의 눈에서 하염없이 눈물이 흘러내렸다. 그녀는 뒤돌아보지 않았다.

앞을 향해 걸으면서 우타는 소리 내어 울었다. 아무리 울어도 눈물이 마르지 않았다. 왜 눈물이 흐르는지 스스로도 알 수 없었다.

한 시간 가까이 산길을 내려가자 등 뒤에서 차가 오는 기척이 느껴졌다. 우타의 눈에 택시의 붉은 표시등이 들어왔다. 그녀는 가지고 있던 손전등을 흔들어 택시를 세웠다. 인자해 보이는 초로의 운전사가 창문을 열고 그녀를 쳐다보았다.

우타는 온몸의 힘을 짜내어 소리쳤다.

"죄송하지만 가고시마 중앙경찰서에 데려다주세요!"

운전사는 경계하는 표정을 풀지 않았다. 그러나 중학생 정도의 소녀를 태워봐야 위험할 리는 없다고 판단했는지 그녀를 태우고 가고시마 중앙경찰서에 데려다주었다.

이튿날 낮에 담당 형사로부터 기우라만이 아니라 여자들도 전원 사망했다는 말을 들었을 때, 우타는 너무나 놀라서 한동안 말을 할 수 없었다. 기우라가 죽었으리라는 것은 거의 확신했지만, 그런 상태로 여자들이 모두 죽으리라곤 상상도 하지 못했다.

15

우타는 가고시마 중앙경찰서에서 사흘간 조사를 받았고, 그런 다음 아동보호시설인 '호랑가시나무집'으로 옮겨졌다. 따라서 그 이후 우타의 상황을 가장 잘 아는 사람은 뭐니 뭐니 해도 우타가 들어갔을 무렵에 일했던 호랑가시나무집 직원일 것이다.

니라사키 준지는 시설에 들어온 직후의 우타를 아는 귀중한 증언자였다. 그는 호랑가시나무집의 전 직원으로 현재 55세이니 우타가 들어갔을 무렵에는 26세 정도였다.

"우타는 매우 얌전하고 내성적인 소녀였지요. 얼굴의 특징을 물으면 곤란해요. 이상한 표현이지만 특징이 없는 게 특징이라고 할까, 한마디로 말해 전체적으로 소박했지요. 하지만 꽤 예쁘장하게 생긴 얼굴이었어요. 언뜻 보면 예쁘다는 걸 알아차리지 못할 만큼 말이 없고 얌전했지요. 그런데 머리는 뛰어나게 좋았습니다. 저희 시설에 왔을 때 정규 교육을 중학교 1학년까지밖에 받지 못했는데, 직원이 공부를 가르쳐주자 스펀지가 물을 흡수하듯 순식간에 이해하더군요. 특히 수학과 이과 과목은 가르쳐줄 필요가 없을 정도였어요. 때로는 직원보다 답을 빨리 찾는 바람에 이과에 약한 직원 중에는 우타를 가르치기 싫어하는 사람도 있을 정도였지요."

한편 가정적으로는 매우 불행한 듯했다. 우타 자신도 그런 점을 알고 있었는지 가족 이야기는 별로 하고 싶어 하지 않아서 직원들도 적극적으로 묻지 않았다.

"딱 한 번 하마마쓰에서 슈라는 그녀의 어머니가 만나러 온 적이 있는데, 한 시간쯤 이야기를 나누고 돌아갔지요. 일본 이름은 가와모리지만 호적 이름이 슈인 걸 보면 재일중국인이 아닐까 싶어요. 그녀는 경찰이 가보라고 해서 왔을 뿐 우타를 데려가서 돌보려는 마음은 없는 것 같았습니다. 우타도 그대로 호랑가시나무집에 있고 싶어 해서 저희도 특별히 어머니와 같이 살기를 권하지 않았지요. 우타에게도 중국계 피가 흐르겠지만, 결국 아버지는 한 번도 찾아오지 않아서 일본인인지 아닌지도 모릅니다."

우타는 호랑가시나무집에서 3년쯤 살았다고 한다. 경찰의 보호를 받은 것은 15세 때로, 그 이후에는 가고시마 시내의 고등학교에 다닐 수 있었다. 그러나 당시는 기우라 사건이 하루 종일 매스컴을 장식할 때라서 현실적으로 어려운 일이었다.

"우타가 미성년자란 걸 알면서도 호랑가시나무집까지 찾아와 취재하려는 악질 매스컴도 몇 군데 있었지요. 물론 그런 매스컴은 우리가 전부 쫓아버렸지만 고등학교에 다니면 그럴 수 없잖습니까? 그래서 교육위원회와 의논해 독학으로 공부하고, 가끔 직원이나 자원봉사 교사들이 가르쳐주기로 했지요."

우타는 검정고시를 통해 대학 입학 자격을 얻어, 결국 도쿄의 오차노미즈 여대에 합격했다. 유키가 졸업한 대학이었다.

"도쿄에서는 혼자 하숙을 한 것 같더군요. 경제적으로는 고모가 돌봐준다고 했습니다. 물론 그녀 자신도 가정교사를 비롯한 아르바이트를 한 것 같고요."

우타의 고모. 이 인물에 대한 정보는 전혀 없었다.

우타는 대학에서 영문학을 전공했다. 이것도 유키와 똑같았다.

"우타는 수학을 잘해서 우리는 그녀가 이공계에 진학하리라고 생각했지요. 하지만 소설을 좋아해서 시간 날 때마다 읽었으니까 외국문학을 전공했다 해도 이상할 건 없습니다. 어쨌든 국립 여대에서 제일 좋은 대학에 들어간 걸 보면 정말 대단하지요. 응시만 했으면 도쿄대에도 합격할 만큼 공부를 잘했지만, 그녀는 왠지 여대에 가고 싶어 했습니다. 여름방학에는 가고시마에 와서 호랑가시나무집에도 종종 얼굴을 내밀었는데, 옛날에 비해 아주 밝아졌더군요. 그런데 시간이 지나면서 아는 직원들이 하나둘 그만두자 언젠가부터 오지 않게 되었습니다. 나만 해도 가업을 잇기 위해 호랑가시나무집을 그만두면서 그녀와 소원해졌지요. 바람이 전하는 소식으로 대학을 졸업한 후 다시 가고시마로 돌아와서 작은 학원을 하고 있다고 들었지만요……."

그 후 우타는 10여 년 전에 어머니가 경영하는 중국요리집을 도와주기 위해 하마마쓰로 돌아갔다고 한다. 이것은 니라사키가 사람들에게 들은 이야기로 그간의 사정은 잘 모른다고 했다.

내가 하마마쓰 시를 찾은 것은 2014년 8월 7일 목요일이었다.

이때는 기우라 사건에 관한 취재가 대부분 끝났고, 남은 것은 가와모리 우타를 만나는 것뿐이었다. 실제로 나는 우타를 만난 지 사흘 후에 집필을 시작했으며, 약 여섯 달 후에 탈고했다.

신칸센을 타고 하마마쓰 역에서 내렸을 때 내 가슴은 세차게 방망이질 쳤다. 드디어 우타를 만날 수 있다는 마음 때문인지 스스로도 이유를 알 수 없었다.

역 앞의 비즈니스호텔에 체크인을 하자마자 나는 수화기를 들었다. 유라 쿠가이라는 하마마쓰 제일의 번화가에 있는 중국요리집 고카(紅香)의 전화 번호를 묻기 위해서였다. 고카라는 가게 이름은 니라사키에게 들었다.

처음 전화를 걸었을 때 종업원 같은 여성이 받아서 "사장님은 저녁 8시가 넘어야 오십니다."라고 말했다. "가와모리 우타 씨 계십니까?"라고 풀 네임 으로 물었으므로 우타가 사장임은 틀림없었다. 재일중국인 어머니를 도와 준다고 생각했던 만큼 그녀가 사장이라는 것은 조금 의외였다.

8시가 지나서 다시 전화했지만 우타는 그때도 가게에 없었다. 8시 40분 경에 걸었을 때 겨우 그녀와 통화할 수 있었다.

그녀에 대한 첫인상은 투명하다는 거였다. 목소리는 조금 높고 말투는 세련되었으며 느낌이 좋았다. 내가 정중하게 취재 의도를 설명하는 동안 그녀는 입을 다문 채 내 이야기에 귀를 기울였다. 어쨌든 수화기 너머에 있는 그녀의 얼굴은 보이지 않았으므로 내 말을 어떻게 받아들였는지는 명확하지 않았다.

"제가 여기에 있다는 걸 누구에게 들으셨어요?"

내 이야기를 끝까지 들은 후에 그녀는 정중하게 물었다. 감정의 기복이 느껴지지 않는 목소리로, 그녀가 동요했는지 그렇지 않은지도 알 수 없었다.

"예전에 호랑가시나무집에서 근무했던 니라사키 씨가 가르쳐주셨습니다."

"아아, 니라사키 씨요? 잘 계시던가요?"

그녀는 밝은 목소리로 스스럼없이 덧붙였다.

"지금 바로 오실 수 있어요? 가게 4층이 사무실 겸 응접실이니까 1층에서 엘리베이터를 타고 4층으로 오시면 돼요."

너무도 갑작스러운 제안이라서 나는 한순간 말문이 막혔다. 그리고 조금 당황한 상태로 재빨리 말했다.

"고맙습니다. 지금 당장 찾아뵙지요."

호텔 앞의 큰길에서 택시를 잡았다. 주소를 말하지 않고 중국요리집 고카라고 말했을 뿐인데 기사는 금방 어딘지 안다고 했다.

"굉장히 큰 음식점이지요. 아마 5층 건물일 겁니다. 가격은 좀 비싸지만 맛이 좋아서 손님이 많다고 하더군요."

고카의 평판을 묻자 기사는 그렇게 대꾸했다. 그 정도로 크리라곤 상상도 못했던 만큼 이 역시 의외였다.

이윽고 택시는 화려한 번화가로 들어가서 큰 도로 한쪽에 있는 건물 앞에서 멈추었다.

상당히 넓은 현관 왼편으로 하얀색 바탕에 붉은 글씨로 쓴 고카라는 커다란 간판이 눈에 들어왔다. 택시 기사의 말처럼 5층 건물로 전체적으로 안정된 분위기를 풍기는 품위 있는 레스토랑이었다.

나는 현관으로 들어가 엘리베이터를 타고 단숨에 4층까지 올라갔다. 1층에서 3층까지는 음식점이고, 4층은 사무실, 5층은 주거 공간 같아 보였다. 엘리베이터에서 내리자 정면에 '고카 사무실'이라고 쓴 종이가 붙어 있었다. 나는 그 문을 노크했다.

문이 열리고 160센티미터쯤 되는 가냘픈 여성이 모습을 드러냈다. 아름다운 여성이었다. 언뜻 보기에는 30대 중반으로밖에 보이지 않았다. 그래서 우타인지 아닌지 확신할 수 없었다. 우타라면 이미 마흔넷이 되었을 것이다.

여성은 가볍게 고개를 숙인 뒤 말없이 안으로 들어오라고 손짓했다. 안은 생각보다 훨씬 넓어 원목 바닥 면적이 30제곱미터쯤 되는 것 같았다. 실내는 냉방이 잘 되어 있었다.

여성은 한가운데에 놓인 옅은 핑크색 응접세트로 나를 안내했다.

나와 여성은 선 채로 서로의 얼굴을 바라보았다. 여성은 몸에 딱 붙는 회색 하이웨이스트 스커트에 검은색 긴소매 블라우스 차림이었다. 목에는 가느다란 금 목걸이를 하고, 손톱에는 옅은 핑크색 매니큐어가 칠해져 있었다. 지나치지 않은 세련된 차림으로 내가 상상했던 우타와는 달랐다.

여성이 깊숙이 고개를 숙이며 인사를 했다.

"가와모리 우타예요."

나는 새삼 눈앞에 있는 아목구비가 뚜렷하고 옅은 화장을 한 여성을 뚫어지게 쳐다보았다.

이 사람이 우타인가. 뭐라고 표현할 수 없는 기묘한 한숨이 입에서 새어나올 것 같았다. 상상했던 것보다 훨씬 젊고 아름다웠다.

그녀는 내게 소파를 권하더니 일단 안쪽 주방으로 가서 일본차를 가지고 돌아왔다.

"신경 쓰지 않으셔도 됩니다."

나는 눈앞에 놓인 찻잔에 시선을 떨구면서 작은 목소리로 말했다. 우타도 내 앞에 마주 앉았다.

"갑자기 불쑥 찾아와서 죄송합니다."

나는 그렇게 말하고 명함을 내밀었다. 그리고 전화로 설명한 취재 목적을 다시 한 번 말했다. 스스로도 긴장하고 있다는 게 느껴질 만큼 여느 때보다 반복하는 말이 많았다.

"사건에 대해선 당시 경찰에 전부 이야기했고 그게 신문에도 보도되었을 텐데요. 그 이상을 알고 싶으신 건가요?"

우타는 침착하게 물었다. 표정에는 변화가 없었다. 실제로 이렇게 얼굴을 마주하고 이야기해도 그녀가 내 갑작스러운 방문을 어떻게 받아들이고 있는지 짐작할 수 없었다.

"말씀하신 것처럼 당시 매스컴에서는 이 사건에 대해 앞다투어 보도했습니다. 기우라를 짐승 같은 극악무도한 인간이라고 표현했는데, 물론 그 말도 틀리지 않는다고 생각합니다. 하지만 많은 여성들이 그를 따랐고 어쨌든 집단으로 세상을 떠났지요. 오해를 두려워하지 않고 말한다면 그에게 전혀 매력이 없었다곤 생각되지 않습니다. 이런 말씀을 드리긴 힘들지만, 당신은 그 사건의 유일한 살아 있는 증인입니다. 제 의문에 대답해줄 수 있는 분은 당신밖에 없다는 심정으로 오늘 찾아왔습니다. 물론 저는 글을 써서 먹고사는 사람이니까 이 얘기는 책으로 출판할 생각이지요. 하지만 오늘 말씀해주시는 내용 중에 세상에 공개하고 싶지 않은 게 있으면 당신의 의사를 존중해서 그런 부분은 빼겠습니다. 그러니……."

내 말이 끝나기 전에 우타가 조금 강한 말투로 가로막았다.

"걱정하실 필요 없어요."

찬물을 뒤집어쓴 기분이었다. 나는 "그 일에 대해서는 말할 생각이 없어요."라는 부정적인 말을 예상했다. 내 예상은 멋지게 배신당했다.

"오늘 제가 드리는 말씀은 전부 쓰셔도 상관없어요. 말을 해놓고 비밀로 해달라는 건 이상하잖아요. 다만 이미 30년이 지난 일이라서 기억이 모호한 부분이 있어요. 그러니 기억나지 않는 건 기억나지 않는다고 솔직하게 말씀드리는 걸 이해해주세요."

나는 혼자 흥분해서 멋대로 떠든 자신이 부끄러워졌다. 그리고 그녀의 성숙한 대응에 묘한 감동을 느꼈다.

이렇게 해서 장장 여섯 시간이 넘는 인터뷰가 시작되었다. 나는 가져간 소형 노트북 컴퓨터를 꺼내 간단히 메모를 하면서 그녀의 이야기를 들었다.

우타는 인터뷰 도중에 몇 번 자리를 떴는데, 매번 가게에 손님이 밀려들어 바쁜 탓인 듯했다. 그녀는 아직 저녁식사를 안 한 내게 볶음밥과 칠리 새우를 내주었다.

나는 돈을 지불하려고 했지만 그녀는 받지 않았다. 그것은 매우 자연스러운 태도로, 내게 서비스를 해서 유리하게 써달라는 분위기는 아니었다.

밤 11시가 가까워지자 가게가 조용해지고 그녀가 자리를 비우는 일도 없어졌다. 시간이 너무 늦은 것 같아 다음 날 다시 와도 되냐고 하자 그녀는 사무적인 일을 처리하듯 "그냥 오늘 전부 해버려요."라고 대꾸했다.

그녀의 그런 반응은 자연스럽기도 하고 이상하기도 했다. 그녀의 마음 깊은 곳에서 인생의 온갖 쓴맛과 괴로움을 맛본 사람의 체념 같은 것이 느껴졌다.

나는 살인의 순서에 따라 질문하지는 않았다. 특히 하기노야의 주인 부부나 시노다 부부, 겐타로, 고이치 살해에 관해서는 그녀가 아무런 관계도 없고 현장도 보지 못했다는 것을 이미 조사했기 때문에, 처음에는 주로 관계자의 구체적 행동을 묻고 인간관계나 성격에 대해 객관적인 질문을 했을 뿐이다.

그러나 기우라가 비소를 먹은 상황에 대해서는 핵심을 건드리지 않을 수 없었다. 그 사건에서 그녀는 직접적인 목격자였기 때문이다. 실은 내가 제일 의아하게 여기는 것도 이 부분이었다.

나는 당연히 경시청과 관할서 형사들을 취재했다. 경찰과의 연줄을 이용해 수사보고서나 체포되어 사형 판결을 받은 다나베의 진술서도 읽었다. 물론 다나베에 대한 사형 판결문도 상당히 자세하게 검토했다.

그것들을 종합적으로 판단할 때 유키를 사랑하게 된 사부로가 비소를 이용해 기우라를 살해하려다 실패하고, 오히려 기우라와 다나베에 의해 죽음을 당했다는 것이 일반적인 해석이었다.

다나베의 사형 판결문에서 재판장은 유키와 사부로가 폭행치사를 두려워하여 동반자살했을 가능성을 뒤로 미루고, 기우라와 다나베에게 살해당한 것이나 마찬가지라고 판결을 내렸다.

그런 와중에 다나베는 사부로가 기우라에게 비소를 먹인 것을 끝까지 인정하지 않았다고 진술했다.

사부로가 죽음을 피하기 위해 계속 거짓말을 했다는 판단은 어딘지 모르게 이해되지 않았다. 다나베의 진술을 보면 죽임을 당하기 전의 사부로는 단단히 각오한 듯한 느낌을 주기 때문이다. "나는 기우라 씨의 음식에 비소를 넣지 않았어요!" 사부로의 이 말은 진실이 아니었을까?

그렇다면 근본적인 의문이 고개를 치켜들 수밖에 없다. 비소를 먹여서 기우라를 죽이려고 한 사람은 누구인가.

나는 이 점에 관해 그녀의 의견을 듣고 싶어서 단도직입으로 물었다.

"기우라에게 비소를 먹인 사람은 정말로 사부로였을까요? 저는 왠지 그렇지 않은 것 같은데요……."

다음 순간 그녀의 입에서 튀어나온 말을 듣고 나는 아연해졌다.

"그래요. 기우라 씨에게 비소를 먹인 사람은 사부로 씨가 아니에요. 제가 그랬어요."

말문이 막혔다. 잠시 후 메마른 목소리로 혼잣말처럼 중얼거리는 게 고작이었다.

"정말인가요?"

"네. 경찰에서도 그렇게 말했어요. 그런데 형사님들이 제대로 상대해주지 않았지요. 제가 계속 그렇게 주장하니까 나이 많은 형사님이 다시는 그런 말을 하지 말라고 하시더군요. 그런 다음에는 저도 입을 다물 수밖에 없었어요."

"왜 그런 짓을……."

나는 중얼거리듯 말했다. 그녀는 동요하지도 흥분하지도 않은 듯했다. 오히려 너무도 침착하고 안정돼 보였다.

"물론 유키 씨와 사부로 씨, 특히 유키 씨를 구하기 위해서였어요. 가와고에로 옮기고 나서 경찰의 손길이 닥쳐오고 있다는 건 느낌으로 알았지요. 그러면 살아 있는 증인이 될 유키 씨가 고이치 씨나 하기노야의 주인 부부처럼 살해될 게 눈에 뻔히 보였거든요. 어떻게 해서라도 유키 씨만은 잃고 싶지 않았어요. 사부로 씨도 좋아했지만 유키 씨에 대한 감정과는 달랐지요."

그녀는 일단 여기서 말을 멈추었다. 그때 처음으로 그녀의 눈에 희미하게 눈물이 고인 것을 알아차렸다. 나는 재촉하지 않고 그녀가 다시 입을 열 때까지 기다렸다.

"사부로 씨가 하기노야 안에서 저질러진 살인에 관여했다는 것도 느낌으로 알았어요. 그래서 그는 반드시 속죄해야 한다고 생각했어요. 하지만 유키 씨를 놓아주기 위해서는 그의 협조가 필요했지요. 가와고에로 옮긴 무렵부터 그의 마음은 완전히 기우라 씨에게서 떠났으니까요. 그런데 유키 씨와 그를 같이 놓아주려고 생각했던 게 실수였어요. 제가 초밥에 넣은 비소를 먹고 기우라 씨가 쓰러졌을 때 유키 씨에겐 얼마든지 도망칠 시간이 있었어요. 그런데 기우라 씨가 죽는다고 생각하고 당황한 나머지 유키 씨에게 도망칠 기회를 제대로 주지 못했지요. 그 결과 기우라 씨가 쓰러졌을 때 주운 청산칼리를 유키 씨에게 주었고, 더 이상의 폭행을 피하기 위해 사용하게 만드는 심각한 사태를 초래했어요. 지금도 유키 씨와 사부로 씨는 제가 죽인 거나 마찬가지라고 생각해요."

우타의 눈에 맺혀 있던 눈물이 흘러내렸다. 기우라의 초밥에 비소를 넣은 사람이 그녀라는 사실을 제외하면, 그 말은 다나베의 재판에서 밝혀진 것과 거의 일치했다.

"그런데 하기노야에 있을 당시, 저는 더 원만한 방법으로 사건을 폭로하려고 한 적이 있어요."

순간 머릿속에 떠오르는 것이 있었다.

"고발 편지 말인가요?"

"네. 그것도 제가 썼어요. 그런데 결국 고이치 씨가 의심을 받고 살해당했지요."

"그 말도 경찰에서 하셨나요?"

"그래요. 하지만 비소 때의 반응과 똑같았어요. 그래서 포기하는 심정으로 그다음부터는 말하진 않았지요."

이부키를 인터뷰할 때 그가 우타에 관해 말하다 머뭇거린 이유는 이것이었다. 이미 퇴직을 했지만 경시청 수사1과장까지 지낸 사람이 민간인인 내게 그런 사실까지 폭로할 수는 없었으리라.

"고발 편지는 전부 히라가나로 썼던데, 역시 누가 썼는지 모르게 하기 위해서였나요?"

나는 증언의 진위를 확인하려고 그렇게 물었다.

"그건 아니에요. 나중에 다나베 씨 재판에서도, 매스컴에서도 누가 썼는지 모르게 하려고 히라가나로 썼다고 했는데, 그걸 보고 절실히 느꼈지요. 교육을 받지 못한 사람의 슬픈 마음은 아무도 모르는 법이라고요……."

"니라사키 씨 말로 당신은 굉장히 머리가 좋았다고 하던데요."

"그런 문제가 아니에요. 저는 그 무렵 중학교 1학년까지밖에 다니지 못했어요. 물론 책을 좋아해서 글을 읽고 문장을 쓰는 힘은 어느 정도 있었지만 한자는 거의 몰랐어요. 그래서 글을 쓰기 전 엄청난 불안에 시달리죠. 누가 썼는지 모르게 하려던 게 아니라 한자를 틀리는 게 싫어서 전부 히라가나로 쓴 것뿐이에요. 글자를 평소보다 큼지막하게 쓴 건 여자가 썼다는 게 알려지지 않도록 나름 머리를 쓴 거고요. 그때도 경찰은 더 깊이 들어가지 않아서 결국 제 계획은 실패로 끝나고 말았지요."

어느새 그녀의 눈에서 눈물이 사라졌다. 나는 다음 질문으로 넘어가기 전에 마음을 다잡으며 긴장의 끈을 놓지 않았다. 혹독한 질문을 할 차례였다.

"그나저나 참 신기한 게 있습니다. 당신이 용케 살아남았다는 거지요. 기우라는 정말로 고이치가 그런 고발 편지를 썼다고 생각하고, 초밥에 비소를 넣은 것도 사부로였다고 생각했을까요? 저는 왠지 그가 진실을 알면서도 일부러 그렇게 행동한 것 같은데요……."

"저도 그렇게 생각해요."

"역시 그렇게 생각하시나요? 그러면 기우라에게 당신은 무엇이었나요?"

잠시 침묵이 흘렀다. 양쪽 모두 이미 알고 있는 사실을 입에 담지 않는 분위기였다.

"이번 사건을 이렇게까지 자세하게 조사하셨잖아요. 이가라시 선생님은 이미 눈치를 채시지 않았을까요?"

그녀가 나를 '이가라시 선생님'이라고 부른 것에 왠지 위화감이 느껴졌다. 나와 성이 같은 숙부가 한순간 머리에 떠올랐다 즉시 사라졌다. 지금은 머뭇거릴 때가 아니다. 나는 마음을 정하고 말했다.

"기우라가 당신의 아버지 아닌가요?"

그녀는 작게 고개를 끄덕였다. 눈에 다시 어렴풋이 물기가 어렸다.

"그 사실을 언제부터 아셨나요?"

"하마마쓰에 살았을 때는 몰랐어요. 그 이후 도쿄에서 공동생활을 시작하고 나서 혹시나 하는 마음이 들기 시작했어요. 비소를 넣었을 때는 아버지일지도 모른다고 진지하게 생각했고요. 그렇다면 어떻게 해서든 이런 범죄를 그만두게 해야 한다고 생각했지요."

"개인적인 이야기를 물어서 죄송하지만, 어머니는 하마마쓰 시절부터 기우라의 여관에서 일하던 슈라는 여성이지요?"

흔히 있는 이야기다. 우타는 기우라가 여관에서 일하던 재일중국인 여성을 범해서 낳은 아이로, 죄의식 때문에 일부러 도쿄에까지 데려갔으리라. 나는 그런 식으로 넌지시 완곡하게 말했다.

그러나 우타는 단호하게 부정했다.

"그건 아니에요."

의외였다.

"그렇다면 당신 어머니는……"

다음 순간 나는 말을 잇지 못했다. 더 이상 깊이 들어가지 말아야 한다는 경계심이 작용한 것이다.

"선생님, 지금부터 드리는 말씀은 어디까지나 제 추측이에요. 그러니까

선생님도 그렇게 들어주세요. 다만 이건 상당히 자신 있는 추측이에요. 하지만 그 전에 제가 이 가게를 손에 넣을 수 있었던 자금에 대해 말씀드리는 게 먼저겠네요."

여기에서 그녀는 기우라로부터 5천만 엔이라는 거금을 받은 경위에 대해 말했다. 그 돈을 밑천으로 중국요리집을 시작하고 이렇게 훌륭한 가게로 키운 것은 쉽게 짐작할 수 있었다.

"기우라 씨가 그 돈을 맡기라며 저를 데려간 곳은 하마마쓰의 어머니 집이 아니었어요. 가마고리에 있는 자신의 누나 집이었지요. 즉, 그가 제 친아버지라면 제 고모인 사람의 집이었어요. 그런데 그 사람을 본 순간, 저는 형용할 수 없는 기묘한 감정에 사로잡혔지요. 그 사람이 싫었던 게 아니에요. 오히려 눈물이 나올 만큼 그리운 마음에 휩싸인 거예요. 그 사람도 저를 처음 본 순간 '우타 짱'이라고 부르더니, 다음 말을 잇지 못하고 눈물을 흘렸지요. 그 사람과 저는 판박이처럼 닮았더군요."

그 말을 한 순간 그녀의 눈에서 커다란 눈물방울이 주르르 흘러내렸다. 다시 침묵이 찾아왔다. 나는 가까스로 다음 말을 이었다.

"기우라 씨가 당신 아버지라면, 고모와 닮은 것은 당연하잖습니까?"

나는 어느새 그녀를 배려하며 기우라에 대해 함부로 말하는 것을 피했다.

"네, 하지만 단지 핏줄이 같아서 닮았다기보다 기이하리만큼 닮았다는 느낌이었어요. 제가 그 사람의 나이가 되면 꼭 그런 모습이 될 것 같은……."

나는 어렴풋하게나마 그녀가 하고 싶은 말을 이해하기 시작했다. 그러나 아무리 생각해도 그것은 보통 문제가 아니었기 때문에 무의식중에 이해하기를 거부했을지도 모른다.

"하지만 그분은 기우라 씨의 누나잖아요? 그렇다면 고모 이상의 관계가 되지는 않을 텐데요……."

스스로 생각해도 이상한 표현이었다. 우타는 거의 사이를 두지 않고 대꾸했다.

"실은 고모가 제 어머니일 거예요."

"그런 말도 안 되는……."

나도 모르게 신음하듯 말했다. 기우라의 누나인 시노부가 그녀의 어머니라는 뜻이었다.

나는 말을 더듬으면서 황급히 덧붙였다.

"얼굴이 닮았다는 것만으론 근거가 너무 희박하지 않나요?"

"이건 어디까지나 제 추측이고, 확실한 근거가 있는 건 아니에요. 고모는 그때 맡긴 돈을 제가 대학에 들어갈 때 전부 돌려주었어요. 하마마쓰의 어머니였다면 그런 일은 있을 수 없었겠죠. 저는 고모에게 엄마의 사랑을 느꼈어요. 그리고 도피하는 도중 호텔에서 묵을 때 기우라 씨와 같은 방을 사용했는데, 그때 기우라 씨의 태도에서 아빠 같은 느낌을 받았어요. 말로 표현하긴 힘들지만 제가 옆에서 자는 걸 몹시 신경 쓴다고 할까, 남성이 여성에게 보이는 반응이라기보다 성장기 딸의 옆에서 자는 아버지의 어색한 분위기라고 할까……. 만약 하마마쓰의 어머니가 제 친엄마였다면, 그런 친밀한 공간 안에서 자신이 아버지라고 밝혔을 거예요. 그런데 그런 말을 하지 않은 걸 보면 말할 수 없는 사정이 있었겠지요."

그녀의 말투는 매우 침착했다. 그러나 나는 아직 당황스러움에서 회복되지 못했다.

"잠시만요. 하지만 지금 우타 씨는 어머니와 같이 살면서 이 중국요리집을 경영하고 있잖습니까?"

나는 못을 박듯이 물었다. 우타의 호적상 어머니가 재일중국인이란 사실과 중국요리집 경영이라는 사실이 나에게 선입관을 심어주었다.

"저와 같이 살았던 사람은 기우라 씨의 누나예요. 어머니라고 하는 편이 대외적으로 말하기 편하고, 실제로 어머니라고 생각하니까 아는 사람들에게는 모두 어머니와 같이 산다고 했어요……."

나는 놀라움을 금할 수 없었다. 우타가 시노부와 같이 살리라고는 상상도 하지 못했다.

그녀가 과거형으로 말한 것도 마음에 걸렸다. 그 의문에 대답하듯 그녀는 곧바로 말을 이었다.

"고모는 정서적으로 불안정해서 지금 근교 병원에 입원해 있어요. 하지만 6개월 전까지는 여기서 같이 살았지요. 기우라 씨 사건으로 남편과 이혼하고, 외아들도 만나지 못하는 상태였어요. 그래서 저와 같이 사는 걸 무척 좋아하셨지요. 물론 고모는 어디까지나 고모로 행동하고, 어머니의 '어'자도 꺼내지 않아요. 즉, 하마마쓰 어머니가 제 친어머니라는 태도를 무너뜨리지 않지요. 하지만 마음속으로는 남동생과 관계해서 저 같은 아이를 낳고, 그 아이를 자기네 여관에서 일하는 중국인 여성에게 양녀로 준 것을 부끄러워할 거예요."

나는 그녀의 이야기를 들으면서 생각했다. 기우라와 시노부가 어린 시절부터 서로 끌렸다고 해도 두 사람 사이에 구체적인 관계가 있었던 것은, 시노부가 대학을 졸업한 뒤 9년 동안 근무했던 나고야의 손해보험회사를 그만두고 서른다섯 살에 결혼할 때까지 3년간 친정에서 지내던 시기였으리라. 그렇게 생각하면 기우라 일행이 집단자살을 한 1985년에 우타가 열다섯 살이었던 것과 거의 들어맞는다.

내 상상은 더욱 확대되었다. 시노부가 결혼한 것은 동생과의 이상한 관계를 위장하기 위해서가 아닐까? 그러자 전화를 걸었을 때 시노부의 전 남편이 이해할 수 없을 만큼 강력하게 반발했던 일이 떠올랐다.

그와 동시에 기우라가 서른세 살에, 그러니까 시노부가 결혼하기 1년 전에 후미에와 결혼한 것은 어떻게 생각해야 할지 판단이 서지 않았다. 그것까지 기우라의 위장이었다고는 생각하고 싶지 않았다. 조사한 바에 따르면 기우라가 후미에에게 깊은 애정을 느꼈던 것은 분명하다.

나는 출구 없는 깊은 미궁에 빠진 듯한 기분이 들었다. 그러나 우타의 설명을 가로막지 않고 계속 들었다.

"고모는 기우라 씨가 세상에서 살인마로 불리게 된 것도 당신 탓이라고 생각한 것 같아요. 선생님은 이걸 제 망상이라고 여길지도 모르겠네요. 증거가 있는 게 아니니까요. 다만 고모에게 기우라 씨와 돌아가신 아내인 후미에 씨에 관해 들었을 때 가슴으로 느껴지는 게 있었어요. 기우라 씨가 광역폭력단 조장의 딸과 결혼하기로 마음먹은 건 후미에 씨가 누나와 닮았기 때문이라더군요. 외모도 성격도요. 두 분 다 몹시 예민한 성격이에요. 물론 후미에 씨를 만난 적은 없지만, 고모는 작은 일에도 쉽게 상처를 받는 너무나 섬세한 사람이죠. 기우라 씨와 후미에 씨 사건의 진실은 잘 모르지만, 고모 말에 따르면 기우라 씨가 후미에 씨의 정신질환을 보다 못해 사랑을 위해 죽였다고 하더군요. 고모는 정말로 그렇게 믿는 것 같았어요. 그리고 기우라 씨 사건 이후에 외아들을 만날 수 없는 상태가 계속되자 고모 또한 정신의 균형이 무너졌지요. 마지막까지 고모를 직접 돌보려고 했지만 고모가 그러더군요. '네게는 신세를 지고 싶지 않아. 제발 부탁이니까 입원하게 해줘.'라고요. 그래서 어쩔 수 없이 병원에 입원시키고, 1주일에 한 번 병문안을 가고 있어요. 고모 이름은 기우라 시노부예요. 병원에 전화를 걸어 확인하시는 건 괜찮은데, 고모를 찾아가지는 말아주세요. 동생에 대해 매스컴의 질문을 받을 수 있는 상태는 아니니까요. 대신 제가 아는 범위에서 최대한 거짓 없이 대답해드릴게요."

그녀의 솔직함에 감동하지 않을 수 없었다. 나는 그녀의 눈을 똑바로 바라보며 크게 고개를 끄덕였다. 내게도 윤리관은 있다. 병원에 전화를 걸 마음은 없었다. 가령 저널리스트 자격이 없다고 해도 상관없다. 우타가 거짓말을 한다는 생각은 들지 않았다.

결국 그녀의 이야기가 끝난 것은 새벽 3시쯤이었다. 나는 마지막으로 마무리하는 질문을 했다.

"저는 당신이 피해자라는 사실을 알고 있습니다. 따라서 지금 하는 질문이 부적절하다고 느낄지도 모릅니다. 만약 그렇다면 미리 용서를 바랍니다. 기우라로 인해 세상을 떠난 피해자들에게 어떤 심정이신가요?"

기우라가 우타의 아버지라는 전제가 없다면 절대로 하지 않았을 질문이다. 물론 우타를 비난할 생각은 털끝만큼도 없었다. 그러나 그 질문을 통해 기우라에 대한 우타의 마음을 알고 싶었다.

"대단히 마음이 아프고 죄송한 마음이 가득해요. 매일 집의 불단 앞에서 두 손을 모아 피해자 분들의 명복을 빌고 있어요."

"당신에게 죄가 있다는 뜻은 아닙니다. 다만 당신이 기우라에 대해……."

나는 변명하듯 황급히 덧붙였다. 그런 질문을 한 것에 죄의식이 느껴졌다.

"기우라 씨라면, 죽어 마땅하다고 생각해요. 그 사람을 아버지라고 부르고 싶지 않아요."

우타는 의연하게 단언했다. 나는 말없이 고개를 끄덕이는 수밖에 없었다.

그러나 머릿속으로는 여전히 기우라의 모든 행동을 합리적으로 설명하기는 어렵다고 생각했다. 도쿄로 오고 나서 가고시마에서 스스로 목숨을 끊기까지 1년 남짓. 그는 죽을 곳을 찾아 일부러 끝없이 난폭한 짓을 저지른 게 아닐까. 그렇다면 그를 그런 허무의 절벽 끝으로 몰아세운 것은 무엇일까.

역시 후미에를 생각하지 않을 수 없었다. 그녀의 죽음과 관련이 있다는 것은 틀림없다. 우타를 통해 들은 '사랑을 위해 죽였다'는 시노부의 해석은 막연하게나마 이해할 수 있다. 그러나 기우라와 후미에 사이에 실제로 무슨 일이 있었는지는 알 수 없었다.

후미에의 친구인 교코에 따르면, 후미에는 기우라에게 달리 좋아하는 여성이 있다고 암시했다. 그 말이 마음에서 떠나지 않았다.

그러나 아무리 조사해도 기우라의 애인 같은 여성은 그림자도 보이지 않았다. 아내가 세상을 떠난 후 다른 여성에게 관심을 보인 흔적도 없었다. 만약 그 여성이 시노부였다면, 왠지 후미에의 말에 고개를 끄덕이게 된다.

후미에가 우연히 남편과 시노부의 관계를 알고, 그에 대해 따지다 기우라의 분노를 사서 살해된 게 아닐까. 그렇다면 그것은 변호인단이 주장하는 촉탁살인이 아니다. '사랑을 위해 죽였다'는 시노부의 해석은 진실을 아는 사람이 기우라를 감싸려고 한 말이라고도 해석할 수 있었다.

그러나 이것도 추측의 영역에서 벗어나지 않는 해석이다. 살아 있을 당시 기우라는 그에 대해 한마디도 하지 않았고, 사망한 지 30년 가까이 지난 지금도 영원한 수수께끼로 남을 수밖에 없으리라.

나는 화제를 바꾸기 위해 물었다.

"유키 씨에 대해서는 어떻게 생각하시나요?"

"예전과 똑같아요."

그녀는 자리에서 일어나 책장으로 걸어가더니 작은 서랍에서 핑크색 액자를 꺼냈다. 그리고 내게 다가와 액자를 내밀었다.

"유키 씨예요."

날카로운 칼이 가슴을 찌르는 것 같았다. 물론 신문과 방송에 보도된 유키의 사진은 수도 없이 보았다. 그러나 우타가 내민 사진에는 지금까지 본적이 없는 청초한 느낌이 있었다. 사진 속의 유키는 자택 정원의 연못 앞에서 살포시 웃고 있었다. 하얀 스웨터에 감색 바지를 입은 수수한 차림이었지만, 청순한 눈동자가 생생하게 빛나는 아름다운 모습이었다.

"유키 씨의 대학 시절 사진이에요. 유키 씨가 죽기 1주일 전에 줬어요. 이런 말을 하기는 부끄럽지만 전 지금도 이 사진을 안고 잠을 자요. 그러면 유키 씨의 모습뿐만 아니라 좋은 향기까지 떠오르지요. 유키 씨의 몸에서는 뭐라고 형용할 수 없는 신비한 향기가 떠다녔어요. 저는 그 향기가 너무도 좋아서 일부러 유키 씨에게 다가가 살며시 맡곤 했지요."

그녀는 그렇게 말하고는 수줍게 웃었다. 나도 미소로 대꾸하며 다시 액자 안의 유키를 바라보았다. 그리고 불현듯 생각이 나서 물었다.

"우타 씨는 현재 결혼하셨나요?"

"아니, 혼자 살아요. 결혼은 한 번도 안 했어요. 앞으로도 하지 않을 거예요."

그녀는 다시 수줍게 웃었다.

그때 문득 그녀가 경영하는 중국요리집 이름이 떠올랐다. 고카(紅香). 붉을 홍(紅) 자에 향기 향(香) 자. 고카는 그녀의 중국 이름인 고카(紅花)에서 따온 것이 분명했다. 유키의 이름을 사용하지는 않았지만, 고카의 카(香) 자는 그녀의 중국 이름에 있는 꽃 화(花) 자와 발음이 같을 뿐 아니라 유키의 몸에서 났다는 향기를 의식해서 붙인 글자가 아닐까. 하지만 그런 생각은 마음에만 간직하고 입 밖으로는 꺼내지 않았다.

"책은 내년에 나옵니다. 책이 나오면 이쪽으로 보내고 싶은데……."

그 말에 그녀는 미소를 지으며 고개를 끄덕였다.

"네, 꼭 읽어볼게요."

"되도록 당신이 말한 사실을 충실하게 쓸 생각이지만 인간의 표현력에는 한계가 있고, 어쩌면 당신의 의도와 다르게 쓰여지는 부분도 있을지 모르겠군요. 그럴 경우 꼭 지적해주시기 바랍니다."

"아니에요. 그런 건 괜찮아요. 독후감을 보낼 수 있을지는 잘 모르겠어요. 저에겐 제 나름의 이야기가 있으니까요."

마지막 말은 수수께끼 같았다. 하지만 어쩐지 마음으로 이해할 수 있을 것 같기도 했다.

택시를 불러주겠다는 그녀의 호의를 정중히 거절하고 건물 밖으로 나왔다. 사람의 그림자는 거의 보이지 않고, 동쪽 하늘이 뿌옇게 밝아오기 시작했다. 이미 새벽 4시가 지났다.

피로가 한꺼번에 몰려왔다. 기분 좋은 피로였다. 나는 어림짐작으로 짐을 풀어놓은 비즈니스호텔을 향해 걷기 시작했다.

그 후의 이야기

그로부터 약 일곱 달이 지난 이듬해 4월 하순, 기우라 사건을 그린 논픽션 『시체가 켜켜이 쌓인 밤』이 출간되었다. 나는 취재할 때 신세진 분들에게 책을 보내달라고 출판사에 부탁했다. 그러나 이부키와 우타에게만은 편지를 써서 내가 직접 보냈다.

이부키에게서는 즉시 감사의 편지가 도착했다. "어젯밤을 꼬박 새워 읽었습니다."라고 쓰여 있었다. 진지하고 성실한 전직 경찰관답게 자세한 부분에 이르기까지 감상을 말하고, 군데군데 사실 관계가 잘못된 부분도 지적해주었다. "내가 말하지 않은 부분까지 관계자를 통해 알아내다니, 저널리스트로서 당신의 능력에 경의를 표합니다."라는 말이 너무도 이부키다웠다.

구체적으로 지적하지는 않았지만 어느 부분을 가리키는지 금방 알 수 있었다. 그것은 저널리스트로서 내 능력이 아니라 우타가 적극적으로 협조해준 덕분이었다.

그 이후 한 달이 지나도 우타에게서는 아무런 연락이 없었다. 나는 우타의 말을 마음속으로 곱씹어보았다.

"독후감을 보낼 수 있을지는 잘 모르겠어요. 저에겐 제 이야기가 있으니까요."

그래도 좋다고 생각했다. 내가 우타와 유키의 이야기를 정확히 그려냈다고는 자신할 수 없었다.

또 한 가지, 나름대로 철저하게 조사했다고 자부하는 기우라도 내겐 여전히 수수께끼 같은 인물이었다.

1년이라는 짧은 기간 동안 수많은 사람을 살육하고 스스로 목숨을 끊은 기우라는 내 눈에 완벽한 자기 완결적 인간처럼 보였다. 그러나 그가 왜 그렇게 행동했는지 이해하지 못하는 상황에서 겉으로 드러난 동기와 목적은 전부 공허하고 쓸모없는 것으로 느껴졌다.

다만 기우라와 숙부의 관계는 어쩐지 이해할 수 있었다. 나는 어린 시절부터 숙부에 대해 잘 알고 있었다. 한마디로 말해 인품이 좋고 호탕한 사람이었다. 그토록 선량한 숙부가 왜 기우라로부터 돈을 받고 수사본부의 정보를 흘려주었는지 나름대로 짐작되는 바가 있었다.

그러나 친척인 이상 내가 무슨 말을 해도 변명밖에 되지 않으므로 지금 그에 대해 말할 생각은 없다. 다만 숙부에게는 우락부락한 외모와 달리 순수하고 섬세한 면이 있었다는 것만은 말해두고 싶다. 아마 그 부분이 인간에 대한 신뢰를 잃어버린 기우라의 마음에 닿은 게 아닐까.

나는 기우라가 경찰 정보 수집만을 위해 숙부를 만났다고 여기지 않는다. 기우라에게도 인간적인 면이 털끝만큼도 없었다고는 할 수 없다.

대학에서 기우라에게 배운 사람을 인터뷰한 적이 있다. 대형 증권회사를 퇴직한 67세의 남자였다. 3학년부터 4학년까지 2년간 기우라의 경제학 토론수업을 들었다고 한다. 그는 기우라의 범죄에 대해서는 거의 언급하지 않고, 오히려 그리운 눈길로 기우라의 일상적인 모습을 회상했다.

"기우라 교수님은 말이 별로 없는 온화한 분이었지요. 학생을 야단치는 일은 거의 없었습니다. 토론수업이라서 학생이 대여섯 명밖에 되지 않았던 이유도 있지만 수업이 끝나면 종종 술을 사주기도 하셨지요. 술값을 전부 혼자 내는 기분파였기 때문에 학생들 모두가 좋아했습니다. 물론 그렇게 비싸지 않은 이자카야였지만, 교수님 혼자 장소에 어울리지 않는 위스키를 마셨던 게 묘하게 기억이 나는군요. 자신은 거의 말을 하지 않고 학생들의 이야기를 들으며 빙긋이 웃곤 했는데, 가끔 위스키 잔을 든 채 창밖으로 시선을 던지고 어딘가 먼 곳을 보는 듯한 표정을 지었습니다. 워낙 술을 잘 드시니까 취한 건 아니었겠지만, 너무나 쓸쓸하고 고독해 보여서 지금도 교수님을 생각하면 문득 그 모습이 떠오르곤 합니다."

기우라에 대해 들은 얼마 되지 않는 긍정적인 평가였다.

기우라는 과연 그 시선 끝에서 무엇을 보았을까? 2년에 걸쳐 기우라 사건을 조사했지만 답은 알 수 없었다.

우타에게 책을 보내고 한 달 반쯤 지났을 무렵, 생각지도 못한 엽서가 도착했다. 검은색으로 사방을 두른 엽서였다. 보낸 사람은 기우라 시노부였다.

조카인 가와모리 우타가 4월 18일, 향년 45세의 나이에 급성백혈병으로 세상을 떠났습니다. 연락이 늦은 것을 진심으로 사과드립니다. 장례식은 4월 21일 가까운 친지들과 함께 별 탈 없이 끝냈습니다. 오랜 세월 아껴주신 것에 마음 깊이 감사드립니다.

나는 입을 다물지 못했다. 급성백혈병. 지난번에 만났을 때 그런 병에 걸렸을 줄은 꿈에도 몰랐다.

우타는 내 책을 읽지 못했다. 책이 나오기 전에 세상을 떠났다. 나는 그녀가 내 작품을 읽어보기를 내심 바랐다. 그러나 지금은 이룰 수 없는 꿈이 되었다.

오랜 세월 아껴주신 것에 마음 깊이 감사드린다……. 나도 모르게 쓴웃음을 지었다. 내 평생에 그녀를 한 번밖에 만나지 못했다. 그러나 고카의 사무실 겸 응접실에서 그녀와 대화를 나눈 농밀한 시간은 영원히 잊을 수 없으리라.

내 책이 일부에서 화제가 되면서 몇몇 잡지사에서 다시 기우라 사건을 주목하기 시작했다. 나는 마음속으로 희미하게 안도를 느꼈다. 잡지사가 아무리 추적해도 우타는 그들의 손이 닿지 않는 먼 곳으로 가버렸기 때문이다.

그녀는 저세상에서 유키를 만났을까? 나는 말도 안 되는 의문을 껴안으면서 우타와 유키의 얼굴을 떠올렸다.

두 개의 얼굴은 내 망막 안쪽에서 그림자처럼 겹쳐지더니 이윽고 신기루처럼 흔적도 없이 사라졌다.

한 남자의 광기와 카리스마가
허무함을 만났을 때

여기에 두 남자가 있다.

"기우라 겐조, 47세. 어린 시절부터 머리가 좋고 성적이 뛰어 남. 도쿄대 졸업. 국립대학 조교수 출신. 아내를 끔찍하게 사랑하는 애처가. 고독하고 따뜻한 눈길. 지적이고 반듯한 외모."

"매춘여관 경영자의 장남. 일본 최대 폭력단의 사위. 아내를 목 졸라 살해한 혐의로 12년간 교도소에 수감. 출소한 후에는 매춘여관을 경영하고 매춘알선업에 종사. 뱀처럼 차가운 눈길. 수많은 사람들을 죽인 희대의 살인마."

놀라운 일이 있다. 마치 극과 극처럼 보이지만 두 남자가 같은 사람이란 것이다.

1985년 7월 16일 화요일. 한 남자와 여섯 여자가 가고시마 시에서 집단자살을 했다.

한 남자는 열 명을 살해했다는 혐의를 받고 있는 기우라 겐조이고, 여섯 여자는 그의 밑에서 일하던 매춘부였다. 그런데 그곳에 유일한 생존자가 있었다. 열다섯 살의 우타였다. 우타 역시 기우라 밑에서 허드렛일을 하던 소녀였다.

그들은 왜 집단자살을 하고, 우타는 어떻게 혼자 살아남았을까?

한 신문기자 출신의 저널리스트가 수수께끼투성이인 '기우라 사건'을 파헤치기로 결심하고, 그의 삶의 궤적 속으로 뛰어든다.

이 책의 저자인 마에카와 유타카는 1951년생으로, 현재 호세이 대학(法政大學) 국제문화학부 교수다. 히토쓰바시 대학 법학부를 졸업하고 도쿄 대학 대학원에서 비교문학을 전공했다. 2003년 『원한살인』으로 제7회 일본 미스터리문학대상 신인상 최종후보에 올랐고, 2011년에 발표한 『크리피』로 제15회 일본 미스터리문학대상 신인상을 수상하면서 본격적으로 데뷔했다. 그 이후 『애트로시티(Atrocity)』, 『크리피―스크리치』 등을 내놓았는데, 한국 독자들에게는 『크리피』로 처음 인사를 했고 이 책이 두 번째다.

마에카와 유타카의 가장 큰 특징은 뭐니 뭐니 해도 법학과 출신답게 사건의 전개가 치밀하다는 점이다. 처음부터 끝까지 마치 정교한 톱니바퀴처럼 어느 한 군데도 빈틈이 없다. 이것은 추리소설 작가에게 가장 큰 장점이 아닐까? 그와 더불어 단정한 문장과 깔끔한 전개, 어둡고 무서우면서도 애절하고 가슴 시린 내용은 독자에게 주는 보너스라고 할 수 있다.

그가 다루는 사건은 모두 지독히 현실적이다.

『크리피』에서는 평범한 이웃사람의 끔찍한 범죄를, 『크리피—스크리치』에서는 대학 내 성추행 사건을, 『애트로시티』에서는 악질 방문판매원을 다루었다. 모두 우리 주변에서 흔히 볼 수 있는 범죄로, 너무도 현실적이기 때문에 더 소름 끼치고 너무도 가깝기 때문에 더 섬뜩하다.

이 책의 가장 큰 특징은 물음표로 시작해서 물음표로 끝난다는 점이다.

기우라는 왜 사랑하는 아내를 목 졸라 살해했을까?

그는 어떻게 그 많은 사람을 간단히 죽음으로 몰아넣었을까?

그는 왜 사람들과 함께 집단자살을 선택했을까?

그는 왜 아무도, 심지어는 자기 자신까지도 믿지 않았을까?

왜 사람들은 너무도 쉽게 그의 말에 넘어갔을까?

왜 사람들은 그가 시키는 대로 행동하고, 그가 시키는 대로 잔인하게 사람을 살해했을까?

왜 사람들은 도망칠 기회가 있었음에도 불구하고 그의 곁을 떠나지 않았을까?

아마 이 책의 마지막 페이지를 덮었을 때는 머릿속에 끼어 있던 안개가 걷히면서, 자신만의 해답을 발견하지 않을까?

그런데 이상한 일이 있다. 책장을 덮고 오랜 시간이 지났음에도 불구하고 먹먹함이 사라지지 않고, 오히려 시간이 지날수록 심장이 오그라드는 느낌이 든다. 나도 기우라의 마법에 빠진 것일까?

2016년 6월
이선희

시체가 켜켜이 쌓인 밤

지은이 마에카와 유타카
옮긴이 이선희

펴낸곳 도서출판 창해
펴낸이 전형배

출판등록 제9-281호(1993년 11월 17일)
1판 1쇄 인쇄 2016년 6월 20일
1판 1쇄 발행 2016년 6월 27일

주소 서울시 마포구 토정로 222(신수동 448-6) 한국출판콘텐츠센터 316호
전화 02-333-5678
팩스 02-707-0903
E-mail chpco@chol.com

ISBN 978-89-7919-600-9 03830
© CHANGHAE, 2016, Printed in Korea.

「이 도서의 국립중앙도서관 출판예정도서목록(CIP)은
서지정보유통지원시스템 홈페이지(http://seoji.nl.go.kr)와
국가자료공동목록시스템(http://www.nl.go.kr/kolisnet)에서
이용하실 수 있습니다.(CIP제어번호: CIP2016013572)」